艺术家的眼睛醒着

远人——编

名家谈美术

SPM 南方传媒 | 花城出版社

中国·广州

图书在版编目（ＣＩＰ）数据

艺术家的眼睛醒着 ：名家谈美术 / 远人编. -- 广
州 ：花城出版社，2024.7
ISBN 978-7-5360-9886-2

Ⅰ．①艺… Ⅱ．①远… Ⅲ．①美术评论－文集 Ⅳ.
①J05-53

中国国家版本馆CIP数据核字(2024)第068549号

出 版 人：张　懿
责任编辑：揭莉琳
责任校对：衣　然
技术编辑：凌春梅
封面设计：姚　敏

书　　　名　艺术家的眼睛醒着：名家谈美术
　　　　　　YISHUJIA DE YANJING XINGZHE：MINGJIA TAN MEISHU
出版发行　花城出版社
　　　　　　（广州市环市东路水荫路11号）
经　　销　全国新华书店
印　　刷　佛山市迎高彩印有限公司
　　　　　　（佛山市顺德区陈村镇广隆工业区兴业七路9号）
开　　本　880毫米×1230毫米　32开
印　　张　12　4插页
字　　数　227,000字
版　　次　2024年7月第1版　2024年7月第1次印刷
定　　价　59.00元

如发现印装质量问题，请直接与印刷厂联系调换。
购书热线：020－37604658　37602954
花城出版社网站：http://www.fcph.com.cn

［英］透纳《明月》（1797年）

［法］德拉克罗瓦《希奥岛的屠杀》（1842年）

［法］库尔贝《受伤的男人》（1844—1845年）

［法］修拉《星期日午后的大碗岛》（1886年）

［法］罗丹《巴尔扎克裹衣像》（1896—1897年）

［法］马蒂斯《餐桌（红色的和谐）》（1908年）

［法］夏加尔《横卧的诗人》（1915年）

［奥地利］席勒《死神和少女》（1915年）

［法］莱热《阅读》（1924年）

［俄罗斯］康定斯基《圆之舞》（1926年）

［美］怀斯《幻象》（1952年）

艺人遗留于后人的，却是令人看了更知感奋，更知相爱真美的作品。真美在群星辉耀间，是永远不能磨灭的。

——刘海粟

序 认识世界的方式

远 人

一

按弗洛伊德的说法，童年生活对一个人影响至深。这点我深有体会。记得小时候，喜好绘画的父亲总从不多的工资中挤出些钱来购买一些铜版纸画册。至今我都记得那些大开本的、寥寥二三十页的彩色印刷品，它们是《凡·高》《米勒》《门采尔》《雷诺阿》《德拉克罗瓦》《库尔贝》《席里柯》《鲁本斯》《拉斐尔》等。大概受好奇心驱使，我每天做完功课后，总拿起那些画册翻看。父亲没在意我的行为，他既没指点我怎样读那些画，也没跟我说过那些画家们的故事。我至今记忆犹新的是，每当我打开画册，内心总有打开一个神奇世界的喜悦与兴奋。

这些和美术的最初接触使我情不自禁地暗想，长大后能成为一名画家多好！那些色彩构成的世界，冲击着我的局限和年龄，带来想入非非的遐想和难以穷尽的幻梦。不过，想当画家的意愿在我终于选择写作为业的那年戛然而止。

不再想当画家，不妨碍我继续喜欢画作。而且，我感受极深的是，画家的世界对一个写作者来说，有着不可缺少的补充作用。要解释它，不妨以美国诗人詹姆斯·梅里尔（James Merrill）的一段话作为替代，他说得很明确，"作家会永远嫉妒画家。甚至那些能很出色地写作关于绘画的文章的作家，他也会嫉妒画家懂得如何仔细关注事物的外观。并不仅仅是作家，很少有人能注视事物超过几秒钟而不求助于语言的支撑，他很少相信自己的眼睛"。

梅里尔是用比较方式来阐述自身获取的经验。经验很重要，但不能说梅里尔说出的就是真理，其中的道理却值得一个写作者深思：在文学与美术之间，究竟横亘着一种什么关系。能确认的一点是，美术也好，文学也好，投身其中的人，无不抱有一个共同目的，那就是认识自己所在的世界以及尽可能提炼出身在其中的生活感受。

所以，美术与文学的相通之处有多少，一个没有像梅里尔那样投入并深思过的人是不能体会的。而且，要真正理解一个画家的作品，读者决不能忽略他留下的文字。就我个人而言，二十多年前读到的《凡·高自传——凡·高书信选》称得上是一次具有震撼性的阅读，不仅是凡·高文笔优美得令无数货真价实的散文家相形见绌，更重要的是，没有凡·高在书信中不自觉打开的内心世界，我对他的画作将缺少最核心的理解——当然，我至今也不敢说我彻底理解了凡·高。只是从那以后，我对画家和文学之外的其他艺术家写下的文字总是格外关心。我逐渐认定一点，越是走上创作巅峰的艺术家，越是抹平了其创作与文字之间的界限，所以能够理解，为什么鲁迅对现代绘画会如此抱以热情，乃至投入大量时间和精力，给当时的国人介绍如珂勒惠支那样的美术大家。或许鲁迅太知道，直接进入视觉的画面同样能产生巨大的心灵感染和情绪上的冲击。

二

绘画究竟给人提供什么样的世界？

从中国的艺术表达核心来看，"山水花鸟"占据画坛的绝对统治地位，这与中国传统文化息息相关。"寄情山水"，本就是仕与不仕的中国文人的重要选择，而且，从我国以《诗经》为起点的文学表达中，大自然就一步到位，在中国文人那里取得舍我其谁的核心地位，到后世的三曹、李白、杜甫、王维、苏东坡那里，山水更是成为稳如磐石的文化符号，这点也与儒学的"修身"一说极为吻合，它直接引导了中国绘画传统的形成，也造成中国画家和文人们的情感归依，尤其李成、范宽、关仝等山水画家的不世成就在中国本质属循环的历史现实中，使山水艺术具备了"百代标程"的延续性和继承性，哪怕张择端的《清明上河图》雄视千古，也很像一件独立群芳的精品和孤品，没有在更宽广的范围上诱导出水墨题材上的公认突破，直到西方画种的进入，才使中国绘画在抗拒与最终的接受中开拓出新的领域。

西方绘画不然。尽管从乔托之后的西方画家中不乏鲁伊斯达尔、霍贝玛、勃鲁盖尔、洛兰、透纳、康斯太布尔、柯罗、莫奈、列维坦、库茵之等以风景画传世的大家，西方画的传统核心始终是人。难说"以人为核心"和"以大自然为核心"的两种方式是否对立，不陌生的是，人始终是世界的核心。没有人，大自然将变得毫无意义。在西方画家和文人那里，如何刻画人和刻画人与世界的关系，构成了西方画的强势传统，即使在"后现代"大行其道的今天，西方画家们所做的变形和尽力抽空情感的创作，始终是以人在现实中受到挤压和受到时代的冷漠围困后做出的感受反应。在读者眼里，这种表达更直观也更猛烈地进入内心，对时代的感同身受也就顺势而生。

从西方献身风景画的画家作品来看，风景画更多展现的是视觉之美，它的召唤性质大多给人提供心灵的享受、安静，甚至逃避，因此在现实的介入上，风景画家无法在追求时代表现的画家们面前，提供更多眼花缭乱的现（当）代元素。但又决不能否认，在那些万众瞩目的现代派代表画家如毕加索、达利、杜尚、皮卡比亚，以及雕塑家罗丹、亨利·摩尔、贾科梅蒂乃至行为艺术家博伊于斯、阿尔芒等人身上，无不令人看到，他们在起步阶段并未抛弃传统，而是延续了对人与物进行一丝不苟的逼真描摹。当他们终于发现人在时代中脱离了"昨日的世界"后，就将目光转向了更为复杂的"今天的世界",因此,面对现代绘画,不能说那些画家们在处心积虑地再创传统。传统从来不会横空出世。所谓现代与后现代,无不是在已有的架构上推陈出新。叶芝说得没错,"艺术作品总是源自以前的艺术作品"。对现代画家来说,能出新到什么程度,就看画家们对时代的认识有多深、理解有多深、自己的表现力有多深。

三

绘画效果最终将传递给读者,但绝大多数读者不一定吃得消现代绘画,尤其抽象艺术诞生以来,更令人难以把握画家们的创作意图。如何来阐释,就成为画家、艺评家和有志于拓展写作领域的诗人作家们甘愿挺身承担的责任。无数评论家和作家出版了他们对现代绘画进行梳理和阐释的个人专著,其中罗伯特·休斯干脆以《新的冲击》《新艺术的震撼》为名,出版了对现代艺术进行深度解说的专著,休斯以为的"震撼",也就是现代美术对现代人的心灵和现代生活本质做出的深度回应,就连叶芝、奥登等二十世纪的顶尖诗人也将目光投向绘画。奥登关注绘画的理由之一,是他发现"读书的画家很少,能用语言充分表达自己的也很少"。这句话的对错姑且不论,今天读者能看到的是,除了能跻身欧洲文学名著行列的《德拉克罗瓦日记》《凡·高书信选》《达利的秘密生活/一个天才的日记》等部分出自画家手笔的著作外，更多画家始终将自己的全部精力贡献在一张张画布之上。叶芝虽然承认自己"不会插手画家的事情"，还是一针见血地指出，"我们最好不要许可将一种艺术与另一种艺术断然划分"。这就等于说，不论诗歌地位多高，不见得能将绘画进行压制，反之亦然。

当我们将目光调回中国，同样能发现，不论鲁迅、周作人、傅雷等人在文学领域内取得的成就有多大，他们对绘画始终抱有长久的关注，并执笔写下和绘画有关的文字与专著。这不是他们在遵循某个先辈的教诲，而是在自己的创作实践与认识中，理解到艺术与艺术间的息息相通，更理解到无论何种艺术，最终都是与生活息息相通的关键点。因此，在责任与热爱的双重前提下，他们为读者推开了文字之外的美术大门。

这是值得推开的门。无论作家是不是真的嫉妒画家，在读者那里，文字毕竟与自己的距离更为接近。如何理解绘画，乃至如何理解绘画史，都必须到文字中寻找，这恰恰又是绘画难以企及文字之处。要言之，在面对世界和时代的复杂时，绘画语言的优势体现在给人的视觉提供了直达心灵的有效面对，但如何阐释绘画，文字语言又变成当仁不让的第一主角。尤其读者感兴趣的画家生平和关于画家创作某件作品前后的来龙去脉，文字语言更成为唯一的表述方式。

所以，在一部关于美术的随笔集里，能供编者选择的方式不少，可从绘画的历史角度来选，可从某个主义的诞生和消亡的过程来选，可从画家们自己留下的自述文字来选，可从纯粹作家的注视中来选……不论何种选择，都是在文学与绘画的联手中，为读者展开绝不陌生的生活本身。生活需要认识，认识的途径多种多样，唯有艺术的方式是与心灵最为接近的方式，也是与生活真相最为接近的方式。

　　但愿，这个选本提供了读者们喜爱的方式。

2021年6月13日夜于深圳

目　录

上卷

中卷

下卷

上 卷

《近代木刻选集》（1）小引

鲁 迅

　　中国古人所发明，而现在用以做爆竹和看风水的火药和指南针，传到欧洲，他们就应用在枪炮和航海上，给本师吃了许多亏。还有一件小公案，因为没有害，倒几乎忘却了。那便是木刻。

　　虽然还没有十分的确证，但欧洲的木刻，已经很有几个人都说是从中国学去的，其时是十四世纪初，即一三二〇年顷。那先驱者，大约是印着极粗的木版图画的纸牌；这类纸牌，我们至今在乡下还可看见。然而这博徒的道具，却走进欧洲大陆，成了他们文明的利器的印刷术的祖师了。

　　木版画恐怕也是这样传去的；十五世纪初德国已有木版的圣母像，原画尚存比利时的勃吕舍勒博物馆中，但至今还未发见过更早的印本。十六世纪初，是木刻的大家调垒尔（A. Dürer）和荷勒巴因（H. Holbein）出现了，而调垒尔尤有名，后世几乎将他当作木版画的始祖。到十七八世纪，都沿着他们的波流。

　　木版画之用，单幅而外，是作书籍的插图。然则巧致的铜版图术一兴，这就突然中衰，也正是必然之势。惟英国输入铜版术较晚，还在保存旧法，且视此为义务和光荣。一七七一年，以初用木口雕刻，即所谓"白线雕版法"而出现的，是毕维克（Th.Bewick）。这新法进入欧洲大陆，又成了木刻复兴的动机。

但精巧的雕镂，后又渐偏于别种版式的模仿，如拟水彩画，蚀铜版，网铜版等，或则将照相移在木面上，再加绣雕，技术固然极精熟了，但已成为复制底木版。至十九世纪中叶，遂大转变，而创作底木刻兴。

所谓创作底木刻者，不模仿，不复刻，作者捏刀向木，直刻下去。——记得宋人，大约是苏东坡罢，有请人画梅诗，有句云："我有一匹好东绢，请君放笔为直干！"这放刀直干，便是创作底版画首先所必须，和绘画的不同，就在以刀代笔，以木代纸或布。中国的刻图，虽是所谓"绣梓"，也早已望尘莫及，那精神，惟以铁笔刻石章者，仿佛近之。

因为是创作底，所以风韵技巧，因人不同，已和复制木刻离开，成了纯正的艺术，现今的画家，几乎是大半要试作的了。

在这里所绍介的，便都是现今作家的作品；但只这几枚，还不足以见种种的作风，倘为事情所许，我们逐渐来输运罢。

木刻的回国，想来决不至于像别两样的给本师吃苦的。

一九二九年一月二十日，鲁迅记于上海

《近代木刻选集》（2）小引

鲁 迅

　　我们进小学校时，看见教本上的几个小图画，倒也觉得很可观，但到后来初见外国文读本上的插画，却惊异于它的精工，先前所见的就几乎不能比拟了。还有英文字典里的小画，也细巧得出奇。凡那些，就是先回说过的"木口雕刻"。

　　西洋木版的材料，固然有种种，而用于刻精图者大概是柘木。同是柘木，因锯法两样，而所得的板片，也就不同。顺木纹直锯，如箱板或桌面板的是一种，将木纹横断，如砧板的又是一种。前一种较柔，雕刻之际，可以挥凿自如，但不宜于细密，倘细，是很容易碎裂的。后一种是木丝之端，攒聚起来的板片，所以坚，宜于刻细，这便是"木口雕刻"。这种雕刻，有时便不称Wood-cut，而别称为Wood-engraving了。中国先前刻木一细，便曰"绣梓"，是可以作这译语的。

　　和这相对，在箱板式的板片上所刻的，则谓之"木面雕刻"。

　　但我们这里所介绍的，并非教科书上那样的木刻，因为那是意在逼真，在精细，临刻之际，有一张图画作为底子的，既有底子，便是以刀拟笔，是依样而非独创，所以仅仅是"复刻板画"。至于"创作板画"，是并无别的粉本的，乃是画家执了铁笔，在木版上作画，本集中的达格力秀的两幅，永濑义郎的一幅，便是其例。自然也可以逼真，也可以精细，然而这些之外有美，有力；仔细看去，虽在复制的画幅上，总还可以看出一点"有力之美"来。

但这"力之美"大约一时未必能和我们的眼睛相宜。流行的装饰画上，现在已经多是削肩的美人，枯瘦的佛子，解散了的构成派绘画了。

有精力弥满的作家和观者，才会生出"力"的艺术来。

"放笔直干"的图画，恐怕难以生存于颓唐，小巧的社会里的。

附带说几句，前回所引的诗，是将作者记错了。季黻来信道："我有一匹好东绢……"系出于杜甫《戏韦偃为双松图》，末了的数句，是"重之不减锦绣段，已令拂拭光凌乱，请君放笔为直干"。并非苏东坡诗。

一九二九年三月十日，鲁迅记

凯绥·珂勒惠支木刻《牺牲》说明

鲁　迅

德国珂勒惠支木刻《战争》中之一。

珂勒惠支（Kathe Kollwitz）以一八六七年生于东普鲁士之区匿培克（Koenigsberg），在本乡，柏林，明辛学画，后与医生Kollwitz结婚。其夫住贫民区域，常为贫民治病，故K. Kollwitz的画材，也多为贫病与辛苦。

最有名的是四种连续画。《牺牲》即木刻《战争》七幅中之一，刻一母亲含悲献她的儿子去做无谓的牺牲。这时正值欧洲大战，她的两个幼子都死在战线上。

然而她的画不仅是"悲哀"和"愤怒"，到晚年时，已从悲剧的，英雄的，暗淡的形式化蜕了。

所以，那盖勒（Otto Nagel）批评她说：K. Kollwitz之所以于我们这样接近的，是在她那强有力的，无不包罗的母性。这漂泛于她的艺术之上，如一种善的征兆。这使我们希望离开人间，然而这也是对于更新和更好的"将来"的督促和信仰。

介绍德国作家版画展

鲁 迅

　　世界上版画出现得最早的是中国，或者刻在石头上，给人模拓，或者刻在木版上，分布人间。后来就推广而为书籍的绣像，单张的花纸，给爱好图画的人更容易看见，一直到新的印刷术传进了中国，这才渐渐的归于消亡。

　　欧洲的版画，最初也是或用作插画，或印成单张，和中国一样的。制作的时候，也是画手一人，刻手一人，印手又是另一人，和中国一样的。大家虽然借此娱目赏心，但并不看作艺术，也和中国一样。但到十九世纪末，风气改变了，许多有名的艺术家，都来自己动手，用刀代了笔，自画，自刻，自印，使它确然成为一种艺术品，而给人赏鉴的量，却比单能成就一张的油画之类还要多。这种艺术，现在谓之"创作版画"，以别于古时的木刻，也有人称之为"雕刀艺术"。

　　但中国注意于这种艺术的人，向来是很少的。去年虽然开过一个小小的展览会，而至今并无继起。近闻有德国的爱好美术的人们，已筹备开一"创作版画展览会"。其版类有木，有石，有铜。其作家都是现代德国的，或寓居德国的各国的名手，有许多还是已经跨进美术史里去了的人们。例如亚尔启本珂（Archipenko），珂珂式加（O. Kokoschka），法宁该尔（L. Feininger），沛息斯坦因（M. Pechstein），都是只要知道一点现代艺术的人，就很熟识的人物。此外还有当表现派文学运动之际，和文学家一同协力的霍夫曼（L. von Hofmann），梅特那（L. Meidner）的作品。至于新的战斗的作家如珂勒惠支夫人（K. Kollwitz），格罗斯（G. Grosz），梅斐尔德（C. Meffert），那是连留心文学的人也就知道，更可以无须多说的了。

这展览会里，连上述各家以及别的作者的版画，闻共有百余幅之多，大者至二三尺，且都有作者亲笔的署名，和翻印的画片，简直有天渊之别，是很值得美术学生和爱好美术者的研究的。

《北京风俗图》

周作人

　　陈师曾画《北京风俗图》三十四幅，在姚茫父处，每幅有茫父题词一阕，民国十七年由淳菁阁影印出版，大本两册，今淳菁阁早已关门，此书绝版久矣。顷从友人处借看一过，觉得很有意思。师曾为清季诗人散原老人的长子，曾留学日本，书画篆刻皆佳妙，在教育部任编审，后因侍父病，传染肠热症，遂以不起。

　　画师图风俗者不多见，师曾此卷，已极难得，其图皆漫画风，而笔能抒情，与浅率之作一览无余的绝不相同，如送香火、执事夫、抬穷人、烤番薯、吹鼓手、丧门鼓等，都有一种悲哀气，若是用时式的话来说，道地写出民众的劳动生活，虽是尚在三十多年前，却已经颇有新时代的空气了。此外又有几幅，写得很有趣味，如压轿嬷嬷，据程穆庵题诗注云：北京风俗，凡遇婚事，必于亲友家择一寿考多福之妪，先乘花轿诣女家迎新妇，谓之压轿，右幅正扶持上轿之状，画者尤能毕尽其神态也。又夫赶驴，茫父题词注云：一妇骑驴抱子，声"得得"从者夫也，京东人上京多如此。一幅本是茶馆说书，作者自题曰"墙有耳"，茫父词注云：此原题也，画则二人窃听于门前，有招曰"雨前"。故题词长短三十四阕，为切题面，遣词运典亦多佳处，惟我觉得未能与自面的空气恰合，今录其题"墙有耳"《浣沙溪》，以见一斑，词云：

啼笑犹能感路旁，闲来窃听话偏长，几人身后蔡中郎。

暂许属垣教悦耳，不烦钻穴待踰墙，茶前一样耐思量。

画　谱

周作人

　　儿童大抵都喜欢花书，这里有两种，一是绣像，一是画谱。最先看见的自然是小说中的绣像，如《三国演义》上的，但是这些多画得不好，木刻又差，一页上站着一个人，不是向左便是向右看，觉得没有多大意思，我还记得貂蝉的眼睛大而且方，深觉得吕布之人迷殊不可解。金射堂的《无双谱》四十图要算画得顶好的了，却也没有什么好看。《百美图咏》小时候也常见，更觉得是单调，大概这方面还要推任渭长所作为最，如《於越先贤像》《剑侠》《高士》《列仙酒牌》皆是。画谱中最有名的是芥子园与十竹斋，从前都曾翻过，却已是四十年前的事，不大记得清楚。总之木板的山水画很不容易刻得好，所以看了觉得可喜的还只是花鸟与草虫而已。说也奇怪，这里我所记得的提起来乃是两部外国书。冈元凤的《毛诗品物图考》出版于天明四年即乾隆四十九年，比徐鼎的《毛诗名物图说》要好得多，但他实是说经的书，不过我们拿来当作画看也并不错。喜多川歌麻吕的《画本虫撰》乃是近来新得的，原本刊于天明八年，极为难得，我所有的只是复制限定板，虽然用珂罗版印，也颇精美，可惜原来的彩色不能再见

了。全书凡十五图，每图二虫，配以花草，上记狂歌以虫为
题，凡三十首，作者宿屋饭盛等皆为当时有名狂歌师也。歌麻
吕亦有名浮世绘师，以美女画著名，而或者乃独称赏此册，其
技工与趣味盖均不可及。永井荷风在《日和下驮》第八篇《空
地》中云，我对于喜多川所作《画本虫撰》喜爱不已之理由，
盖即因此浮世绘师择取南宗与四条派之画家所决不画的极卑俗
的草花与昆虫而为之写生也。《虫撰》序言系追踪木下长啸子
的《虫之歌合》，其实狂歌竞咏虽是一辙，若论图画则相去甚
远，《虫撰》中第八秋蝉蜘蛛与玉蜀黍，第十三络纬蝉与锦荔
枝，第十五青蛙金虫与荷叶，皆极可喜，《歌合》所画乃似出
儿童手，如或古拙堪取，却是别一路也。

关于画廊

周作人

　　说到画廊，第一令人想起希腊哲人中间的那画廊派，即所谓斯多噶派（Stoikoi）是也。他们的师父是从吉地恩来的什农（Zeno），因为在亚坡隆庙的画廊（Stoa Poikile）间讲学，故得此名。吉地恩属于拘布洛斯，也是爱神亚孚洛迭德的治下，这位老师却跑到多猫头鹰的雅典去侍奉智慧，实在是很可佩服的。这派主张顺应自然的生活，而人有理性，有自然的幸福的生活，即在具备合理的德性，由聪明以及勇敢中庸公平，达到宁静无欲的境地。忘记是谁了，有一个西洋人说过，古代已有斯多噶派伊壁鸠鲁派那样的高尚的道德宗教，胜过基督教多矣，可惜后来中绝了。本来我对于希腊之基督化很有一种偏见，觉得不喜欢，画廊派的神灭论与其艰苦卓绝的风气却很中我的意，但是老实说他们的消灭也是不可免的，因为他们似乎太是为贤者说法了，而大众所需要的并不是这些，乃正是他们所反对的烦恼（Pathos），即一切乐、欲、忧、惧是也。所以无论精舍书院中讲的什么甚深妙义，结果总只是几个人的言行与几卷书之遗留，大众还是各行其是，举行亚陀尼斯、迭阿女索斯、耶稣等再生的神之崇拜，各样地演出一部迎春的古悲剧，先号咷而后笑。

这种事情原也可以理解，而且我再说一遍，这是无可免的，画廊派之死亦正是自然的吧，不过，这总值得我们时时的想起，他们的思想与生活也有很多可以佩服的地方。

其次因说到画廊而想起的是张挂着许多字画的那画棚。新近恰好是旧历乙亥的新年，这二十多天里北平市上很是热闹，正与半夜所放爆仗之多为正比例，厂甸摆出好多好多的摊，有卖珠宝、古董的，也有卖风筝、空钟、倒拽气、糖壶卢的，有卖书籍的书摊，又有卖字画的用芦席盖成的大画棚。今年的芦席棚实在不少，比去年恐怕总要多过一半，可以说从师范大学门口一直盖到和平门外的铁路边吧。虽然我今年不曾进去窥探，从前却是看过的，所以知道些里边的情形。老老实实的说，我对于字画的好坏不曾懂得一毫分，要叫我看了这些硬加批评，这有如遇见没有学过的算学难题，如乱答要比曳白更为出丑。这怎么办呢？其实这也没有什么，因为我不懂得，那么除不说外也实在别无办法。我说知道的只是云里边挂满了字或画而已，里边当然有些真的，不过我们外行看不出，其假的自然是不很好，反正我总是不想买来挂，所以也就不大有关系。还有一种不同的画棚，我看了觉得较有兴趣，只可惜在琉璃厂一带却不曾遇见。这就是卖给平民妇孺们的年画摊。普通的画都是真迹画，无论水墨或着色，总之是画师亲笔画成，只此一张别无分出，年画则是木版画，而且大抵都着色，差不多没有用水墨画的，此二者很不相同之一点也。

世界上所作版画最精好的要算日本。江户时代民众玩弄的浮世绘至今已经成为珍物，但其画工雕工印工们的伎俩也实在高明，别人不易企及。中国康熙时的所谓姑苏画制作亦颇精工，本国似已无存，只在黑田氏编的《支那古板画图录》上见到若干，唯比浮世绘总差一筹耳。

日本的民间画师画妓女，画戏子，画市井风俗，也画山水景色，但绝无抽象或寓意画，这是很特别的一件事。《古板画图录》的姑苏画里却就有好些寓意画，如五子登科、得胜封侯等，这与店号喜欢用吉利字样一样，可以说是中国人的一种脾气，也是文以载道的主义的表现吧？在我们乡间这种年画只叫作"花纸"，制作最好的是立幅的《大橱美女》，普通都贴在衣橱的门上，故有此称，有时画的颇有姿媚，虽然那菱角似的小脚看了讨厌，不过此是古已有之，连唐伯虎的画里也是如此了。但是那些故事画更有生气，如《八大锤》《黄鹤楼》等戏文，《老鼠嫁女》等童话，幼时看了很有趣，这些印象还是留着。用的纸大约是上过矾的连史，颜色很是单纯，特别是那红色不知道是什么东西，涂在纸上少微发亮，又有点臭气，我们都称它作猪血，实在恐不尽然。现在的花纸怎么样了呢，我不知道，恐怕纸改用了洋纸，印也改用了石印了吧，这是改善还是改恶，我也不很明白，但是我个人总还是喜欢那旧式的花纸的。花纸之中我又喜欢《老鼠嫁女》，其次才是《八大锤》，至于寓意全然不懂，譬如松树枝上蹲着一只老活狲，枝下挂着一个大黄蜂窠，我也只当作活狲和黄蜂窠看罢了，看看又并不觉得有什么好玩。自然，标榜风雅的艺术画在现今当为志士们所斥弃了，这个本来我也不懂得，然而民间画里那画以载道的画实在也难以佩服，画固不足观，其所表示者亦都是士大夫的陈腐思想也。

　　从希腊的画廊派哲人说起，说到琉璃厂的卖字画的席棚，又转到乡下的花纸，简直是乱跑野马，一点没有头绪，而我所要说的实在又并不是这些，乃是李洗岑先生的文集《画廊集》耳。洗岑在集子里原有一篇谈年画的文章，而其艰苦卓绝的生活确也有点画廊派的流风，那么要把上文勾搭过去似亦未始不可以，反正天地万物没有绝无关系的，总可说得通，只看怎么说法。话虽如此，我究竟不是在乱扯做策论，上边这趟野马不肯让它白跑，仍旧要骑了去拜客的。我很主观的觉得洗岑写文章正是画廊派摆画摊，这是一件难事情。画廊派的思想如上边说过太为贤者说法，是不合于一般人的脾胃的，不但决做不成群众的祭师，便是街头讲道理也难得一个听客。至于年画乃是要主顾来买的，其制作更大不易，我们即使能为妇孺画《老鼠嫁女》以至《八大锤》，若挂印封侯、时来福凑这种厌胜画，如何画得好乎？但是画棚里所最多行销的却正是此厌胜画也，盖文以载道的主义为中国上下所崇奉，咒语与口号与读经，一也，符箓与标语与文学，二也，画则其图说也。吾见洗岑集中没有厌胜文，知其不能画此同类的画，画廊的生意岂能发达乎，虽然，洗岑有那种艰苦卓绝的生活与精神，画或文之生意好与不好亦自不足论也，我的这篇小文乃不免为徒费的诡辩矣。

陶拿丹罗之雕塑

傅　雷

　　陶拿丹罗[1]（Donatello di Betto Bordi，1386—1466）一生丰富的制作，值得我们先加一番全体的研究，它们的发展程序，的确和外界的环境与艺术家个人的情操协调一致。

　　对于陶拿丹罗全部雕塑的研究，第一使我们感到兴趣的是，一个伟大的天才，承受了他前辈的以及同时代的作家的影响之后，驯服于学派及传统的教训之后，更与当时一般艺人同样仔细观察过了时代以后，渐渐显出他个人的气禀（tempérament），肯定他的个性，甚至到暮年时不惜趋于极端而沦入于"丑的美"的写实主义中去。这种曲线的发展，在诗人与艺术家中间，颇有许多相同的例子。法国十七世纪悲剧作家高乃依（Corneille），在早年时所表现的英勇高亢的精神，成就了他在近世悲剧史上崇高的地位；但这种思想到他暮年时不免成为极端的，故意造作的公式。嚣俄[2]（Hugo）晚年也充满了任性、荒诞的，幻想的诗。弥盖朗琪罗[3]早年享盛名的作

────────────

① 今通译多纳泰罗。

② 今通译雨果。

③ 今通译米开朗琪罗。

品中的精神，到了六十余岁画西斯庭教堂的《最后之审判》时，也成了固定呆板的理论。

同样，陶拿丹罗老年，当他已经征服群众，万人景仰，仇敌披靡，再也不用顾虑什么舆论之时，他完全任他坚强的气禀所主宰了。就在这种情形中，陶氏完成了他最后的四部曲——《圣约翰-巴底斯脱》（*Saint Jean Baptiste*），《圣玛特兰纳》（*St.Madelaine*），及两座桑洛朗查（San Lorenzo）教堂的宝座。在对付题材与素材上，他从没如此自由，如此放纵。黄土一到他的手里，就和他个人的最复杂的情操融合了。他使群众高呼，使天神欢唱，白石、黄金、古铜——尤其是古铜，已不复是矿质的材料，而是线条，光暗的游戏了。一切都和他的格外丰富格外强烈的生命合奏。可是，在他这般热烈地制作的时候，他似乎忘记了艺术，忘记了即使是最高的艺术亦需要节制。在这一点上，两种"美"——表情美与造型美——可以联合一致，使作品达到格外完满的"美"。但陶拿丹罗有时因为要表现纯粹的精神生活，竟遗弃外形的美。法国拉勃莱[①]（Rabelais）曾经说过："要创造天使并不是毫无危险的事"，这句话简直可以拿来批评陶氏的艺术。

十五世纪初年，陶拿丹罗二十五岁。翡冷翠[②]，陶氏的故乡，正是雕刻家们的一个大厂房。每个教堂中装点满了艺术

① 今通译拉伯雷。

② 今通译佛罗伦萨。

品，稍稍有些势力的人，全要学做艺术的爱好者与保护人。艺术家是那么多，把时代与环境作一个比拟，正好似二十世纪的巴黎。在全部厂房中，翡冷翠大寺和钟楼的厂房，与金圣弥盖尔厂房算是最重要的两个。一天，金圣弥盖尔厂房也委托陶拿丹罗塑像，这表示他已被认为第一流艺人了。

一四一二年，他的作品《圣玛克》完成了。那是依据了传统思想与传统技巧所作的雕像，是十三世纪以来一切雕塑家所表现的圣者的模样。圣玛克手里拿着一册书，就是所谓《福音》。庄严的脸上，垂着长须，一直悬到胸前。衣褶是很讲究地塑成的。雕刻家们已经从希腊作品中学得了秘诀：衣褶必须随着身体的动作而转折。因此，陶氏对于圣玛克的身体，先给了它一个很显明的倾侧的姿势，然后可使衣褶更繁复，更多变化。外氅的褶痕，都是垂直地向支持整个体重的大腿方面下垂。这一切都与传统符合。弥盖朗琪罗曾经说过：这样一个好人，真教人看了不得不相信他所宣传的《福音》！

圣玛克的手，可是依了自然的模型而雕塑的了。这是又粗又大的石工的手。右手放在大腿旁边，好似不得安放。陶拿丹罗全部作品中都有这个特点。一个惯于劳作的工人，当他放下工具的时候，往往会有双手无措的那种情景。陶氏就是这样一个工人。他雕像上的手，永远显得没有着落，这"没有着落"，是他不知怎样使用的"力"在期待着施展的机会。

《使徒圣约翰》是同时代之作。他的眼睛，粗大的腰，以及全部形象，令人一见要疑惑是弥盖朗琪罗的《摩西像》的先驱。但在仔细研究之后，即发见圣约翰的脸庞是根据了活人的模型而细致地描绘下来的。手中拿着《福音》，衣褶显然紧随着身体的动作。一切都没有违背工作室里的规律。是陶拿丹罗二十五至三十岁间的作品。

三十岁左右时，金圣弥盖尔教堂托他造《圣乔治像》。

这是一个通俗的圣者。今日法文中还有一句俗语："美如圣乔治。"

圣乔治，据传说所云，是罗马的一个法官。他旅行到小亚细亚的迦巴杜斯。那里正有一条从邻近地方来的恶龙为患：当地人士为满足恶龙的淫欲起见，每逢一定的日期，要送一个生人给它享用。那次抽签的结果，正轮着国王的女儿去做牺牲品。圣乔治激于义愤，就去和恶龙斗了一场，把它重重的创伤了，还叫国王的女儿用带子拖拽回来。因为圣乔治是基督徒，所以全城都改信了基督教，以示感激。

这个传说中的圣乔治，在艺术家幻想中，成为一个勇武的骑士的典型。因为他对于少女表显忠勇，故他的相貌特别显得年青而美丽。

陶拿丹罗的白石雕像，表现圣乔治威武地站着，左手执着盾，右手垂在身旁，那种无可安放的情景，在上面已特别申说过了。紧握的拳头，更加增了强有力的感觉。

肩上挂着一件小小的外衣，使整个雕像不致有单调之感。

这件外衣更形成了左臂上的不少衣褶，使手腕形成许多阴暗的部分。这样穿插之下，作品全部便显得丰富而充实了。

然而它的美还不在此。圣乔治固然是一个美少年，但他也是一个勇武的兵士。故陶拿丹罗更要表现他的勇。表现勇并不在于一个确切的动作，而尤在乎雕像的各小部分。肉体应得传达灵魂。罗丹（H. Rodin）有言："一个躯干与四肢真是多么无穷！我们可以藉此叙述多少事情！"这里，圣乔治满身都是勇气，他全体的紧张，僵直的两腿，坚执盾柄的手，以至他的目光，他的脸部的线条，无一不表现他严重沉着的力。但整个雕像的精神，陶拿丹罗还没有排脱古雕塑的宁静的风格。

陶拿丹罗不独要表现圣乔治的像希腊神道那样的美，而且要在强健优美的体格中，传达出圣乔治坚定的心神的美，与紧张的肉体的美。这当然是比外表的美蕴藏着更强烈的生命。

渐渐地，陶拿丹罗的个性表露出来了。

他的《圣玛克》与《使徒圣约翰》，已经显得是少年时代的产物。陶氏在《圣乔治》中的面目既已不同，而当他为翡冷翠钟楼造像时，他更显露，而且肯定了他的气禀。这是在一四二三至一四二六年中间，陶拿丹罗将近四十岁的时光。

他这时代最著名的雕塑，要算是俗称为《滁谷纳①》（Zuccone）的那座先知者像。它不独离《圣玛克》的作风甚远，即和《圣乔治》亦迥不相侔了。

---

① 今通译为《祖孔》。

在《滁谷纳》像中，再没有庄严的面貌，垂到胸前的长须，安排得很巧妙的衣褶，一切传统的法则都不见了。这是一个秃顶的尖形的头颅，配着一副瘦削的脸相，一张巨大的口：绝非美男子的容仪，而是特别丑陋的形相。的确，他已不是以前作品中所表现的先知者，而是一座忠实的肖像了。那个模特儿名叫吉里吉尼（Barduccis Chirichini）。为圣徒造像而用真人作模型，才是雕塑史上的新纪元啊！陶拿丹罗已和传统决绝而标着革命旗帜了。

《滁谷纳》与《圣乔治》一样，是像要向前走的模样。这是动作的暗示，陶氏许多重要作品，都有这类情景。雕像上并没有随着肉体的动作而布置的衣褶，整个身躯只是包裹在沉重的布帛之下。左手插在衣带里，右臂垂着。我们可说陶氏把一切艺术的辞藻都废弃了，他只要表现那副傻相，使作品的丑更形明显。翡冷翠艺术一向是研究造型美的，至此却被陶氏放弃了。艺术家尽情地摹写自然，似乎他认为细致准确的素描，即是成全一件作品的"美"。然而他的个性，并不就在这狭隘的观念中找到满足。他另外在寻求"美"，这"美"，他在表白"内心"的线条中找到了。相传这像完成之后，陶拿丹罗对着它喊道："可是，你说，你说，开口好了！"这个传说不知真伪，但确有至理。《滁谷纳》是一个在思索、痛苦、感动的人。

他的面貌虽然丑，但毕竟是美的，——只是另外一种美罢了。他的美是线条所传达出来的精神生活之美。那张大口，旁边的皱痕，是宿愁旧恨的标记；身体似乎支持不了沉重的衣服；低侧的肩头，表示他的困顿。双目并非是闭了，而是给一层悲哀的薄雾蒙住了。

可是这悲哀，又是从哪里来的？是模特儿刻画在脸上的一生痛苦的标记，由陶拿丹罗传模下来的呢，还是许多伟大的天才时常遗留在他们作品中间的"思想家的苦闷"？不用疑惑，当然是后者的表白。这是印在心魂上的人类的苦恼：莎士比亚、但丁、莫利哀、嚣俄，都曾唱过这种悲愁的诗句。在一切大诗人中，陶拿丹罗是站在弥盖朗琪罗这一行列上的。

由此我们可以懂得陶拿丹罗之被称为革命家的理由。他知道摆脱成法的束缚，摆脱古艺术的影响，到自然中去追索灵感。后来，他并且把艺术目标放到比艺术本身还要高远的地位，他要艺术成为人类内心生活的表白。陶拿丹罗的伟大就在这点，而其普遍地受一般人爱戴，亦在这点。他不特要刺激你的视觉，且更要呼唤你的灵魂。

陶拿丹罗作品中尤其值得我们注意的，是《圣约翰-巴底斯脱像》。他一生好几个时代都采用这个题材，故他留下这个圣者的不少的造像。对于这一组塑像的研究，可以明了他自从《滁谷纳》一像肯定了他的个性以后，怎样地因了年龄的增长而一直往独特的个人的路上发展，甚至在暮年时变成不顾一切的偏执。

圣约翰–巴底斯脱是先知者查歇尔①（Zachaire）的儿子，为基督行洗礼的人，故他可称为基督的先驱者。年青的时候，他就隐居苦修，以兽皮蔽体，在山野中以蜂蜜野果充饥。

翡冷翠美术馆中的《圣约翰–巴底斯脱》的浮雕（一四三〇年），和一般意大利画家及雕刻家们所表现的圣者全然不同，它是代表童年时代的圣者，在儿童的脸上已有着宣传基督降世的使者的气概。惘然的眼色，微俯的头，是内省的表示；大张的口，是惊讶的情态；一切都指出这小儿的灵魂中，已预感到他将来的使命。

同时代，陶拿丹罗又做了一个圣者的塑像，也放在翡冷翠美术馆。那是圣约翰–巴底斯脱由童年而进至少年，在荒漠中隐居的时代。他的肉体因为营养不足——上面说过，他是靠蜂蜜野果度日的——已经瘦瘠得不成人形了，只有精神还存在。他披着兽皮，手中的十字杖也有拿不稳的样子，但他还是往前走，往哪个目的走呢？只有圣者的心里明白。

一四五七年，陶拿丹罗七十一岁。他的权威与荣名都确定了。他重又回到这个圣者的题材上去（此像现存西阿那大寺②）。圣约翰–巴底斯脱周游各地，宣传基督降世的福音。他老了，简直不像人了，只剩一副枯骨。腿上的肌肉消削殆尽，手腕似一副紧张的绳索，手指只有一掬快要变成化石的骨节。

---

① 今通译撒迦利亚。

② 今通译锡耶纳大教堂。

老人的头，在这样一个躯干上显得太大。然而他张着嘴，还在布道。

这座像，雕刻家是否只依了他的幻想塑造的？我们不禁要这样发问。因为人世之间，无论如何也找不出木乃伊式的模特儿，除非是死在路旁的乞丐。而且，不少艺术家，往往在晚年时废弃模特儿不用。显然的，陶拿丹罗此时对于趣味风韵这些规律，一概不讲究了。内心生活与强烈的性格的表白是他整个的理想。

《圣玛特兰纳》一像，也是这时代的雕塑。

这是代表一个青年时代放浪形骸，终于忏悔而皈依宗教，隐居苦修的女圣徒。整个的肉体，——不，——不是肉体，而是枯老的骨干——包裹在散乱的头发之中。她要以老年时代的苦行，奉献于上帝，以补赎她一生的罪愆。因此，她合着手在祈祷。她不再需要任何粮食，她只依赖"祈求"来维持她的生命。身体么？已经毁灭了，只有对于神明的热情，还在燃烧。

陶拿丹罗少年的时候，和传统决绝而往自然中探求"美"，这是他革命的开始。

其次，他在作品中表现内心生活和性格，与当时侧重造型美的风气异趣：这是他艺术革命成功的顶点。

最后他在《圣约翰–巴底斯脱》及《圣玛特兰纳》诸作

中，完全弃绝造型美，而以表现内心生活为唯一的目标时，他就流入极端与褊枉之途。这是他的错误。如果最高的情操没有完美的形式来做他的外表，那么，这情操就没有激动人类心灵的力量。

我也"惑"
——与徐悲鸿先生书

徐志摩

The opinions that are held with passion are always these for
which no good ground exists; indeed the passion is the measure of
the holder lack of rational conviction.

        —From Bertrand Russell's "Skeptical Essays"

悲鸿兄，你是一个——现世上不多见的——热情的古道人。就你不轻阿附，不论在人事上或在绘事上的气节与风格言，你不是一个今人。在你的言行的背后，你坚强的抱守着你独有的美与德的准绳——这，不论如何，在现代是值得赞美的。批评或评衡的唯一的含义是标准。论人事，人们心目中有是与非，直与枉，乃至善与恶的分别的观念。艺术是独立的；如果关于艺术的批评可以容纳一个道德性的观念，那就只许有——我想你一定可以同意——一个真与伪的辨认。没有一个作伪的人，或是一个侥幸的投机的人，不论他手段如何巧妙，可以希冀在文艺史上占有永久的地位。他可以，凭他的欺蒙的天才，或技巧的小慧，耸动一时的视听，弋取浮动的声名，但一经真实的光焰的烛照，他就不得不呈露他的原形。关于这一点，悲鸿，你有的，是"嫉伪如仇"严正的敌忾之心，正如种田人的除莠为的是护苗，你的嫉伪，我信，为的亦无非是爱"真"。即在平常谈吐中，悲鸿，你往往不自制止你的热情的激发，同时你的"古道"、你的谨严的道德的性情，有如一尊佛，危然跌坐在你热情的莲座上，指示着一个不可错误的态度。你爱，你就热热地爱；你恨，你也热热地恨。崇拜时你纳头，愤慨时你破口。眼望着天，脚踏着地，悲鸿，你永远不是一个走路走一半的人。说到这里，我可以想见碧薇嫂或者要微笑的插科："真对，他是一个书呆！"

但在艺术品评上，真与伪的界限，虽则是至关重要，却不是单凭经验，也不是纯恃直觉所能完全剖析的。我这里说的真伪，当然是指一个作家在他的作品里所表现的意趣与志向，不是指鉴古家的辨别作品的真假，那另是一回事。一个中材的学生，从他的学校里的先生们学得一些绘事的手法，谨愿的步武着前辈的法式，在趣味上无所发明，犹之在技术上不敢独异，他的真诚是无可置疑的，但他不能使我们对他的真诚发生兴趣。换一边说，当罗斯金指斥魏斯德勒（Whistler）是一个"故意的骗子"，骂他是一个"俗物，无耻，纨绔"；或是当托尔斯泰在他的艺术论里否认莎士比亚与贝德花芬是第一流的作家，我们顿时感觉到一种空气的紧张——在前一例是艺术界发生了重大的趣事，在后一例是一个新艺术观的诞生的警告。

魏斯德勒是不是存心欺骗，"拿一盘画油泼上公众的脸，讨价二百个金几尼"？罗斯金，曾经为透纳（Turner）作过最庄严的辩护的唯一艺术批评家，说是！贝德花芬①晚年的作品是否"无意义的狂吠"（Meaningless ravings）？伟大的托尔斯泰说是！古希腊的悲剧家，拉飞尔②、密仡朗其罗③、洛坛、毕于维史④、槐格纳⑤、魏尔仑⑥、易卜生、梅德林克⑦等等是否都是"粗暴，野蛮，无意义"的作家，他们这一群是否都是"无耻的剿袭者"？伟大的托尔斯泰又肯定说是！美术学校或是画院是否摧残真正艺术的机关？伟大的托尔斯泰又断言说是！

难怪罗斯金与魏斯德勒的官司曾经轰动全伦敦的注意。难怪我们的罗曼·罗兰看了艺术论，觉得土地不再承载着他的脚底。但这两件事当然是不能相提并论的。罗斯金当初分明不免有意气的牵连（正如朋琼司的嫉忌与势利），再加之老年的昏瞀与固执，他的对魏斯德勒的攻击在艺术史上只是一个笑柄，完全是无意义的。这五十年来人们只知道更进的欣赏魏斯德勒的"滥泼的颜色"，同时也许记得罗斯金可怜的老悖，但谁还去翻念Fors Clavigera？托尔斯泰的见解却是另一回事。他的声音是文艺界天空的雷震，激起万壑的回响，波及遥远的天边；我们虽则不敢说他的艺术论完全改变了近代艺术的面目，但谁

---

① 今通译名为贝多芬。

②③④⑤⑥⑦ 今通译名依次为拉斐尔、米开朗琪罗、德·夏凡纳、瓦格纳、魏尔伦、梅特林克。

敢疑问他的博大的破坏的同时也建设的力量？

但要讨论托尔斯泰的艺术观，当然不是一封随手的信札，如我现在写的，所能做到；这我希望以后更有别的机会。我方才提及罗斯金与托尔斯泰两桩旧话，意思无非是要说到在艺术上品评作家态度真伪的不易——简直是难；大名家也有他疏忽或是夹杂意气的时候，那时他的话就比例的失去它们可听的价值。我所以说到这一层是因为你，悲鸿，在你的大文里开头就呼斥塞尚或塞尚奴（你译作腮惹纳）与玛蒂斯（你译作马梯是）的作品"无耻"。另有一次你把塞尚比作"乡下人的茅厕"，对比你的尊师达仰先生（Dagnan-Bouveret）的"大华饭店"。在你大文的末尾你又把他们的恶影响比类"来路货之吗啡海洛因"；如果将来我们的美术馆专事收罗他们一类的作品，你"个人却将披发入山，不愿再见此卑鄙昏聩黑暗堕落也"，这不过于言重吗，严正不苟的悲鸿先生？

风尚是一个最耐人寻味的社会与心理的现象。客观地说，从方跟丝袜到尖跟丝袜，从维多利亚时代的进化的乐观主义到维多利亚后期的怀疑主义，再到欧战期内的悲观主义，从爱司髻到鸭稍髻，从安葛尔的典雅作风到哥罗①的飘逸，从特拉克洛洼②的壮丽到塞尚的"土气"再到梵高的癫狂——一样是因缘于人性好变动，喜新异（深一义的是革命性的创作）的现象。我国近几十年事事模仿欧西，那是个必然的倾向，固然是

————————

① ② 今通译名依次为柯罗、德拉克罗瓦。

无可喜悦，抱憾却亦无须。是他们强，是他们能干，有什么可说的？妙的是各式欧化的时髦在国内见得到的，并不是直接从欧西来，那倒也罢，而往往是从日本转贩过来的，这第二手的摹仿似乎不是最上等的企业。说到学袭，说到赶时髦（这似乎是一个定律），总是皮毛的、新奇的、肤浅的先得机会（你没有见过学上海派装束学过火的乡镇里来的女子吗？）主义是共产最风行，文学是"革命的"最得势，音乐是"脚死"[1]最受欢迎，绘画当然就非得是表现派或是漩涡派或是大大主义[2]或是立体主义或是别的什么更耸动的唔死木死[3]。

　　在最近几年内，关于欧西文化的研究也成了一种时髦，在这项下，美术的讨论也占有渐次扩大的地盘。虽则在国内能有几个人亲眼见到过罗浮宫或是乌翡栖或是特莱司登美术院里的内容？但一样的拉飞尔安葛尔[4]米勒铁青[5]梵尼亚乃至塞尚阿溪朋谷已然是极随熟的口头禅。我亲自听到过（你大约也有经验）学画不到三两星期的学生们热奋地争辩古典派与后期印象派的优劣，梵高的梨抵当着考莱琪奥的圣母，塞尚的苹果交斗着鲍狄乞黎的薇纳丝——他们那口齿的便捷与使用各家学派种种法宝的热烈，不由得我不十分惊讶的钦佩。这大都是（我猜想）就近由我们的东邻转贩得来的。日本是永远跟着德

---

① 指爵士乐。

② 今通译达达主义。

③ isms的音译，指各种主义。

④⑤ 今通译名依次为安格尔、提香。

国走；德国是一座唗死木死最繁殖的森林，假如没有那种唗死木死的巧妙的繁芜的区分，在艺术上凭空的争论是几乎不可能的。在新近的欧西画派中，也不知怎的，最受传诵的，分明最合口味的（在理论上至少），碰巧是所谓后期印象派［"Post Impressionism"这名词是英国的批评家法兰先生（Mr. Roger Fry）在组织一九一一年的Grafton Exhibition时临时现凑的，意思只是印象派以后的几个画家，他们其实也是各不相同绝不成派的，但随后也许因为方便，就沿用了］。但是天知道！在国内最早谈塞尚谈梵高谈玛蒂斯的几位压根儿就没有见过（也许除了蔡子民先生）一半幅这几位画家的真迹！除非我是固陋，我并且敢声言，最早带回塞尚、梵高等套版印画片来的还是我这蓝青外行！这一派所以入时的一个理由是与在文学里自由体诗、短篇小说、独幕剧所以入时同一的——看来容易。我十二分同情于由美术学校或画院刻苦出身的朋友鄙薄塞尚以次一流的画，正如我完全懂得由八股试帖刻苦出身的老辈鄙薄胡适之次一流的诗。你说他们的画一小时可作两三幅，这话并不过于失实，梵高当初穷极时平均每天作画三幅，每幅平均换得一个法郎的代价——三个法郎足够他一天的面包咖啡与板烟！

　　但这"看来容易"却真是害人！尤其是性情爱好附会的就跟着来摭拾一些他们自己懂不得一半的名词，吹动他们传声的喇叭，希望这么一来就可以勾引起——如同月亮勾引海潮，一个"伟大"的运动——革命；在文艺上掀动全武行做武戏与在政治上卖弄身手有时一样的过瘾！这你可以懂得了吧，悲鸿，为什么所谓后期印象派的作风能在，也不仅中国，几于全世界，有如许的威风？你是代表一种反动，对这种在你看来完全Anarchic运动的反动（却不可误会我说你是反革命，那不是顽！），所以你更不能姑息，更不能容忍，你是立定主意要凭你的"浩然之气"来扫荡这光天下的妖气！我当然不是拿你来比陪在前十年的文学界的林畏庐，你不可误会；我感觉到的只是你的愤慨的真诚。如果你，悲鸿，干脆的说，我们现在学西画不可盲从塞尚、玛蒂斯一流，我想我可以赞同——尤其那一个"盲"字。文化的一个意义是意识的扩大与深湛，"盲"不是进化的道上的路碑。你如其能进一步，向当代的艺界指示一条坦荡的大道，那我，虽则一个素人，也一定敬献我的钦仰与感激。但你恰偏偏挑了塞尚与玛蒂斯来发泄你一腔的愤火；骂他们"无耻"，骂他们"卑鄙昏聩"，骂他们"黑暗堕落"，这话如其出在另一个人的口里，不论谁，只要不是你，悲鸿，那我再也不来费工夫迂回的写这样长篇的文字（说实话，现在能有几个人的言论是值得尊重的）！但既然你说得出，我也不能制止我的"惑"，非得进一步请教，请你更剀切的剖析，更剀切的指示，解我的，同时也解，我敢信，少数与我同感的朋友的"惑"。

我不但尊重你的言论，那是当然的，我并且尊重你的谩骂。（"无耻"一流字眼不能不归入谩骂一栏吧？）因为你绝不是瞎骂。你不但亲自见过塞尚的作品，并且据你自己说，见到过三百多幅的多，那在中国竟许没有第二个。也不是因为派别不同；要不然你何以偏偏不反对皮加粟①（Piccasso），"不反对"梵高与高根②，这见证你并不是一个固执成见的"古典派"或画院派的人。换句话说，你品评事物所根据的是——正如一个有化育的人应得根据——活的感觉，不是死的法则。我所以惑。再说，前天我们同在看全国美展所陈列的日本洋画时，你又会极口赞许太田三郎那幅皮加粟后期影响极明显的裸女，并且你也"不反对"，除非我是错误，满谷国四郎的两幅作品；同时你我也同意看不起中村不折一类专写故事的画片，汤浅一郎一流平庸的无感觉的手笔；你并且还进一步申说"与其这一类的东西毋宁见胜藏那怕人的裸像"。这又正见你的见解的平允与高超，不杂意气，亦无有成见。在这里，正如在别的地方，我们共同的批判的标准还不是一个真与伪或实与虚的区分？在我们衡量艺术的天平上最占重要的，还不是一个不依傍的真纯的艺术的境界（An independent artistic vision）与一点真纯的艺术的感觉？什么叫作一个美术家？除是他凭着绘画的或塑造的形象想要表现他独自感受到的某种灵性的经验？技巧有它的地位，知识也有它的用处，但单凭任何高深的技巧与知识，一个作家不能造作出你我可以承认的纯艺术的作品。你我在艺术里正如你我在人事里兢兢然寻求的，还不是一些新鲜的

---

① 今通译名为毕加索。

② 今通译名为高更。

精神的流露，一些高贵的生命的精华？况且在艺术上说到技巧还不是如同在人的品评上说到举止与外貌；我们不当因为一个人衣衫的不华丽或谈吐的不隽雅而藐视他实有的人格与德性，同样的我们不该因为一张画或一尊像技术的外相的粗糙或生硬而忽略它所表现的生命与气魄。这且如此，何况有时作品的外相的粗糙与生硬正是它独具的性格的表现？（我们不以江南山川的柔媚去品评泰岱的雄伟，也不责备施耐庵不用柴大官人的口吻去表写李逵的性格，也为了同样的理由。但这当然是一个极浅的比照。）

　　如果我上面说的一些话你听来不是完全没有理性；如果再进一步关于品评艺术的基本原则，你也可以相当地容许，且不说顺从，我的肤浅的观察，那你，悲鸿，就不应得如此谩骂塞尚与马蒂斯的作风，不说他们艺术家的人格。在他们俩，尤其是塞尚，挨骂是绝不稀奇；如你知道，塞尚一辈子关于他自己的作品，几乎除了骂就不曾听见过别的品评——野蛮、荒谬、粗暴、胡闹、滑稽、疯癫、妖怪、怖梦，在一八七四年"Communard"（这正如同现代中国骂人××党或反动派），在一九〇四年，他死的前两年，Un "Anarchist"，在一八九五年（塞尚五十六岁）服拉尔先生（Ambroise Vollard）用尽了气力组织成塞尚的第一次个人展览时，几于所有走过39 Rue Laffitte的人（因为在窗柜里放着他的有名的《休憩时的浴者》）都得，各尽本分似的，按他们各人的身分贡献他们的笑骂！下女、面包师、电报生、美术学生、艺人、绅士们、太太们，尤其是讲究体面的太太们，没有一个不是羞红了脸或是气红了脸的，表示他们高贵的愤慨——看了艺术堕落到这般田地的愤慨。但在十一二年后艺史上有名的"独立派"的"秋赛"时，塞尚，这个普鲁罔司山坳里的土老儿，顿时被当时的青年艺术家们拥上了二十世纪艺术的宝座，一个不冕的君王！在穆耐①、特茄史②、穆罗③、高根、毕于维史等等奇瑰的群峰的中间，又涌出一座莽苍浑灏的宗岳！Salle Ceza是一座圣殿，只有虔诚的脚踪才可以容许进去瞻仰，更有谁敢来吐漏一半句非议的话——先生小心了，这不再是十一二年前的"拉斐脱路三十九"！

这一边的笑骂，那一边的拥戴，当然同样是一种意气的反动，都不是品评或欣赏艺术应具的合理的态度。再过五年，塞尚的作品到了英国，又引起了艺界相类的各走极端的风波：一边是"非理士汀"们当然的嬉笑与怒骂，一边是"高看毛人"们一样当然反对的怒骂与嬉笑。就在现在，塞尚已然接踵着蒙内④、米莱⑤、特茄史等等成为近代的典型（Classic），在一班艺人们以及素人们提到塞尚还是不能有一致的看法，虽则咒骂得热烈，正如崇拜得疯狂，都已随着时光减淡得多的了。塞尚在现代画术上，正如洛坛在塑术上的影响，早已是不可磨灭，不容否认的事实，他个人艺术的评价亦已然渐次的确定——却不料，万不料在这年

①②③　今通译名依次为莫奈、德加、莫罗。
④⑤　今通译名依次为马奈、米勒。

上，在中国，尤其是你的见解，悲鸿，还发见到这一八九五年以前巴黎市上的回声！我如何能不诧异？如何能不惑？

话再回头说，假如你只说你不喜欢，甚而厌恶塞尚以及他的同流的作品，那是你声明你的品味，个人的好恶，我决没有话说。但你指斥他是"无耻""卑鄙""商业的"。我为古人辩诬，为艺术批评争身价，不能不告罪饶舌。如其在艺术界里也有殉道的志士，塞尚当然是一个（记得文学界的萧禄贝尔）。如其近代有名的画家中有到死卖不到钱，同时金钱的计算从不曾羼入他纯艺的努力的人，塞尚当然是一个。如其近代画史上有性格孤高，耿介澹泊，完全遗世独立，终身的志愿但求实现他个人独到的一个"境界"，这样的一个人，塞尚当然是一个。换一句话说，如其近代画史上有"无耻""卑鄙"一类字眼最应用不上的一个，塞尚是那一个人！塞尚足足画了五十几年的画，终生不做别的事。他看不起巴黎人，因为他有一次听说巴黎有买他的静物画的人，"他们的品味准是够低的"，他在乡间说。他画，他不断地画；在室内画，在野外画；一早起画，黄昏时还是画；画过就把画掷在一边再来第二幅；画不满意（他永远不满意）他就拿刀向画布上搠，或是拿画从窗口丢下楼去，有的穿挂在树枝上像一只风筝。你（无论你是谁）只要漏出一半句夸赞他的画的话，他就非得央着把那幅画送给你（他却不虑到你带回家时见得见不得你的太太）！他搬家就把他画得的画如数丢下在他搬走的画室里！至于他的题材，他就只画他眼前与眼内的景象：山岭，山谷，房舍，苹果，大葱，乡里人（不是雇来的模特儿），他自己或是他的戴绿帽的黄脸婆子，河边洗澡的，林木，捧泥娃娃的女小孩……他要传达他的个人的感觉，安排他的"色调的建筑"，实现他的不得不表现的"灵性的经验"。我们能想象一个更尽忠于纯粹艺术的作者不？他一次说他不愿画耶稣，因为他自己对教的信仰不够虔诚，不够真。这能说是无耻卑鄙不？（在中国不久，我相信，十个画家里至少会有九个要画孙中山先生，因为——因为他们都确信他们自己是三民主义的忠实的信徒！）

至于他的画的本身，但我实在再不能纵容我自己了，我话已然说得太多；况且你是最知道塞尚的作品的，比我知道得多，虽则你的同情似乎比我少，外行侈谈美术是一种大大的罪孽，我何敢大胆！

但容我再顺便在这信尾指出：在你所慷慨列述到的近代法国大师的名单中，有的，如同特拉克洛涅与孤尔倍[①]是塞尚私淑的先生（小说家左拉Zola，塞尚的密友，死后他的画堆里发现一张画题名*L'Événement*，人都疑心不是特拉克洛涅自己就是门下画的，但随后发现署名是塞尚！你知道这件小掌故不？所以，我们别看轻那土老儿，早年时他也会画博得我们夸壮丽雄伟等等的神话。如伟丈夫抗走妖艳的女子之类！）有的，如同勒奴幻[②]或Pissarro[③]（你似乎不曾提到他，但你决不能如何恨

①②③　今通译名依次为库尔贝、雷诺阿、毕沙罗。

他），或穆耐或特茹史都是他的程度浅深间的相知（虽则塞尚说"这群人打扮得都像律师"），有的，例如马耐①，你称为"庸"的，或是毕于维史，你称为伟大的，是他的冤家，他们的轻视是相互的Homo adichtus Nature②，至于尊师达仰先生，他大约不曾会过塞尚，他大概不屑批评塞尚的作品，但同时我揣度他或许不能完全赞同你对他的批评。但这些还有什么说的，既然如今塞尚不再是一个乡里来的人，不再是Communard或是Anarchist，已然是在艺术界成为典型，正如布塞（Poussin）、特拉克洛洼、洛坛、米莱等一个个已然成为典型，我当然不敢不许你做第二个托尔斯泰，拓出一只巨膀去扫掉文庙里所有的神座，但我却愿意先拜读你的"艺术论"。最后还有一句话：对不起玛蒂斯，他今天只能躲在他前辈的后背，闪避你的刀锋；但幸而他的先生是你所佩服的穆罗，他在东方的伙伴或支裔又是你声言"不反对"的满谷国四郎，他今天，我知道，正在苏州玩虎丘！

四月九日写。天亮。

---

① 今通译名为马奈。

② 不详，疑为拼写错误。

"惑"之不解

——给徐志摩的公开信

徐悲鸿

一

　　志摩兄，诵所致书，有大段言弟所欲言者，甚以为快。再为尽其意如下：兄所指之真伪，弟意以为是是非。文艺上既有韵之一字，则无是非。同时又有一明字，则真伪应不容混淆。傀儡登场，不能视之为人，焉云不能定真伪？军阀政治，不得为共和。焉云不能定真伪？艺Art plastique[①]之原素，为forme[②]，色次之。果戆之不为弟弃者，以其形之存也。试问种种末斯之类（弟号之曰：人造自来派），何所谓形？形既不存，何云乎艺？

　　兄所责备弟之言重，弟亦有说。巴黎所存马梯斯[③]等之画，何啻数十百个堆栈？弟何以不披发入山？因江河万古之杰作，量数尤过之也。弟恒侪施耐庵金圣叹于左马，以齐观

---

　　①②　分别意为造型艺术、形状。

　　③　今通译马蒂斯。

也。试问腮惹纳①、薄奈尔②辈，置于Praxiteles③或Leonardo da Vinci④之前，其悬殊当何状？弟亦深恶痛绝院体式之美术，以其伪也。但与伪别者为真，伪不一端，不能以伪辨伪。

罗斯金或者是林畏庐之流，至于魏斯勒杰作，却似兰之馨。其白与黑，皆具节奏，是何等Finesse及Perfection（其母像可征）。弟更欲言者，即一作家之作品，前后亦迥不相侔。如特腊克罗纪萧之残杀⑤、唐惟与费其尔之游地狱⑥，同徐王之覆舟等，不世步之杰作。顾彼一生所作，无虑数百幅。类乎是者，仅百分之二，其外悉浮伪。吾最服大批评家Taine⑦之言，曰艺人之致力，恒分二期，初期悉为真之感觉，逮经验渐丰，则由意造，而真意漓。又曰："吾人研究何种艺术，初不必存成见。不必定以意大利美术为华贵，而荷兰画为鄙俗。要必如治植物者之于植物。凡系植物，对之均有兴会。"弟意则以为苟与植物学者以东洋造花，亦有兴会，顾必有感觉之不同者。

兄所云："一个中材学生……但他不能使我们对他的真诚发生兴趣。"这却无可奈何。兄须知此中材学生，苟将其真诚抛弃，易一般狂妄，便能增加得兴趣乎？故创造乃一可贵之事，不能责之人人。人而不以独立自期，便云无志。但苟存我

––––––––––––

① ② ③ ④　今通译名依次为塞尚、勃纳尔、普拉克西特列斯、达·芬奇。

⑤⑥　今通译《希奥岛的屠杀》《但丁和维吉尔在地狱》。

⑦　今通译泰纳。

们倘偶然发觉得死光，便可以打倒英国帝国主义，他些海军，便算白送，真是妄想。所以弟不说主义。虽Classique亦不绝对拜倒——除非写实主义。弟所主张，乃智之美术。Un art Savant要海陆空军都充分，方可以独往独来，扬眉吐气。否则拾人牙慧，便是飞地亚史①信徒，有何用处。

至于吾师达仰先生之大度雍容，弟万不能企及。彼曾不厌跋涉，往观Maurice Denis②之展览会（左派饰画名家）。彼亲对弟言，须时检查己之成见（非Principe③）。主见不可无，而成见则为过情。弟性褊狭，不能如所奖誉。但弟亦知含金之沙，与纯铜有别。顾既是金，要以纯金为贵，知尊意亦相同也。

尊论之喜新异好变动，弟恒比之日食燕窝鱼翅之倒胃口，此时青菜豆腐汤，能成大好美味。但正不必定以为青菜豆腐，味胜燕翅。三日之后，其象又变。而菜之品第，奚能不知。仅有嗜之不用耳。

兄之盛意，欲弟来向艺界指条大路。弟才浅学疏，不特无此力量，且不能负此重任。弟仅知穷则独营其力。我也曾经发表拿Musee Rodin④搬到中国来之计划，顾未尝得着一声回响。我也游说过陈嘉庚先生，未能蒙其采纳；我也曾上书中法庚款委员会；我也当过那不三不四的艺术院长，结果等于零。

---

①② 今通译名依次为菲狄亚斯、莫里斯·丹尼斯。

③ 意为原则。

④ 罗丹艺术馆。

志摩兄，你能责备我清净无为么？弟惟希望我亲爱之艺人，细心体会造物，精密观察之。不必先有一什么主义，横亘胸中，使为目障。造物为人公有，美术自有大道，人人上得去，焉用弟来指示。但去恶急于树德。前承兄及杨（清磬）先生雅命，用一发牢骚，弟之过虑，或竟不成事实。且弟之主张果胜利，亦未必非兄所心喜者。言或过激，似固无伤。此数行不能尽弟之意，要俟详谈。弟对美术之主观，为尊德性、崇文学、致广大、尽精微、极高明、道中庸。虽不能至，心向往之。幸兄教我。

悲鸿拜启。

四月二十七日书于张氏匏系庵

二

文艺上之大忌，为庸为俗，夫人知之。顾庸俗之反而为贵（Noblesse），为雅（Distinction），必而狂妄与虚伪，特乡愿之反响，足增益狂狷之同情。弟不喜华新罗而袒护冬心，亦出于不能自已。故不倡华贵高雅，而惟鄙庸俗，则有怪诞而已。而怪诞仍有不免于庸俗者，吾国今日种种之现象可征也。且革命与投机亦inhesent（内在的），如对付脑膜炎只有做猪八戒之妙法。同时中国聪明舅子都发明不少特效药，真言之可叹。

兄带回几幅腮惹纳，恐未必计及证实东洋货之流弊。货而不劣，奚必寻仇，此则有不能已于反日工作者。

　莎士比亚之书，以弟不识英文，惭愧未曾读过。至于斐托文①之乐，还了得。托尔斯泰理想中之天才，不知以何为标准。弟则凡能造大奇（Merveille）立至德者，皆所崇拜。能成杰作者，便即钦佩。大奇之标准，如斐先生Symphonies、樊葛耐②Tännhauser、吕特③之出发（Le Depart）、施耐庵之《水浒》等（亦孔多）。若弟崇拜孔子（孔子是弟理想中巨人一名词），因为有大道之行礼运大奇，书之真伪所弗计。要说得出这句话者（虽汉人唐人都弗妨），便算得巨人孔子。若弟崇拜当代之倍难尔④，因为他写《科学放光明于大地人类》（在巴黎市政厅）（并非因为题目大），可云近世美术第一伟构。达仰则有La Cène⑤，如谢公展浑茫之荷花，弟甚钦佩。论人自举其极诣，不计其短。如特腊克罗幻萧之残杀，直是梯切那⑥劲敌。至其浮伪之作，则高出马梯斯亦无多。弟尚有成见，以为我所以办不到者，方肯低首（难者必曰：古诗中极多平易之言，而成杰作者，看似人人办得到。弟则答曰，凡此者，未必人办不到，特想不到）。夫创造亦杂言，今之言创造者，率皆为人所鄙而不为而已（此中国多废物利用，或真有道路）。如日本人嗣治，其名未尝亚于马梯斯、

---

①②③　今通译名分别为贝多芬、瓦格纳、吕德。

④⑥　今通译名依次为贝纳尔、提香。

⑤　《最后的晚餐》。

薄奈尔辈，在巴黎极时髦（弟誓无国家嫉妒观念）。彼惟一例用黑线白布，一望而知为嗣治作，便像创格。试问宇宙之伟观，如落日，如朝霞，仅藉黑线，何以传之？如勒奴幻晚年，虑人之不辨其画，其所作女，皆敷赤赭，岂非狗屁。如有人从此，凡写山必以红色，凡作树皆白描，与人立异而已，焉得尊之为创造。夫创造，必不能期之漫无高深研究之妄人大胆者，即名创造人。讵非语病？特人必须具有大胆，方得与于进化之彼云耳。

大文中颇似以弟若程朱然者（其意）。如果然者，乃系误会。弟反对投机而已。实则弟革命精神，未尝后人。如弟以研究故，临古人杰作，亦一二十种。但一旦既"兴"欲自为，都事事求诸己。弟之国画虽不佳，却无一摹仿古人（尽管推重徐熙、陈章侯、任伯年）。我却从未厚颜说是创造。鄙意以为文艺之事，是内的，不是外的。外感可以兴（即所谓不能出环境以外），但说我此作是因为什么，鄙意便以为是客气。

弟亦深知地球总是毁灭，火星上之一切，不同于吾人所见，何必如此认真。讲形说色，以青藤之同宗，来板程朱面孔，无端致人厌恶。但弟以处今日中国，实不能自己。欧洲水平线高，哲人多。有些Fantaisie①，更觉活泼，所谓万物并育，而不相害。

志摩，你见解倘与我不同，于此节想大致不异，便无一人

① 意为幻想、想象力等。

来讲究些功夫。鄙意总以为翻斤斗者，不能入得孙禄堂之眼。有人晓得抵御文化侵略，然则你也等偶尔发明死光。——弟所陈义甚浅，但吾之理想主义却也有些高深。就说希腊美术之华贵，随便可以懂么？昨日中途折回，因再伸鄙意（弟去年被中央党部聘为主试，试艺术员，乃出一题，写一"秦琼卖马"，众大哗。弟起解释，做宣传工作者，样样须会得。马，不过要知道诸位画动物的程度。结果无一人能对付得一马来。今日之称怪杰、做领袖者，能好好写得一只狗否？志摩，我请问你，如何看得过？岂尚待高论甚么主义。德有等级，但在中国今日，只须说不做贼便够了）。

美术之大道，在追索自然。一切Convention①须打倒，不仅四王。志摩，你如同情，请用你之雄文，来同伸正义。不必以这担担子，专搁在我肩膀上。

悲鸿又言。廿九晨。

---

① 指艺术的传统手法。

世界绘画的前途

丰子恺

　　前月在杭州西湖上，和一位爱好绘画的青年，同到弥陀寺去瞻观佛教美术。那寺里有刻在断崖的石壁上的一篇《弥陀经》，个个字同人面孔一般大小，甚是伟观。又有三世佛立像。相貌姿势都很庄严慈悲，可谓西湖佛像中之殊胜者。后来我们坐在客堂里喝茶的时候，看见另有几位游客，正在赞美客堂一边朝外挂着的一幅画，这个说"好极了"！那个说"像极了"！

　　"咦咦，啧啧"之声，牵惹了我们的注意。我们也随喜地走过去看。看见挂着的是一位已过的老法师的肖像画。画中的脸孔用西洋画法，好似用玻璃格子从照相上放大出来的擦笔画，面貌的形相和明暗阴影，都很逼真。但头下面的衣服却用中国画法。粗大而枯渴的毛笔，遒劲活泼地写出一幅僧人的服装，硬硬地接在那铅照式的脸孔的下面。使人看了发生异常的感觉。我看了那服装的衣褶的笔路，觉得非常可爱而稔熟的。仰看画的上角的题款，原来是某知名画家的手笔。而那班游客们所赞美的，却是那铅照式的脸孔。他们说"某先生画手非常高妙，什么都会画"。又说"这脸孔画得真同活人一样"！同来的那青年，看了这画现出惊奇之色，低声地问我，"某先生也会画铅笔照"？我因只爱其画而少亲近其人，不敢确定地回答。心中猜想，这大概是两人分画的？不过，他肯拿他那支生龙活虎一般的毛笔凑配在铅照式的脸孔下，是我所意想不到，今天第一次看见的，那脸孔画得并不坏，染法细致严密得很，与上海城隍庙里的铅笔画照雅俗迥异，但是彻头彻尾的西洋画法，与下面的彻头彻尾的中国画法的衣褶，硬硬地装配在一处，凑成了一个东西合璧的老和尚。

出了弥陀寺，在向昭庆寺的道上，那青年和我一面步行，一面说画——以这东西合璧的老和尚为由，谈到了世界绘画的前途的问题。现在追忆当时我对那青年所谈的话，记录出来，投稿于《前途》杂志。

从各方面观察，世界绘画的前途，必然向着"形体切实"与"印象强明"两个标准而进展。形体切实是西洋画的特色，印象强明是东洋画的特色。故将来的绘画，可说是东西合璧的绘画。——不过，这所谓的东西合璧，不是半幅西洋画与半幅东洋画凑成一幅，而是两种画法合成一种不在纸上凑合，而在画者的心中、眼中，和手上凑合。不是东洋画加西洋画，须是东洋画乘西洋画。不是东西洋画法的混合，须是东西洋画法的化合。

东、西洋两种画法比较起来，互相反对的差别有四点：

第一，西洋画向来是"如实"描写的，故其画类似照相。布置取舍固然与照相不同，但在一局部物体中，如实描写，与照相相类似。像写实派以前的西洋绘画，这点特色尤为显著。反之，东洋画向来是"摘要"描写的，故其画中之物与实物迥异，坦白地表示这是绘画，并无模仿或冒充实物的意图。画的世界与真的世界判然区别。故看画时感得实际世间所无的特别强明的印象。

第二，西洋画的布置向来"紧张"。一幅画中，往往自上至下，自左至右，装满物体。近景，中景，远景，往往俱收并取在一幅画中。凡眼前所见布置美好的状态，皆可以如实描写之，使成为绘画。故其画一见就有真切之感。反之，东洋画的布置向来都"空松"。往往把天地头留出很多，着墨的只有画纸的一部分。有时长长的一条立轴中，只在下端孤零零地画一块石头，或者一株白菜，不画背景，留着许多的白纸。因此一幅画中的主要物体非常显著，给看者以非常强明的印象。

第三，西洋画由"块"组成，例如所谓没骨画法，印象派以前西洋画中盛用之。其法照物体实际的状态描写，不用显明的线条，只在块与块相交界处略用线分割。然其线不是独立的东西，只是各块的境界，与会相中所见的相近似。故西洋画非常逼真。反之，东洋画由"线"构成，线除了当做形体的境界以外，又具有独立的意义，有面积，有肥瘦，有强弱，有刚柔。有时竟不顾形体而独立地发展成为石的种种皴法，及四君子的种种笔法。故东洋画坦白地表明它是画，不是模仿实物。

因为实物上是只有界限而没有独立的线条的。因此东洋画的表现非常触目。

第四，西洋画因为如实地描写，紧张地布置，表出一种"完成"的实景。反之，东洋画因为摘要地描写，空松地布置，又用独立的线条，故一幅画中没有统一的中心，物体都悬空地局部地写着，表出一种"未完成"的趣味。故西洋画所写的是常见的现象，东洋画所写的是奇特的现象。

由上述的四种差别，可知西洋画法的特色是"形体切实"，东洋画法的特色是"印象强明"。例如现在前面走来的那个女人，用西洋画法在油画布上表现起来，是照现在望见的状态描写，虽不奇特，而很逼真，一望而知为一个行路的女人。倘用东洋画法在宣纸上表现起来，是看取其人的特点，加以扩张变化，而以夸大地写。虽不逼真，然而"女"的特点非常强明地表出着。试看古画中的仕女，大都头大身小，肩削腰细，形体上完全不像世间的人。然古代女子的纤弱窈窕的特点，强明地表出着。

近世纪以来，东西洋两种画法已开始握手。乾隆年间，意大利人郎世宁把西洋画法混入中国画法中，描出一种西洋画化的东洋画。大致像现今流行的一种月份牌画，而技术高明得多。十九世纪末，法兰西人塞尚（Cézanne）把中国画法混入西洋画中，创制一种东洋画化的西洋画，成为近代西洋画界的主潮。二十世纪以来，汲其泉流的画家，世间到处皆是。现在中国的油画家，也有不少人受着塞尚的影响，在那里描写中国画化的西洋画。本来是自己家里的东西，给别人拿去改装了一下，收回来似乎新奇些。但其实也并非完全为此。现今的世间，自科学昌明，机械发达，而交通日趋便利以来，东西洋的界限渐渐地在那里消灭，有的东西早已不分东洋西洋了。例如轮船、火车、电报、电灯等，原是西洋的东西，但是现在普遍地流行于世界，不认它们为西洋独有的东西，为的是这种东西最便利于人生，比世间一切舟、车、通讯方法、照明方法，都要进步。就被全世界所采用了。艺术上也是如此：例如音乐、绘画、建筑，东洋虽然也有固有的技术，也曾经发达过。但是在现代，都不及西洋的发达而合于现代人的生活。所以现在的西洋音乐法，已成为世界音乐法，被全世界的学校的音乐科所采用了。现代的西洋画法，已成为全世界的画法，被全世界的学校的图画科所采用了。现代的西洋建筑术，也将成为世界的建筑术，"洋房"这名称将渐渐地被废除了。故塞尚一派的画法，其实也不完全是西洋画法，不妨认之为现代的世界的画法。照这画派的发展状态看下去，将来一定还要发达，同时东西洋画风和合的程度一定还要进步，即东洋的"印象强明"与西洋的"形体切实"两特色，将更显著地出现在将来的绘画中。

这不是凭空猜疑，有着社会的必然性。今后世界的艺术，显然是趋向着"大众艺术"之路。文学上已有"大众文学"的运动出现了。一切艺术之中，文学是与社会最亲近的一种。它的表现工具是人人日常通用的"言语"。这便是使它成为一种最亲近社会的艺术的原因。故一种艺术思潮的兴起，往往首先在文学上出现，继而绘画，音乐，雕刻，建筑都起来响应。故将来世界的绘画，势必跟着文学走上大众艺术之路，而出现一种"大众绘画"。大众绘画的重要条件，第一是"明显"，第二是"易解"。向来的西洋画法，其如实的表现易解而欠明显。向来的东洋画法，其奇特的表现明显而欠易解。兼有西洋画一般的切实和东洋画一般的强明的绘画，最易惹人注目，受人理解，即其被鉴赏的范围最大，合于大众艺术的条件。

中国画的描写，有许多地方太不肖似实物了。例如远近法，在中国画中全不研究。因此物体的形状常常错误。山水、人物，因为都是曲线，远近法的错误可以隐藏，看不出来。但中国画描写到器物及家屋，就几乎没有一幅不犯远近法的错误。中国画所可贵的，就是不肯如实描写，而必抽取物象的精华，而作强烈明显表现。反之，西洋画的描写，太肖似实物而忠于客观了。过去的大画家的名作，例如米叶①（Millet）的《拾穗》（*The Gleaners*），辽拿独②（Leonarado）的《晚餐》（*The Last Supper*）等，铜版缩印，看去竟同照相一般。若能选集照样的人物和地点，竟可以扮演起来拍一张照，以冒充名

---

① 今通译米勒。

② 指达·芬奇。

画。这种如实的描写，对观者的刺激力很缺乏。照相一般的东西，使人看了不会兴奋起来。唯其可贵的，是逼真而易于理解。无论何人，看了都有切身之感，因为画中所写的就是眼前的现实的世间。把这两样的绘画的特长采集起来，合成一种新时代的世界艺术，在理论上与实际上都是可能的事。

这种新时代的绘画，在现今的世间已有其先驱。最近盛行的版画，宣传画（Poster），以及商业的广告画，皆是其例。版画用黑白两色，用线条，用单纯明显的表现，近于东洋画的插画。一方面又用切实的明暗法，远近法，构图法，仍以西洋画风为基础。最近新俄版画非常杰出。中国也有人在那里研究木版画了。像《现代》杂志所附刊的版画集，里面有许多新颖可喜的作品。然每每觉得，看了旧派西洋画之后看这种版画，好像屏息了许久之后透一口大气，感觉得怪爽快。看了中国画之后看这种版画，又好像忽然从梦境里觉醒，感觉得很稳妥似的。

主义运动的宣传画。则明了与易解，尤为必要的条件。为了欲引大众的注意，常把物象的特点扩张地描写；为了欲使大众易解，常用文字为补充的说明。至于商业的广告画，则不顾美丑，一味以易解与触目为目标。甚至丑恶的形态，不调和的形态，只要具有牵惹人目的效果，就都算是"商业艺术"。其实这种不能算为艺术，只是资本主义扩张的一种手段。若强要称它为艺术，这种艺术已被资本主义蹂躏得体无完肤了。不过，在求大众的普遍理解的一点上，这里面也暗示着未来时代的健全的新艺术的要点——切实与强明。

现代艺术论者称这种新时代的艺术为"新写实主义""单纯明快，短刀直入"，这八字真言，可谓新时代艺术的无等之咒。现代各种艺术，都以此为主导的倾向而展进着。

例如建筑，排斥从来的繁琐的装饰，而以实用为本位，取简单朴素的形式，像德意志现代盛行的新建筑便是其例。上海也有这种新建筑样式出现了，像天通庵车旁新近改造的日本海军陆战队兵营便是其一例。

又如文学，现代德意志小说界盛行的"新即实主义"，就是出现于文学上的"新写实主义"。用现实社会的现象为主题，取纯化洗练的笔法。又有Proletarian Realism（普罗写实主义）的小说，取报告的形式，作为大众教化的一种手段。其形式简洁明快，有如Poster的绘画。

又如演剧，舍弃古风的心理描写，而取简洁明快的性格描写，务求场面转换的多样与快速，以集中观者的注意。演剧与文学本有密切的关联，现代小说与现代演剧当然取一致方向。

又如所谓商业艺术，商店的样子窗的装饰，也取单纯明快的式样，不复以浓丽繁华为贵，西洋的商店的Show Window装饰，也颇不乏快美的作品。大概取适度变化，使观者感觉爽快；同时以简洁的技术，把商店性格化，作为广告手段。例如服装店里的人体模型（Manikin），为样子窗装饰中最富艺术味的题材，那种模型取种种姿势，用种种雕塑法，施以适宜的背景。若能忘记了商业广告的用意而观赏，正像一幅立体的绘画。

又如现代的照相馆，也跟着同方向进步着。不复如前之模仿印象派绘画，而注重镜头的机械能力的写实。现今的艺术的照相，不复印象模糊而带着玄秘感伤的趣味，贵乎简明地摄取物象的性格，短刀直入地表现Volume的效果。

绘画当然与上述诸艺术同源同流。以前（指二十世纪初）流行的所谓"新兴艺术"，如立体派、未来派、构图派等，以图型记号为题材的绘画，在今日都成过去的东西。现在的绘画，向着"新写实主义"的路上发展着。新写实主义所异于从前的旧写实主义（十九世纪末法国Courbet[①]等所倡导的）者，一言以蔽之；形式简明。换言之，就是旧写实主义的东洋化。

二十三年四月廿四日

---

① 库尔贝。

布尔德尔之死

刘海粟

　　"英雄崇拜"是人人的共同心理，这尤其是我的旧癖，所以我不讳我的接近大人物。这次我到欧洲顺便也想多瞻仰几个英雄。画家亨利·马蒂斯、保罗·毕加索、安特莱·特朗、阿尔贝·贝纳尔、阿芒-让，诗人梵赖利，文学家罗曼·罗兰，雕刻家布尔德尔，都是我预定要见的！但现在布尔德尔在我将要会见他之前，突然死去了，我的心是如何的怆伤呵！

　　汽车疾驶于市街之际，是倾盆大雨，这使我更觉惨淡了。在大路转右，一排略带着茶黄色的短墙，很觉古色苍然。大门前站着四个巡警，还有多数人憧憧出入。我们的汽车停了，傅雷君便走上去，脱着帽子，问道："布尔德尔先生的画室，就在这里么？"其中有白胡子而身材特长的一个回答："这里正是。"

　　走进院子里，几株大树，也像抵不过风霜那样，一片一片的黄叶不断的飘堕在我们头顶上。再进去数十步，左面就有嵌满玻璃窗的高大乌黑的建筑物像暴露在多年风雨之中。这便是有名的布尔德尔的画室。我望着那一间屋子的一排玻璃窗时，心里想：布尔德尔不断地创作了许多不朽之作，大概便是那间屋子吧。正门呢，因为正值下雨，黑到像黄昏；画室里面是点着雪样亮的灯。去参与丧仪的人很多，我们浴着暴雨，立在门外。二个司仪者，穿着黑黑的礼服，泼剌的红脸，头发和胡须是乌黑，很惹人注目。他们次第等待着来宾签字，鱼贯进去。很严肃虔敬的进了门，中间安置着布尔德尔的遗体，四面堆着无数的鲜花和花圈，尤其是后面的花堆到屋顶那样高；两株三尺长的白蜡置在遗体的左右，幽暗的烛光，在风中抖动，更觉得一种沉忧凄断之色。左面屋角高置着罗丹的雕像，这是他的绝作，下面刻着"我师罗丹"几个字。左面置着一丈高五尺阔的一座浮雕泥塑，是尚未完成的一个大规模的构思。正面一个大作品是一个浑然巨大的幻象，左手直伸出去，肌肉的紧张，技巧的高强，是一种大胆的尝试。四面还有许多许多他最近的作品，因为在那严肃的丧仪的时刻，我们不能走来走去地细看。布尔德尔夫人以及几个亲属，都披着一身黑色丧服，坐在遗体的一边；多数的来宾周围立着，轮流去致敬，去看他的遗容。我也跑到前面去瞻仰，他的脸，粗看像似一个三角形，头顶全秃，前额宽广而突起，两边脑角上还各有一撮全白的头发，一直连到下巴尖的胡须；颧象很宽，双目深凹，像安睡那样，口是紧闭着。他虽然死了，从他的脸部，却还能显现他性格的深沉和强烈的风采。一生时空的幻变都在这上面遗留着痕迹。

不多久，吊客越来越多了，我们站了一小时之久，竟不愿离开这画室，但是时间不早了，我便再三回顾，离开这画室。

布尔德尔死了，一个永向着完美的道上前进的艺者死了。

如安格尔，他是法国南方蒙都防①地方的人，生于一八六九年②。最初在都鲁士美术学校③习壁画雕刻，继于一八八〇年④入巴黎美专，从弗格瞿以哀⑤为师，以后又受教于达鲁与吕德，终乃投罗丹门下，极被爱护，在其工作室中，潜心研究者十有五年。

布氏当新艺术万花争放之时，独默默地直探其奥秘。罗丹把"力"与"大"两者传授给了他，当这位大师生时，他已完成了大师的期望，孕育了他的美学的与思想上的精义。

愈是罗丹作品的个性强烈，生命永久，愈见得布尔德尔的作品多方面的发展，愈显其作品之矛盾与冲突。他的老师的作品是整个的心灵的庄丽瑰伟的表白，绝对地个人的；布尔迪尔的作品却在永久的觉醒的惶恐中，个性是少得多了，然而他的更为精细、更为柔顺——或竟过于懦弱的心灵，使他更易感受外来的影响。他有几种作品，虽然没有自损他的价值，但已是使我们回忆到雕刻史上两个最光荣的上古与东方的两大时期的作品，为布氏所不惮汲取其灵感的。

在别的一方面，他的作品也是印象派与建筑派的桥梁。他

---

① ③ ⑤ 今通译名依次为蒙毛邦、图卢兹学院、法尔吉埃。

② 应为一八六一年。

④ 应为一八八四年。

青春时代的作品*Hercules the Archer*，是属于印象主义的，是肌肉的力本主义和阿拉伯风的气韵趣味的产物。反之，他成熟时代的作品，尤其是*La Vierge d'Alsace*，那是超脱到建筑物的雕刻的动人的境界了。

我们更逼近地去观察他的艺术，可以看出罗丹是替他立了一个基础，撷其精华，吐其糟粕，他超脱到建筑物的倾向，正是避免印象派萎靡的弊病，而这正为罗丹其他的学生所共犯的。

创造《行动的人》与《思想家》的罗丹，他爱用强有力的神经质的肌肉表现于雕刻的动作中，似乎是一道"力"与"思想"的灵光，辉耀震烁于全宇宙。他那崇高神奇的天才，与他强有力的人体的表现力，使他从自己造成的这种艺术的主要流弊中超拔出来。他的许多生徒们，只想把自己诡怪化、奇特化，于是便犯了这些重大的毛病：徒然改变了形式，而实质上确是一无所有；就是雕刻的材料的研究，也绝对忽略了。这些衰颓的现象，激起布尔德尔追怀到邃古文明的永久性。他从米开朗琪罗而悟道：雕刻家的事业，并不在于雕琢一个漂亮的外表，而在于把庄严有力的形式从粗粝的顽石中创造出来。因此，在长久的思索探求之后，布尔德尔终于得到了新的发见。他极精心地注意雕刻的材料，而又不囿于材料；在追求表现的新形式中，同时在谨慎地避免它的危险。

罗丹也不隐讳他对于他的高足的叹赏："布尔德尔是在

不断的推论中，寻求'真实'，得了新的，便弃了旧的，从没有迟疑与后悔。他的作品是非常地理性的，每一个细微之处，都有它存在的理由。在全体中有重要的价值，一点也没有偶然的发现，也绝无重复，更无生硬的部分。他的线条是谨严而沉着，并非因为他的天才贫乏之故，却是他综合的必然的结果。"

你瞧，这是他技巧方面的评价，再没有什么可以附加的意见或是可以辩论的余地了。

然而布尔德尔并不如其余的"建立论者"（Constructeur）一样，他并不抑制感情激发，只是他深知驾驭它而已。

布尔德尔受了种种不同的影响，但到处有他自己的面目。他自罗马、希腊、巴比伦、埃及得来的形式，都依他自己的心灵改造过了。

就为这点，他才能把近代艺术的颤抖与爱琴海文化的圣洁，文艺复兴的伟大与奥林比亚的沉静结合起来，沟通起来。在这一点上，大艺术家比战死沙场的光荣的战士要伟大。因为战争所给予我们的印象是仇恨；而艺人遗留后人的，却是令人看了更知感奋，更知相爱真美的作品。真美在群星辉耀间，是永远不能磨灭的。

（节录自1935年3月中华书局出版《欧游随笔》）

野兽群

刘海粟

　　我在巴黎的生活，一大半是看美术院，看画廊，从乔托看到波堤切利，从提香看到弗拉戈纳尔，从普桑一直看到大卫，从安格尔一直看到塞尚。我是一无问题抱了谦虚渊淡的心，将各时代的艺术毫无顾虑地感到它那各特点。我每次走完了几家画廊以后，总是引起我无穷的内心的变化，有时迷，有时悟，这是很有意味的。在巴黎一千多家画廊，他们贩卖的、展览的、陈设的，可说一致都是野兽派的作品，印象派和后期印象派的作品也就少见了。二十世纪法国的艺坛，早已为野兽群（Fauves）所占据了。就是秋季沙龙和独立沙龙，或者蒂勒黎沙龙，他们虽然各有不同的性质，代表着现在法兰西的艺术；但是你仔细看那里面的重要作品，大都是野兽派人物的手笔。就此可以想见一般了。

　　野兽主义（Fauvism）的名词已经发见二十年了，但是现在明白它的意义的恐怕还没有多少人。这种情形在西洋美术史知识极端幼稚的中国原无足怪，什么是印象派，后期印象派，在现在欧洲的艺坛，已成为过去的东西了，在于中国便是挂着美术家招牌的有几个人能清楚？那又怎会理解到对着后期印象派生起反动的野兽派？何况野兽派又比较地难理解。这样看来，我现在来介绍野兽派自不免有些不合时宜；可是从别一方面看来，这种介绍又觉得很紧要。现在西方的新美术已经不绝地零零碎碎地传到中国，那混乱的情形，真令人寻不出个端绪。有些时髦的人物随便拣取一点来谈塞尚、凡·高、马蒂斯，以及立体派、未来派，其实何尝懂得？不过顺便图个新奇耸听而已。还有些人闭着两眼狂叫，高呼描写外形，提倡官学派的死技巧。这类都和西方新艺术隔开了几万万里，尽管他们也算热心传布，可实际上相距太远，没有丝毫有利的结果。现代的美术是带着世界的性质，没有什么国度的界限。我们现在要研究西方美术，并不是因它产生在西方之故，也因它含着世界性质。要明白新兴的美术，也是认它在世界性质的美术发展史上比较激进的一个过程。现在的时代，不是宗炳、王微的时代了，不是山林隐居、闭门挥毫的时代了。一切思想都带着世界的性质激动着，是不容你不接受混交的。所以要谈艺术，不能不明白现代新美术思潮，不但明白一些形式便算，还要探求它的根本精神。一切都能清楚了，我们要替固有的美术在现在重行估定一种价值，自也有个趋向加入那世界的美术潮流和别人一起前进。否则只管闭目高呼国有艺术，贩卖古董，自然只有步步落后；因为我们祖宗的伟大遗产，是历史上的一种荣光，但现在我们更要努力创业。但是现代欧洲美术的根本精神是怎样的呢？可说是野兽派的精神。要理解现代美术的真际，应该先明白野兽派的经过。

在一九〇六年前后，因马蒂斯、布拉克、凡童根①、弗拉芒克、杜飞、弗雷兹等的刺激，产生了野兽主义。这是对学院派的陈腐，以及印象派、新印象派甚至后期印象派所起的以规律为本的反动。那备受嘲笑的"野兽群"的人们，如同后来立体派一样，很明白地看透新印象派的科学化，不惟技术上显得局促，而且在艺术的趣味上也暴露其贫乏的弱点。这种缺少高超和深味的新印象派，很显然地走到装饰的时髦和纯粹学院主义一样讨厌的新学院主义上面去，因此"野兽派"感到了有开辟一个比较高超的理想之必要。他们倾向于自然的印象的传统以为的东西，这种观点是根据视觉的混合的对象，就是从那已纂集的对象来研究的。换言之，以前艺术家是看了自然的表面的形，而从其中描出所谓宏大、优美来作画。"野兽群"的人们就不同了，他们是要提取在于自然的奥处或他们所认为在于自然的奥处的一种不可思议的情绪和情调。

"野兽群"对于轻视个性而描写自然的表面的形是反对的。他们以为性格和意想不应为自然所束缚，而应当用自然以激起本人的灵感；绘画的目的不是要为自然现象的敏锐的发明者，还有旁的奥妙的目的在。因为专是那样，将如雷南批评历史一样，只变了一种可怜的臆度的小科学罢了。于是"野兽群"的人们利用观察的官能就更接近科学的分析的目的上，这

① 今译梵·邓肯。

种观察的官能是从印象主义遗传下来的。他们声言在德拉克罗瓦所介绍的"自然词典"中，选择了不消说是活的那种意欲。而且选择了借着色彩的最纤密的修积的能力，受了扩大的形式的某种概念力的转变而来的意欲，以结构他们的作品。从这里看来，他们要在他们的前辈的获得物中，在择求一个前辈们所没有发见的新获得物之必要。所以他们时时考虑到应该努力充实这种作风，而使它们的作品足以超过正式被承认了的诸大师的作品之上。

总之，"野兽派"的画家是要设法把塞尚、修拉、雷诺阿的教训实施在画面上去。主张有一个构造的时代，将印象主义者的技术变为一种美术，使其基础建立于印象主义的传统的新古典主义之外的一种特新而特富的探求之上。

"野兽群"都第一次试作是以归返传统而表现的。这种所谓传统，不是仅在字面，而在其精神。因为一件作品，不能单以其外表而存在，而尤在以其灵魂而永生。我们探访一切博物馆，就可以发现富于新的研究和技术的原理。混乱时代的作品，如原始人的艺术，埃及、亚述、克里特、希腊、罗马、拜占庭的古代艺术，以至于黑人的艺术，都可以从中找出当时的特性。"野兽群"倾向于形体的新精神化，专心创造建筑风的结构，训练着节约着一切方法，而认这种方法，可以把绘画从它的原先的感觉性而截然地变为快感性的了。至其所走的道路，乃是藉着这构造的兴味与线条的分离，色彩的团块的意胎

而来的变形与再造型。末了从造型、深度、严谨、省约等价值
的意义上而论，他们主张的是一种强而显的以少道多的东西，
而反对印象派的散乱、冗赘和重复。

　　野兽主义者之对于自然，弃其外形，而接受其精神；他们
不摄影，却组织成一种由情绪引起的景色；他们不模仿自然的
外形，却能奥妙地拨动世界的无穷的大谐和。

热里果

秦宣夫

热里果（Theodore Gericault，1791—1824）擅长油画、石版画。1808年中学毕业后，到战争画家凡而奈（Carle Vernet）[①]的画室学习，两年后进高等美术学校盖兰（Guerin）先生的画室。1812年展出第一张油画《轻骑军官出击》（现藏卢浮宫博物院）后引人注目。1815年当了一年的骑兵。1816年自费到意大利游学，钻研文艺复兴大师们的作品。深受米开朗琪罗的影响，他在罗马画的《驯马图》《赛马图》就是证明，回国后积极投入浪漫主义运动中。1819年在沙龙展出他的代表作《梅杜萨之筏》（现藏卢浮宫博物院），向学院古典主义挑战，同时对政府的失责提出批评。"梅杜萨"是法国远洋货轮，在离港前并未具有航行救护条件的情况下航政当局就让他开航，再去美航行中遇险沉没。一百多人挤在一架临时制成的小木筏上漂流了两个多星期，最后只剩下十余人获救。他不画宗教、神话历史题材而选择了报纸上的时事新闻为题，是向学院派的古典主义原则挑战。为了达到真实动人的效果，他访问了每一个幸存者，找到了制作木筏的木工，请他照原样造一架木筏，乘筏

---

① 今通译名为韦尔内。

到海上去体验生活，到医院去观察病人临死时的神态，到太平间去画死尸，绘制了多种多样的草图，然后进行创作。

虽然他很重视第一手资料的搜集，但在创作中却并不作自然主义的描绘。在人物造型方面他受了米开朗琪罗的大壁画的启发，把在大海中饥饿挣扎了十多天、实际上处于垂危状态的人们画成敢于和死亡搏斗的英雄；画面中，前景的人虽已死去，但体态筋骨还是健壮有力的。在7米×6米的画面上，大海只占极小的面积，画家用风帆、浪头表现了大自然的威力，而人物的紧张活动却占画面的主要地位。这样的构图是不寻常的，也是不容易处理的，但热里果成功了。

此画展出后学员中的老朽们群起而攻之，但得到了青年画家们的崇高敬意。热里果的小同学德拉夸就是其中之一。他不仅每天清晨狂奔去热里果家去看创作的进展，还当了模特儿。此画由画家本人运到伦敦去展览得到赞赏。他在英国画了有名的《德比赛马图》（现藏卢浮宫博物院）和一些反映英国贫民的石版画。回国后他本来想画一张《解放黑奴》的大画，并作了油画习作准备，但不幸他爱骑烈马，堕马伤了脊椎骨，卧病不到一年后去世。

德拉夸

秦宣夫

德拉夸（Eugene Delacroix，1798—1863）是法国外交家达勒亲王的私生子（在画家活着的时候从未公开过）。1815年中学毕业后进巴黎高等美术学校盖朗先生画室学画，与热里果同学。少年时他母亲教他音乐，爱读但丁、莎士比亚、哥德及拜伦的文学作品，文章写得不错。1822年沙龙展出其第一张重要作品《但丁之舟》（但丁《神曲》地狱篇），作者的意图是借古讽今，表面上画的是鬼魂在地狱中的灾难和自私，实际上反映了作者对现实的不满。除了少数人（例如热里果说："如果是我画的那我就更高兴了"）以外，引起来一片惊慌和讽刺。1824的沙龙是古典派和浪漫派摊牌的一年，也是浪漫派取得胜利的一年：德拉夸的代表作《岂奥斯岛的屠杀》[①]和安格尔的《路易十三的誓言》同时展出了。

岂奥斯岛的屠杀是希腊独立战争中最惨无人道的一幕：1821年8月9日土耳其舰队吃了败仗之后，把1万名土耳其海军士兵开到从未参加过抗击土耳其人的岂奥斯岛上，展开了疯狂的奸淫杀掠夺，10万人中除了被杀死的2万多人外，其余

———————

① 今译《希奥岛的屠杀》。

的都被当作奴隶卖掉，只留下了900人！事件发生后全欧为之震惊。德拉夸当时就有画希腊独立战争的打算，并作了一些准备。他在1823年5月的日记中写道"决定画岂奥斯岛的屠杀"，1824年在日记中又说"必须画一张大的草图来画希腊将军包查利斯冲进土耳其兵营，引起土耳其人的溃退"。当然，1824年展出的《岂奥斯岛的屠杀》是经过画家认真思考选定的。他在创作过程中留下了一段日记是宝贵的：他说"要紧紧抓牢这一切！呵，临死前的微笑！慈母闪烁的目光！绝望者的拥抱！这是绘画的珍贵领地呵！这些无言的力量只有眼睛才能觉察到，但它却能渗透，甚至于主宰灵魂的深度和广度！完美的绘画呵，这就是你应有的精神，最适合于你的真正的美呀！……必须承认我是带着激情来画这张画的，我一点不喜爱说理的绘画。我的顽劣的精神需要激动，要毁了重来，要试千百遍，要不放过每一件东西才能达到目的。因为有一个老病根——内心中强烈的痛苦——要满足。如果我不是激动得像一条在女巫手上的蛇，我就是冷漠无情；一定要承认这一点，要服从它，这对我来讲是莫大的幸福。过去画的一切如果还有点可取之处就是这样画的"。（《日记》第一卷第112—113页）此画展出后取得浪漫派的拥护，气得古典派大喊"绘画的屠杀""发了疯的笔"等，最后政府还是收购了这幅画（417厘米×354厘米，现藏卢浮宫博物院）。1827年，德拉夸根据拜伦的诗画了一张《萨达那帕勒斯之死》。萨达那帕勒斯是传说中的古代亚述帝国国王，战败后举火自焚。作品画的是他在举火前下令杀死美人和骏马的可怖场面。这是对古典主义的庄严、明静、秩序的挑战！尤其是因为这是一张长5米的大画，展出后更引起一片混乱！但是文学家维克托·雨果却有不同的看法。雨果于1828年4月3日写信给帕威（Victor Pavie）谈到此画时说："《萨达那帕勒斯之死》是一张了不起的作品，由于它的声势浩大因而不是目光短浅者能体会的。遗憾的是他没有举火，如果用火光衬托全景就更美了。"

1831年展出《自由领导人民》是因歌颂七月革命而得到赞赏，政府以3000法朗购去，现藏卢浮宫博物院。这也是他以现实政治斗争为题材的最后一张画，因为请他画法国历史画的任务太重了。1832年，他到摩洛哥旅行。当时阿尔及利亚已沦为法国殖民地，路易·菲力普为了改善阿尔及利亚和摩洛哥的关系，派莫尔耐伯爵（Charles Mornay）为特使去摩洛哥，德拉夸以随员的身份跟去，带回七本水彩素描速写。后来创作了成百幅摩洛哥题材的作品，例如《摩洛哥苏丹及其随从》（1845年，3.77米×3.40米，现藏图卢兹奥古斯汀博物院）、《阿尔及尔的妇女》（1834年，1.52米×2.13米，卢浮宫博物院）、《犹太人的婚礼》（1839年，1.03米×1.42米，卢浮宫博物院）、《阿拉伯狂想曲》（1834年，蒙彼利埃博物院，参考Gombrich：《艺术故事》）、《猎狮》（1861年，9.14米×11.58米，芝加哥艺术学院）、《猎狮》（1855年，2.60米×3.60

米，波尔多美术馆，上部被烧毁）。

此外还有许多有关法国历史和文学名著选题的重要油画作品，例如：

《图拉真的公道》（4.95米×3.96米，鲁昂博物院），根据但丁《神曲》故事；《塔依布战役》（1837年，4.65米×5.43米，凡尔赛博物院），画的是13世纪法国国王圣路易与英国作战历史；《南锡战役》（1834年，2.39米×3.59米，南锡博物院），画勃根底公爵大战查理败给瑞士人和洛林人；《十字军占领君士坦丁堡》；《唐璜之舟》，1841年根据拜伦的诗（132厘米×196厘米，卢浮宫博物院）；《瑞蓓佳之被劫》，（1846，100厘米×82厘米，纽约大都会博物院），取材于斯考特①的小说《埃温侯》②（Ivanhoe）；《哈姆莱特及何瑞肖在墓地》（1839年，82厘米×66厘米，卢浮宫博物院），根据莎士比亚的悲剧《哈姆莱特》；哥德著《浮士德》的石版画插图（1828年）；莎士比亚名剧《麦克白斯》的石版画插图，十分精彩。

此外，从1833年起德拉夸为法国政府画了几套大壁画：

（1833—1837年）波旁宫的国王客厅拱顶壁画，内容是"战争""和平""农业""科学""哲学"等。波旁宫、众议院的图书馆内的天顶壁画，规模很大，内容是古代文化

---

① 今译司各特。

② 今译《艾凡赫》。

选题，从传说中的希腊诗人、音乐家奥尔菲①（Orphee）到匈奴王阿提拉侵略意大利，题材非常广泛。（1845—1847）卢森堡宫的图书馆的拱顶壁画，内容是画希腊罗马和文艺复兴的文学家的故事。（1849—1852）卢浮宫阿波罗长厅拱顶壁画，画阿波罗战胜毒龙（Python），象征光明战胜黑暗。（1849—1853）巴黎市政府和平厅拱顶壁画，内容是"和平带来丰硕""大力神降妖"（1871年毁于战火）。（1850—1861）巴黎圣苏比斯教堂（St. Sulpice，今译圣叙尔比斯教堂），圣天使祈祷堂壁画（La Chapelle des Saints-Anges），题目是《雅各和天使决斗》《赫里欧多被逐出神殿》。

德拉夸的壁画（不是湿壁画，是油画）规模大、成就高，但过去的美术史几乎一字不提，原因何在呢？原因是前两组重要壁画就是在巴黎也不容易看到（因为第一组放置的地方是众议院，而第二组放置的地方是上议院，对外不开放）；卢浮宫阿波罗长厅光线太暗太高看不清楚；再则壁画的照片很少，进行认真的观察研究需要搭梯子和特殊的灯光设备。1963年，法国举办德拉夸百年祭画展，由美术史家赛如拉斯（Maurice Sérullaz）编辑出版《德拉夸的壁画》巨大画册。其中有113张图片。这是第一次出版德拉夸的全部壁画照片，初步解决了研究的困难（*Les Peintures Murales de Delacroix*. Paris，1963，Les Éditions du Temps）。

---

① 今译俄耳甫斯。

原始人类的艺术

林风眠

　　原始人类变迁的经过没有历史的记载可以做研究的基础，只能在遗留的痕迹中，寻求出他过去的片段。研究的方法，应借助于各种科学如地质学、气象学、人类学、生物学、人种学等为基础。

　　原始人类的遗迹，在现代所发现的，还是很小的一部分。如欧洲西部、非洲北部及内亚细亚几处，与美洲北部诸地而已；所可根据而为研究之材料者，亦只限于这几处的范围。若谈到原人的由来，与在时代上详细的变化；具体诸问题，现在尚不易解答。因为一这方面材料上不完备，一方面系研究的时间太短促。欧洲学者从事研究这种学术，还只有百年的历史。

　　人类生活不离两方面，即：物质上的需要与精神上的满足。前者是生活上直接的要求，后者是精神上各部分调和的一种方法。原始人类自离不了此两方面。因此，在它的遗迹中，一种是生活上直接需要的，如工具及居住房屋；一种是精神上需要的，如宗教与艺术。

　　工具的创造，在时代上可分为旧石器时代即粗石器时代，新石器时代即光石器时代，铜器时代，铁器时代。粗石器遗迹发现在第三纪的末期。他们都是由简单而进步的完密，注意于实用方面。原始人类多系穴居野处，如现代未开化的民族。宗教则多系拜物，对于死者，总含有种种的信仰。以上各问题，都应当有专书著述，本篇不能详细的解说。现在只能从艺术方面说起。

研究原始人类的艺术，应从两方面着手：一是根据人类学上的材料，寻求在现代未开化民族中的遗留；一是根据古物学上的材料，寻求地层中的痕迹。蔡孑民先生所著《美术起源》，多根据人类学上的材料，包括艺术上动静两类。古物学上的材料，偏于艺术上静的方面，而且很多不连贯之处；但事实上，古物学上的材料，系文化在时代上经过的实在情形，很可能证实理论上有时错误之处。

人类物质上的生活，常影响到精神上的表现。换句话说，工具与艺术，常影响到精神上的表现。换句话说，工具与艺术，常发生很大的关系。艺术的构成，一方面所含的是美的意味，他方面是技术与方法，制作上的问题。前一种各随民族个性和趣味之不同，表现亦各异；后一种是生活上得来的经验与知识，同工具有绝大的关系。

各民族互相接触之后，文化便发生新的变化，那是必然的。艺术亦是如此。在技术与方法上，尤为易见。技术上的变迁，多由简单而完密，随时代与经验而演进。譬如线刻、绘画、雕刻诸类，皆起源于线画。因为人类欲保存线画，使之固定，而发明线刻；由线刻而产生浮雕及雕刻诸类。这种渐次的演进，都是很有连贯的。

原始时代的线画，无论是模写自然界的物象还是描写装饰的图案，其描写方法，各区域的民族皆大同小异。盖艺术家在其所工作之平面上，施以次序的深浅颜色，使线画显现出来，这系技术上必经之手续。原始人类多用木炭或石灰及赭石诸类为涂绘的材料。习用的方法，有时用干画，有时用湿画。

尼罗河流域，及地中海东部，各洞穴中所发现的线画，其涂绘的方法：先涂成外面大略的图形，然后着实地描写，刻成线形。在工具比较完备的时候，由此促成浮雕制作。原始时代的浮雕，多系小品，而表现的方法则很生动。

原始人类依照自然的对象，用各种颜色涂成平面的绘画。自绘画上暗影发现后，由平面的涂绘进步到描写物象的体积。这种方法之发现，是与浮雕有绝大之关系的。希腊、埃及及原始时代的浮雕及雕刻皆涂以颜色。埃及古王朝的坟墓中，侧壁上涂以一种特别的、一定的颜色。涂色的原因，大概系使雕刻物接近自然的缘故。即原始人类所居住之地穴中的线刻，亦有涂绘以各种色彩的。希腊的浮雕、雕像及建筑物，主要部分亦皆有涂绘。由此可见，雕刻与涂绘是互相影响而进步的。

工具的进步与金属的发现，使艺术上描写的方法亦随之而增进不少。刻刀进步之后，宝石的装饰品，兵器及铜的腰带等物，此时皆变为刻线上主要的物品；同时，雕铸的制作，亦渐产生。石器时代，各地所发现的，仅略具雏形，即表现的方法亦很简单。工具发达后，金属的小雕像即渐由熔铸的方法造成外形的大体。日常生活中之用器，亦装饰以各种线刻的花纹。

原始人类以燧石为工具，使坚硬的材料，变成器物，工作上之困难，当可想见。工作的方法：先把坚硬的材料，如象牙、兽角及骨质诸类割切成大体的形状，用各样石器琢磨，使之光滑；然后刻以装饰图形。金属工器，如锯、刀诸类发现后，工作当然比较容易，所欲表现在艺术上的意思，亦比较达到完密的境地。最后，陶器的发现，在文化上更发生一个绝大的影响。

当人类发现火的时候，同时便发现陶器的制造方法。因为烧火的时候，由火堆中的发现，泥土经一次燃烧后，变成坚硬的状态而不再溶解水中。陶器的发现，大概在粗石器时代与光石器时代的中间。比利时的马格德林人，发明陶器较早。在列日原始人居住之洞穴中，所发现陶器碎片，虽很粗简，但制作上重要的方法，当时已经发明。在康皮尼（Campignian）所发现的制造的方法，比较进步。布雷斯尔①山谷小屋中，地层下发现的陶器底面的碎片，材料上已有特别的选择，是用很精细的泥制成的。但是普通所发现的，总是很粗劣的陶泥。陶器上面的装饰，常画以几何式的线形。当时制造陶器的旋转器，大概尚没有发明。光石器时代中，亦只有几处地方，已经发明用

① 今译布雷勒。

旋转器制造陶器的方法。

制造陶器总不离三方面：陶器制造时的技术与方法、材料的区别与陶泥的制成及燃烧时高低的热度。陶器上的装饰，亦有两方面的区别，即方法与美术上的意味。前一种如线画的方法及涂抹使之光滑的材料（制陶器时，在雏形上涂以一种使之光滑的质料），有时在同一的区域，因工具进化关系的不同，而制造的方法亦随之而异。后一种如陶器外形上的装饰，及陶器的形体，随各民族的嗜好的不同，而亦各有所表现。

原始时代陶器装饰上，实施的方法，普通系在瓶的外面，画刻线纹。有一种则在刻的线纹上涂塞白色，或者色颜料涂抹在陶器上，使陶器变成光滑质料。普通用陶泥的质料，或另外一种质料，涂在陶器的外面，而使之光滑。当陶瓶的外形制成之后，装饰以冷色的绘画，颜料的配合，常混合油质或胶水诸类。涂色后有两种：一是涂绘在已烧之陶器上，涂后再加烧一次；一是在未烧时涂绘，涂后一并烧成，最后，则涂以釉质，使陶瓶光泽。以上各种制陶器所必经手续，原始时代各民族大概皆使用之。惟颜色方面，蓝、青、紫三种，在当时尚没有发现。陶泥，普通是很纯粹的，不混合以其他异样的质料；既有，亦是很少。颜料多取自铁及锰的矿质中。埃及人很早发现瓷质之泥料，用这种软泥，涂在陶器上，经燃烧后，变成很像玻璃的原质。这种方法，在中国亦发现很早。陶器在已烧未烧时，嵌入光亮之金属，这种发现很少。俄罗斯阿美尼

（Armenia）铁器时代中，曾发现有几个陶瓶，是在陶泥中混以玻璃质而烧成的。

陶器的发明，系用以承受液体，其目的全在功用上想。因此，形式方面，亦有一定的便于实用的形式。原始时代的陶器，都是同样的目的。形体方面，各地所发现多是一样的。后来因各民族对于审美的趣味之不同，形式方面亦渐次发生变化，而尤以陶器的装饰上，派别更为复杂。

粗石器与光石器时代过渡期中，陶器上的装饰，系画刻的线形。这种线形的来源大概系模仿粗石器时代骨上所画刻的线形。当时工作上实施的方法，是同样的，不过在泥土上，画刻起来，比在骨质上，当然比较容易。所画刻的线形，重要的地位，画刻较深，而且填以白色，或者彩色的颜料。

石刻的雕像发明很早，自陶器发明后，渐渐用泥塑而替代了石刻。金属发现后，尤有重要的影响。创造模型，用以熔铸一切小雕像，加尔德、爱兰①、埃及当时的神像及装饰品，多是用熔铸的方法制造而成的。

尼罗河流域及萨齐阿纳②、叙利亚以及地中海之东部，陶器上的装饰，除画刻的线画外，尚加以绘画。在希腊及古意大利，此种绘画尤为发达。后来影响到欧洲中部及西部。虽然在时代上经过很长的时间，然总没有多大的进步。美洲如墨西

① 今译埃兰。

② 今译苏萨。

哥、秘鲁，所发明的陶器装饰方面，亦多习用线画的方法。

在金属原始时代，人类对于金属的工作，只是熔铸、捶打、线刻、镶嵌，或结合诸类；熔铸法发现较迟。编织法发现后，在装饰细工上，实用很广。埃及、爱兰此项细工确很发达。希腊伊特鲁里亚人，由东方输入此种方法之后，进步很快。编织的方法，一直影响到斯堪的纳维亚半岛，即日耳曼部落中，装饰的物件，皆以此项细工为编织的基础方法。

由此种种观察，原始人类在方法上的进步，确很简单。有的民族，在技术上、方法上虽然简单，但作品上，描写自然所含美的趣味，在时代上，确是杰出之创作。有的民族，方法上比较进步，而艺术上所表现的趣味反而较少。艺术上的创作与方法，虽然很有关系，但有时亦不能由此而决定是绝对的状态。因为技术是艺术工作时的一种方法，决不能影响到艺术的派别，与所表现的趣味上面。原始时代所谓派别者，系各民族趣味与嗜好之不同，因而发现相异的现象。

粗石器时代，第一次发现人类在艺术的创作，从艺术的表现上观察起来，不像是艺术原始时代的创作，很像是文化已经进步后的出产。但事实上，粗石器时代以前的创作，实无所发现。研究原始人类艺术，只能由此开始。

第四纪初期，原始艺术的遗迹发现很少。奥瑞纳人的时代，只可当作艺术上的黎明时代。到第四纪后期，艺术上的遗迹，在最近欧洲学者，才渐次地有很丰富的发现。马格德林人的艺术，是否由奥纳瑞人相传而来？从性格的表现观察，显然不是同一个来源的民族。欧洲有些古物学家，谓索罗特[①]人艺术上的遗迹，同是一个民族的。这种由人类学上所得来的证实，还不很完备，决不能有确实的结论。不过奥瑞纳人在艺术上的造就，如技术方面，确是很可以断定，在后来的文化上影响是很大的。

粗石器时代艺术上的创作，其表现的方法，像文化已经很进步的出产。多数的古物学家，都认为这种艺术的产生，系受外来文化的影响，而发源于欧洲之西部。弥勒谓第四纪时代的艺术，系受埃及及原始时代文化影响之后而产生的。

从年代方面，寻求第四纪艺术产生之来源，是很难有结果的。说是发源于原来的欧洲西部，事实上亦很有可能，因为艺术的产生，系人类的一种普遍性，由此，则随处皆可产生。第四纪艺术之来源，总不出两方面的推测：一是发源于欧洲西部，后来因为迁移的关系而中绝，仅留其遗迹于穴洞中；一是后来的已经进化的民族，亦因迁移的关系而移植到欧洲西部所遗留下来的痕迹。在两方证据未曾充分的时候，确难决定。尤其近来欧洲的学者，时有新的发现，而且这种新的发现，常与过去所推测的种种结论完全相反。谈原始人类的艺术，以所经过的事实为材料，较为可靠。代舍莱特[②]（Déchelette）谓，

---

① 今译梭鲁特。

② 今译德谢莱特。

第四纪时代的艺术，含有两种变化：前一种作风，是原始的，萌芽时代的；后一种作风，是自由的，已经进化的。这两种作风，基础于对象的标记和模仿，因时代的种种关系，渐渐变成两种倾向：一种是特别的一定的形式的；一种是怪异的比喻的表示。

庇得在其著述中，把第四纪的艺术归并起来，名为硬刻时代的创作。因为在地层中所有的发现，如巴桑帕尼附近奥瑞纳人的艺术品，质料方面，皆习用象牙雕成的。但是，这种证据，限于特别的区域。常常因时间关系，坚硬的质料，才能经久保存，这亦是一个重要原因。由此，亦决不能断定奥瑞纳人的艺术品，只习用象牙而已。奥瑞纳人的艺术，是很奇异的，如小雕刻像上所表现的特别的地方，对于母性的表现特别注意，与加尔德原始时代艺术上的作风很像；而且不像是原始时代的产物。这种作风，在马格德林人艺术中，是没有的。在事实上研究起来，前后是很像不连贯的，但又没有确实的证据，只作为一种不可思议的变化。

奥瑞纳人雕像中，所表现那富于脂肪的母性，与肥大的形体和尼罗河流域，及加尔德陶泥制的小雕像想象。体量上的表现，又好像奥唐托茨①（非洲中部）人的身材。总之，他们的雕像，一种是与宗教有关系的，一种是写实的。如在巴桑帕尼附近地层所发现，一个比较为长瘦适合，女性体量的形体，及

————————————

① 今译霍屯督人。

一个少女，披着长发的雕像。这种雕像，比马格德林人所表现的人体，确是进步很多。因为在洞穴中，及石壁上，或象牙及骨上所发现马格德林人的线刻所描写的人物，皆生着长毛，头发也不像在奥瑞纳文化的委连多尔夫①（Willendorf）雕像中卷曲的样式；由此可见在人种学上，前后显然不是同种的。

马格德林人，象牙及骨上的线刻，描写人体的，很少发现，即使有，亦表现出很粗劣的，原始的产物；对于兽类的描写，则表现得很完密、精致。或者因为不善描写人体的关系，而对于人体生活上的描写，倒很稀少。

在索鲁特发现马格德林人在石块上的线刻，及图绘的鹿类的形状。这种艺术上的创作，在产生的初期，只有很小的图形，用以装饰在工具上。后来，才渐渐刻画在石块或象牙及骨质或角质的平面上；有时雕刻在石壁上。普遍的图形都很小，雕刻在石壁上的较大，不过最大的，亦不过只有原来对象同样的大小。

原始时代的雕刻、绘画，所描写的对象，多系当时很常见的一种普通的兽类。欧洲各地所发现的原始人的艺术，如兽类的描写，在各原始人居住之洞穴侧壁，皆涂满这种绘画及线刻诸类。洞穴中的壁画，常常新旧互相层叠混在一块。但也有独立而不混乱或相层叠的涂绘。绘画的表现，多描写兽类群居或单独的生活状况。兽类的身上，皆长着长的、厚的一层丰毛，

①　今译维伦多尔夫。

一副强固、雄伟的样子。

原始人类描写野牛的形状，其大小多与原形相等。野牛的颈上，描写得特别大，表现牛的雄伟与力量；头部常很小，或深入在肩内，角锋横竖；而脚到描写得很细小，表现它很能奔腾的样子。在当时，这种兽类，系马格德林人当为一种很可宝贵的猎品的。

犀牛在当时比较稀少。因此，在绘画中，亦比较少画。这类兽类，有时发现许多有完密的、切实的表现。牛的身体很长，脚很短，两条长出来的角，很可以看出它系原野山林中猛强的兽类。犀牛皮的坚厚，即用现代的枪弹，尚难致其死命，原始人用简单的石器，与此种兽类恶斗，而解决生活上的需要，可想见其当时生活的确也不易。

熊，是当时很多的兽类。可是在原始人所居住的洞穴中，很少描写这种兽类。惟间有表现描写这种兽类的遗迹，确实表现的很确切。熊的性格，完全能由单纯的线条中表现出来。

鹿类系当时很丰富的产物，亦系游猎时代生活上的主要的物品。原始人类常把鹿的形状，涂画在工器上面，有时或涂绘在洞穴侧壁上。这种兽类的描写，表现很生动，实可为原始人艺术中代表时代的创作，即便欧洲现代的艺术家，对于它单纯的方法和动象的表现，也是很注意与尊崇的。

小鹿类常描写在线刻中。

野猪亦很少描写。布吕叶[①]（H. Breuil）在阿尔塔米拉（Altamira）发现有描写这种兽类的艺术品。图中表现奔跑的状况，很有生动活泼的趣味。

马，在当时的艺术中，是很可能注意的。有时在居住穴洞之全部，皆用马的图形，做他们的装饰。在这些图形中，表现有各种形状：如休息或奔跑，孤独或群居的样式。即使雕刻品中，亦有马的描写。形体上虽没有线画这么活泼，但躯体的形状，还表现的很确实。在马·得·阿在（Le Mas-d'Azil），曾发现一个马的头部。其活动的长鸣的状况，实可说由内面描写到外面的创作，在第四纪雕刻物中，算是最可注意而最有趣的。

狼，在当时艺术中，亦偶有描写。

这种艺术上的遗迹，所描写的古象、犀牛、熊、鹿、野猪诸类，排列在洞穴中或岩石上面。一期一期，在旧的涂绘上，盖以新的涂绘，所描写的兽类，因时代而有分别。这或者系当时一时代某种兽类出产最丰富时，人类在艺术上，便多描写或表现这种兽类。

鱼类，在原始艺术中，亦有时描写。方法多系线刻，种类多系鳗鱼、鲇鱼诸类。

其余如植物，在原始艺术中很少发现，即使有，亦系不成形的叶类。此类植物，常刻画在骨片上。原始人生活多接近于兽类，而不注意于植物，因植物的攫取，没有什么反抗，很容

---

① 今译亨利·布勒伊。

易得到，故印象较浅；要得到一个野兽，就不是这样容易，非经过很强烈危险的争斗不可，自然在生活的过程中，留着深刻的印象。原始人艺术中，多描写兽类，大概就是因为这种关系。

马格德林在艺术的创作中，不特描写自然的对象，而且创造一种几何线形式的装饰。这种装饰，多系旋形的花样。在第四纪期中，这种图形多刻画在骨片或羱羊角及软岩石诸类。总之，雕刻材料的选择，范围是限于石器的工器能工作材料中。关于石器的工器方面，多使用锯的方法。最初，把象牙或鹿角的大块材料，锯成长条，由长条制成尖针，或枪尖及小剑诸类；装饰在这种器物上的工作，亦多使用锯法。如几何图形的图样，长线多用锯锯成，断线则多用刀尖画刻。

绘画及雕刻，创作时的情形，大概是这样的：最先在所择定的材料或地点，用木炭或石灰，画成简单的外形；然后用石刀，刻成很浅的线画；再用红色的石灰（赭石质）、黑色的矿质，混以油脂或水诸质料，调成颜料，涂绘在画刻的平面上。涂绘的色彩，只有红黑两种，或红黑相混的深赭色。这种颜料，皆系矿质；惟在铜质中可以采取的青色或蓝色，当时尚没有发现。不过他们的颜色，当时或不止这几种，因为由矿质中采取来的颜色，在时代上，则能保留较久，兽类及植物质中采取来的很容易消失的；还要一层，他们涂绘时，由于新旧层叠的关系，色彩方面，亦一定有所变化的。

最可注意的，马格德林人的艺术，多装饰在工器上，这是与实用很有关系的。加尔德、埃及、希腊原始时代，及墨西哥、澳洲①密考辟、哈佛勒勒斯的各种未开化的民族，他们也用装饰艺术，装饰他们的工器，艺术的产生和生活有绝大的关系，这是可以断定的。原始人洞穴中的涂绘，与工具上的图案，一方在精神上宗教上的需要，一方在使用上工作上的便利，直接或间接的，因此产生；在形式方面，有时竟因功用而变其样式。

马格德林人末叶时代，艺术在时代上忽然消失。消失的原因，现在尚未得到确切的解答。但在时代上，却是一个很不幸的事件，这种民族的艺术，苟在人体的解剖学上及植物学上，略有进步，则当时欧洲的西部，实可变为艺术上的黄金时代。马格德林人，在文化上，对人类贡献很多，即在艺术上，不特在精神方面，表现所欲表现的意思，是很难得的。希腊黄金时代的艺术，表现的方法，亦只描写所欲表现的重要部分，这种相同之点，是很可注意的。

第四纪的艺术，只限于欧洲西部。当时马格德林人的文化与艺术的遗迹中，绝对没有发现发展或影响到各处或异族的痕迹。这大概因为地中海沿岸的各民族，尚没有承受他们的文化与艺术的程度。既不能承受，因此就不能继续下去。马格德林人的文化，忽然消失的主要原因，或者如此。这种事实，在历

① 指澳大利亚。

史上，是很常见的，如日耳曼部落，侵入罗马帝国的时候，日耳曼人绝对没有程度来接受高深的文化，不过因为有多数希腊、拉丁精神的民族，使这时代的文化，赖以继续，而不曾消失；不然，和第四纪文化一样，也要消失了。

第四纪的艺术，离开了欧洲西部，就不能不转移其方向，而寻求在东方诸地，自欧洲西部艺术消失之后，经过很长久的时间，艺术的创作，在时代上，完全沉寂下去；经过长时间的沉寂之后，东方诸地，如加尔德、爱兰、埃及诸处的艺术，才渐渐产生出来。

爱兰的萨斯城①（后来变为都城）最初居住的人，只在一个小山顶上。在所遗留的痕迹中，证明他们不特完全使用石器，而且已认识铜的使用，创造出很多兵器。他们是后来移植在这里的民族，由此可见，在未到此地之前，他们早已有很进步的文明，来到此地时，已有编织的衣服；坟墓中发现很多铜器的斧枪诸类。当时或已发明耕耘之法。石器上的遗物，很多精细之品。最可注意的，是他们的陶器。这种艺术，是他们的创作，在原始艺术中，确有很重要的地位。

古萨斯人的陶器，有很精细的材料，整齐高雅的样式，并有很精美的绘图；因燃烧时热度不同的关系，陶器上的色彩，有黑色及棕色两种；涂绘的画材，采取在兽类及植物中，在艺术上创造出一种特别的作风。像这样的作品，在时代上可说是

① 今译苏萨。

文化已经很进步的产物。在萨斯小山,坟墓中发现的原始时代的产物,均很精美;惟在地层较浅几码的一层,常常发现一种异样的陶器,多用几何图形为图案上的装饰。陶泥方面,亦比较粗劣,燃烧时的度数不准确,常太过或不及。这种陶器,和欧洲光石器时代所发现的有同样的形式。这种现象,系两方面的关系:前一种,在坟墓中所发现的,系特别制造,而供献给死者,与宗教有关系的,故比较精致;后一种,系当时日常生活使用的,故粗一点。

古萨斯人的陶器,他们的来源,当然不是源于萨斯城,亦决不是沿着加尔德诸地而来的。陶器上,装饰的绘画,不描写两河流域间所出产的兽类,如河马、犀牛及古象诸类,其主要的描写,多系生着长角雄的野山羊。这种兽类,出产在山谷中,而且在内亚细亚一带,加尔德、爱兰平原中,是绝对没有这种兽类的。由这样的证明起来,他们的陶器原始于山谷中,是无可疑义的。但是,究竟在什么地方呢?现在还没有得到很确切的证据,可以决定这些陶器来源的地点。

在萨斯城,继续着古萨斯人的陶器之创造者,系另一种材料,如陶泥方面,粗劣一点;即绘画方面,亦没有古萨斯人的确实;颜色方面,有红棕两种;绘画上,多描写自然现象如兽类、植物等,及混合以几何线形的图案;形式上有时做得很大。这种前后的进化,使研究萨斯人的陶器的,更感复杂。而且这种陶器,不特发现在萨斯城,有时竟发现在坦普·阿列贝得及庞奇特·考诸地。

　　陶器上经过一种变化后，而古萨斯人的这种样式，就永远地消失了，在当时，历史的记载，还没开始。如萨斯的遗迹中所发现的最初历史的记载——帕特的记载，表现在很高的一层，而相距的年代，当一定很远。爱兰古萨斯人的陶器，样式及绘画上的表现，确很特别，惟其变化与消失的原因，绝无可考；即前后两期变化时，过渡时代的情形如何，在遗迹中，亦无证据；变化后，第二期陶器之消失，在时代上，是很延缓的，一直到有史之初期才完全消失。这种陶器的样式，在加尔德卢里斯唐，巴赫蒂亚里及伊朗平原之西南部，皆有所发现，而且一直影响到西部之巴勒斯坦及弗尼斯诸地。萨斯人在陶器上，这种变化，鲍狄埃谓前后期是相连贯的，后期是由前期而产生的。在文字方面观察起来，似乎爱兰曾经过有几个世纪，习用一种很特别的文字，所谓为古爱兰的记号的；后来才渐渐替代闪米特人的文字。第二期的陶器，消失在闪米特人入侵到加尔德南部迦勒底及爱兰的时候。但他们侵入的时候，时代上，还很早。因为当时爱兰还用着光的石器及很少的铜器和黄铜各种之工具而已。

　　第二期的陶器，虽然在萨斯人种已经消失，但事实上，还保存着在内亚细亚及亚述、巴勒斯坦，叙利亚，卡帕多西亚（Cappadocia）以及爱琴诸岛中；此等处所，皆有同样的样式发现。这里有一个很可注意的疑问，就是涂绘的陶器，根本的原始，在什么地方？来自加尔德到叙利亚呢？或最近欧洲古物学家所推测的结果，谓系原始于克里特岛中？这种疑问，只有年代学者才能解决。但是，在年代学上，如埃及、加尔德、亚细亚尖角及地中海诸岛，时代上，历史上，年代的迟早，还很多争论之处，而且不易决定。惟事实上观察起来，与其谓以地中海为中心，由此地影响到东方的伊斯法罕及霍兰丹姆，不如谓以萨斯为其原始的中心或比较可靠。因为以巴勒斯坦及叙利亚的陶器，拿来和爱兰原始时代克里特诸岛中发现的，两相比较，还是比较接近爱兰原始时代的陶器。由此可见巴勒斯坦及叙利亚的陶器是原始于萨斯，比较可靠。

爱兰初期的陶器，在艺术上，确有特别的作风，而且总含有地方区域性质的表现。陶器上面的绘画，开始的时候，取材于自然界，后来混合修饰以几何线形。这种前后的变迁由自然的描写，变到几何线形，或者因为自然界中，亦有几何线形图案的关系。蔡先生在《美术起源》一书中，解析得很详细："譬如十字是一种蜥蜴的花纹，梳形是一种蜂窠的凸纹，屈曲线相联中狭旁广，是一种蝙蝠的花纹，双层曲线中有直线的，是蝮蛇的花纹，双钩卍字是卡西恩蛇的花纹，浪纹参黑点的，是阿纳科达蛇的花纹，菱形参填黑的四角形的，是拉古纳鱼的花纹，其余可以类推。他们所模拟的，是动物的一部分……"并谓最简单的陶器，勒出平行线，都是像编纹，原始是模仿编织物而来的。可惜在原始时代，几何现形的图案，没有原来的证据，可以做研究的材料。

尼罗河流域，光石器时代中，亦发现爱兰的陶器的变化，同样可注意的一种事实，埃及古王朝时代，以雕刻坚硬的矿石之工作，为主要的产物。涂绘的陶器消失的时候，即在此种工作很进步的时候。如内加达及阿拜多斯坟墓中所埋藏的，只留着碎片；在此碎片中，已可证实当时刻石的完密的方法，如水晶、岩石、玛瑙石、火石诸类，皆能制成小瓶。可见当时，涂绘的陶器，是替代以石刻埃及的石瓶诸类。在王朝时代以前，象牙及硬石上的雕刻，已很精巧，其所刻，多取材于兽类，及生活上之现状。如亨利·德·摩根在埃德富附近哈萨亚高处发现一个象牙刀柄，在柄的平面上，刻满兽类的形状。由此雕刻中，可以知道埃及古代，有出产的兽类。埃及人在光石器时代，对于象牙及硬石，都有精致的雕刻，例如金属的制作如用金叶包在刀的柄上，都雕刻有细的兽类的形状及花纹。

埃及原始时代的艺术，其作风很自然，描写的事物，时代的变迁，宗教及环境的关系，渐渐脱离了自然形象的描写，而产生出一种王朝时代很特别的，限于一定格式的、宗教所规定范围内形式中的一种作风。光石器时代，埃及的艺术，还没有在规定的形式中，到第三王朝时代，雕刻及线画诸类，他的作风，就已很明显地规定在一定的形式中了。由此，埃及人的艺术，一直到罗马人入侵尼罗河流域时，艺术上的作风，还是不变。他们在艺术上，比较接近自然的作品，大概多在古王朝时代中。

尼罗河流域中，所发现的关于陶器制造的方法和爱兰很多相同之处，可注意的地方，不在他的材料上，而在他的形式与装饰之进步。他们在陶器上所绘的绘画，完全和萨斯城所发现的相异。他们是在陶器的表面上，涂以一层经火烧后变化坚硬的材料，然后再装饰以冷色的绘画。制这种颜料的方法，是先把颜料磨成细碎的粉质，然后混合以油脂或胶水诸类。但时代经久很易消失。现代所发现的，在陶器的表面上只留着一层粉质而已。他们所制的，这类的陶器，多系宗教上供献死者或上帝的遗物，而不习用在日常的生活中。日常生活所用的陶器，表面上的装饰，摹仿古代石瓶的花纹，如岩石小斑点的花纹，圆灰石螺旋形的花纹，有时亦摹仿玛瑙石的花纹。这几种矿石，在沙漠中是常见的。若在坟墓中，所发现的陶器，多系装饰以死人之舟，葬时之舞蹈，及供神的形状，其余亦有描写生活上之现状的。

埃及之粗石器时代，与光石器时代之坟墓，及弃物堆中，克乔肯·马丁所发现的陶器，常是红色而饰以黑色之边纹。另有一种，系陶器上面涂以红色的质料，装饰以白色花纹，经火烧后，即变为固定之装饰的，这种陶器制造的方法，地中海诸岛中也有发现。在埃及，勒文的陶器，斯内弗鲁王朝（第三朝）中，已经少见。埃及第一王朝时代，石瓶的制造，已很发达，因此涂绘的陶器，忽然消失。这与爱兰的陶器，在第二期忽产生变化，是同样一种状态。地中海诸岛中陶器的发现，多系在光石器时代中。制造的方法和爱兰、埃及诸地相同，所发现的粗劣的勒文的陶器，大概系当时在克里特岛、塞浦路斯诸岛中最初居住的民族，所遗留下来的痕迹。涂绘的陶器，与亚细亚、埃及诸地所发现的，大概相同。惟艺术上作风的倾向，则很多相异之处。爱琴——迈锡尼人（希腊人）的文化，受埃及、亚细亚诸地绝大的影响，他们艺术上创作的基础，倾向于写实派方面。这种倾向，在原始艺术中，是特别的。这种作风，即为后来地中海诸地，如意大利，西班牙，高鲁及欧洲中部艺术上的基础。东方如波斯，外高加索北部诸地所发现的陶器，制造的方法，及装饰的花纹，和加尔德、爱兰、弗尼斯、希腊的，很不相同，而接近于北方民族的产物。这种艺术，在欧洲有很大的影响。因为高加索多数的民族，一大部分系亚细亚的民族侵入到欧洲，有极大的关系。

深入到亚细亚中部，波斯北部及高加索、西伯利亚诸地，在艺术的创作上，可分两种：前一种，如伊朗北部，黄铜时代的装饰，多表现简单的几何线形；后一种的描写，多系兽类的形状，这种艺术，多发现在奥塞梯（Ossetian）铜器时代中。在卡莱肖·路斯及亚美尼亚的铁器时代中，装饰方面，以螺旋形及卍字为主要。

西伯利亚之玛诺西茵斯克、克拉晓尔斯克诸地，及近蒙古里，如阿尔泰山一直到乌拉尔、伏尔加一带，系产铜很丰富的地方，在坟墓中常发现描写兽类的装饰品。这种图形多雕铸在工器或兵器上面的一部分中，也有在陶器上或金属的腰带上。描写的方法，多系用尖刀刻画成的。金属的雕刻法，传入波斯后，为波斯人装饰上主要的图案。

这种艺术，他的原始，不是在加尔德、叙利亚、埃及及西方诸处，与地中海所产生的自然写实派亦完全不同，没有直接或间接的关系，这是很可以证实的。可是，把这种艺术与西方铁器时代初期的艺术相比较，我们很惊讶地感觉到东西两方，这种艺术相同的特点很多。如兵器工具的样式，装饰上主要的图案，及制造的方法，皆系相同的。自多瑙河及乌克兰下流，发现艺术上各种遗物之后，才知道，东西两方的艺术，在高加索北部，俄罗斯区域中，曾经有过一次接触，或有一个时代，是互相混合融化的。

高加索铁器时代之前，黄铜时代的文化，经过有很长久的时间。当时艺术上主要的图案，多系几何线形。西方诸地，大概因为哈尔施塔特人很急迫地接续着黄铜时代的缘故，文化上的特变，反而很快。而哈尔施塔特人由东方经过多瑙河下流，及俄罗斯到欧洲之前，铁之为用，在亚洲已经过很长久的时间了。由此，则亚细亚的艺术，特别的作风，在当时，亦一定不免影响到地中海诸地。

亚细亚这种艺术，与克里特民族的艺术，相同的地方很多。克里特民族未到欧洲之前，居住在里海之南部，由德本、达瑞奥北部奥塞梯诸地，经过里海海峡、阿尔卑斯山脉，到阿尔克斯南部诸地；另外一部分民族，则同化或转向北方，遗留在伊朗诸地。在波斯人的艺术上，如线刻方面，观察起来，所表现性质上的痕迹，很容易看得出来。地中海诸民族的文化，渐次进步后，他们的艺术，即渐次消失。

纪元前千余年前，哈尔施塔特人发现在欧洲初期的时候，在高加索已产生铁的艺术。由此可见，他们留在这里，有相当的年代，他们在高加索的时候，已经知道铁的功用。在奥塞梯坟墓中的发现，可以证实他们发现铁的用法是在高加索。当时哈尔施塔特人经过大高加索，在奥塞梯因为铜比铁出产多，所以在库班所发现的，铜器比铁器为多，这是另外一个原因。

内亚细亚北部，很少发现涂绘的陶器。坟墓中所埋藏的多是铁质的兵器，陶器则多系光滑，或勒以线纹之装饰的。铁器发明时代，陶器上的装饰，摹仿兽类，如牛、马、鸟类，各种形式；即使雕刻的金属，如根据前几年在西伯利亚的发现，亦有很特别的作风，这大概系阿尔泰山的原始艺术。

欧洲中部及西部，初期的陶器，多平底，而器口与器底的斜度很微，而且很不整齐。陶泥的质料很粗，燃烧的热度无定，这或为当时系在杂乱的火堆中烧出来的。现在所发现的陶器碎角片，质多焦黑，而且混以沙砾，在外面烧成一种很不美观的色彩。

光石器时代的陶器，制造的方法，渐渐进步，形式方面，有时亦有很高雅的样式。康皮尼文化时代中，发现有一种系勒文的；有一种凹圆点的装饰。这种装饰的制法，有时在泥未干时，做成绳线的样式；有一种用凸圆点的样式连成圈形。但这种种作风，都是很特别的，普通多刻画线形的装饰。在塞姆狄亚维，光石器时代所产的，尤可注意。铜器时代的陶器，更有进步。在当时，制造陶器的旋转器，已习用很久，形式方面，亦渐有吸收希腊人影响的痕迹。意大利南部，西西里，西班牙，高鲁南部及地中海诸地，艺术上受克里特影响很大。迈锡尼人陶器上的形式，充满于欧洲中部。铁器时代，陶器上主要的形式及绘画，以及制造的方法，当时与原来的艺术相混合，即瓶的涂绘，亦没有古希腊人的精细。

欧洲原始艺术，受地中海诸地文化的影响，确有很明显的实证，因为他们的艺术，来源很混杂。到后来，派别上的变化很多，如高鲁诸地，在同一处出产的艺术，而性质、形式，已很不相同。欧洲西部，铁器时代的文化，受希腊古罗马人的影响尤为明显，如陶器方面，勒文与制作的方法，及涂绘的装饰，以及形式上，都很相同。希腊人之影响于欧洲南部，则在欧洲的中世纪，尚保存着这种文化的痕迹。

爱兰及希腊，在艺术上，确有特别的性质与表现。除此而外，其他各处的艺术上的原始与作风，都是很混杂的。大概皆多相同之处，他们的原始，或即在东方诸地的缘故。

新大陆方面，如墨西哥，秘鲁，在原始时代，亦有很可注意的作品，新大陆与外面较少关系，结果，变化较简单。陶器有勒文的、涂绘的装饰，制作陶器的方法，与旧大陆相同。

　　原始艺术，时代的变化与民族迁移的关系，种种问题都很复杂。就陶器方面说来，所发现的还很少，即高加索、波斯、俄罗斯诸地，只有一小部分的发现；其他各处，更无从说起。

1928年

谈齐白石老师和他的画

李可染

　　不少的青年美术工作者参观了齐白石遗作展览会要我谈谈白石老师的生平和他的艺术。我是白石老人的一个小学生，也应该对这个展览会进行一次认真的学习。我前后在展览会上看了五个整天，对着老师的遗作真是思绪万端，不知从何说起。现在就谈谈我的一些感想的片断。

一

　　我想不论是谁，当他走进了会场，站在白石老师的作品之前，都会感到有一股清新蓬勃之气，雄强健壮的力量扑入眉宇，心胸为之一快，精神为之振奋。更可贵的是这些作品的思想感情与我们的思想感情息息相通，不感觉有什么疏远和隔阂，仅这一点就与其他老的传统国画有所不同。

　　我很喜欢白石老师九十几岁画的一棵棕树。棕树笔直冲天，棕叶下垂，笔力之雄健真可说是"如能扛鼎"。这里我不能说这张画的棕皮、棕叶的质感如何的神似，我感到的是一种震撼人心的气魄，正如画上题字"直上青霄无曲处"的那种雄迈昂扬不屈的精神。

有风园柳能生态，无浪池鱼可数鳞。

此是人生行乐事，夕阳闲眺到黄昏。

　　这是老舍先生收藏的《钓丝小鱼图》的题句。画的上部占着很大的篇幅，只画一根被微风吹动的钓丝，下边几条淡淡的被钓饵所吸引的小鱼。看来画面似乎没有什么东西；但是，我们很难用语言表达那绝妙的意境——晚凉风中，一天的暑热刚刚过去，还留着一线余霞，人在塘边观看游鱼，满纸是诗的意境。我站在画前，不禁忆起了自己的童年，说忆起了童年似乎还有点不大恰当，应该说是嗅到了童年时代的气息。画上那一根线，看来是一根真实的线，但又觉得不应该说它是一根真实的线，哪有一根真实的线能给人那样美妙的感觉呢。这张画使我们深深感到白石老师的感觉锐敏和感情的真挚。

　　白石老师的作品，哪怕是极简单的几笔，都使人感到内中包含着无限的情趣。过去他曾给我画过一幅大画：玻璃杯里插着两朵兰花，花头上下相向，上边题着"对语"两个字，真使人感到是"含笑相对，窃窃私语"。画展中有一小幅放牛图，前面一片桃林草坪上几头水牛或卧或立，老牛的背后还跟着一头小牛，寥寥几笔就描画出一片春色的江南。老师画的花卉迎风带露，欣欣向荣。记得一次我陪一位印度的著名诗人去访问老师，老师画了一幅牵牛花送他。诗人站在画前激动地说："这花的艳丽生动使我感到在枝叶间就要穿出一只蝴蝶。……"等了一下，他又说："这不仅是一枝花，这是东方人对和平美好生活的歌颂。"

二

白石老师晚年作画，喜欢题"白石老人一挥"几个字，不了解的人就会联想到大画家作画，信笔草草一挥而就。实际上，老师在任何时候作画都是很认真，很慎重，并且很慢的，从来就没有如一些人所想象的那样信手一挥过。他写字也是一样，比如有人请他随便写几个字，他总是把纸叠了又叠，前后打量斟酌，有时字写了一半，还要抽出笔筒里的竹尺在纸上横量竖量，使我在旁按纸的人都有点着急，甚至感到老师做事有点笨拙，可是等这些字画悬挂了起来，马上又会使你惊叹，你会在那厚实拙重之中，感到最大的智慧和神奇。

从这里，使我想到了老师的为人。他平时不喜欢讲话，也不大会应酬，没有一点那种艺术家自视不凡的气派。我想任何人最初和他会见了，都会感到他是一个朴朴实实平平常常的人，可是同他处得久了，就会认识到在那平平常常里面包含着很不平常。

在我与老师十多年的相处中，深深感到老师所以不平常，不仅因为他有非凡的天才和高超的艺术修养，更重要的是他具有劳动人民俭朴、勤劳、正直、真诚、善良的品质和思想感情。

　　白石老师到了晚年，虽然名满天下，受到人民的敬爱和尊崇，但他一直没有忘记劳动人民出身的根本，我们看他"鲁班门下""木人"等印文，可知从来不避讳他过去木匠的身份。平时在生活上自奉非常刻苦俭朴，记得有一次我买了一点菜食送他，菜是用一块白菜叶包着的。老师叫人把菜拿到厨房后，自己把那一片菜叶用布擦得干干净净，他说这块菜叶切碎用酱油调了可以下一餐饭。平时他常把一些有棉性的包物纸理平收藏起来，并且很喜欢在这样的纸上作画。我就见过他在老式鞋店包鞋的皮纸上作画，画上还隐隐可见朱印的鞋的号码。他作画后，常常把笔上余色用清水冲下，留作下次再用。从来不肯把星星点点有用的东西，随便抛弃。过去有人把他这种劳动人民珍惜物质的俭朴作风说成"吝啬"，实在是不应该的。

　　白石老师生长在前清国家危难动荡的时代，但他的作品充满了坚强不屈、昂扬乐观的精神，一点没有灰暗颓废的气息，这一点就与士大夫文人画家有很大的不同。他歌颂生活中的美好事物，同时讥讽当时社会的丑恶面。观众对他用不倒翁嘲笑当时的官僚、画算盘讽刺剥削者的作品感到兴趣，不是无因的。他曾画过一部无叶松，上边提着这样的诗句：

　　　　松针已尽虫犹瘦，松子余年绿似苔。

　　　　安得老天怜此树，雨风雷电一齐来。

把官僚剥削者比作虫子，人民的脂膏（松针）被吃尽了，还不满足（虫犹瘦），他盼望能来一次雨风雷电，把这些害民的东西消灭干净，这是何等强烈的反抗精神！

在解放以前我曾见老师在一幅倭瓜的画上边写着这样动人的题词："此瓜南人称之曰南瓜，其味甘芳，丰年可作菜食，饥年可作米粮。春来勿忘下种，慎之。"在那苦难的岁月，南瓜可以救济饥荒。谆谆叮嘱"春来勿忘下种"，表现了他的劳动人民的情感又是何等真挚！

"寻常百姓人家""杏子坞老民""星塘白屋不出公卿""中华良民也"，老人在旧时代里不止一次用这样的词句刻成印章，表明自己的身份不同于官僚士绅阶级。为什么白石老师的作品那样亲切感人，为什么他画的一些极为平常的事物如萝卜、白菜、竹耙、锄头之类都能深深打动人心，我看最主要的就因为他是一个寻常的劳动人民，因而才能对这些与他的生活有亲密关联的事物，寄以深厚真实的感情。

古人说"画如其人""笔格高下，亦如人品"，我们国画传统是很重视品质修养的。白石老师的成就固然条件很多，但劳动人民纯正善良的品质和思想感情实是最根本最主要的。其他如艺术方向、苦功、毅力等等也无不与这有着密切的关系。

当一个艺术家动手创作时，他的目的是什么呢？他是不计个人得失，竭尽心力把自己的正确的思想传达给人，并企图把作品做到尽善尽美，给人以丰富的滋养呢？还是带着欺骗的手段，以表面华丽炫人借以攫取个人名利呢？这一点，我看不仅是分辨艺术家人品高低的关键，也是分辨画品高低的关键。白石老师有两块印文是"忠心耿耿""寂寞之道"。他对人民的艺术事业是忠心耿耿的，但当他在创造的途中，人们一时还不能完全理解或为保守思想所反对时，他就不计个人得失，甘守"寂寞之道"。我们知道，他过去在北京多少年来一直为一些得势的保守派所攻击，甚至在解放以后还有人骂他的作品为"野狐禅"。过去他有一块印文是"知我者恩人"，可知当时真正能认识他的并无几人。展览会上有一幅"芙蓉小鱼图"题着这样的一段话：

余友方叔章尝语余曰："吾侧耳窃闻居京华之画家多嫉于君，或有称之者，辞意必有贬损。"余犹未信。近晤诸友人面白余画极荒唐，余始信然。然与余无伤，百年后来者自有公论。

于此我们可以看到他当时的处境，然而他始终像一座山似的，兀立不动，从来不肯低头屈服。白石老师另有两方印文是"宁肯人负我""我不负人"。这种品质难道是一些带着流氓或市侩气味的艺术家所能有的吗？

三

白石老师平时作画，既不看真实的对象，又不观看粉本和草稿（除了特殊的题材），就是那样"白纸对青天""凭空"自由自在地在纸上涂写；但笔墨过处花鸟虫鱼、山水树木尽在手底成长，而且层出不穷，真是到了"胸罗万象""造化在手"的地步。

有次我在江南写生，一天午后躺在一棵大松树下睡着了，醒来仰观天际伸出的松枝，忽然感到似在那里见过，想想才恍然知道那分枝布叶及松子的神态，原来就像一幅齐老师的画，这时使我感佩老师作画不仅是从造化入手，而且观察认识是那样细致深刻。过去也曾有人认为国画家"凭空"作画，就是不重视生活，殊不知我们优秀的传统画家都是把研究生活、认识生活，作为修养的一个极其重要的部分，但当他正式进行创作时，认识生活的阶段已经成为过去。我们不能设想白石老师一边执笔一边观看，能画出今天这样生动的虾子。中国画家在长期不断的习作中，逐渐全面深入地认识了对象，等到"成竹在胸"的程度，才能进行真正的创作。作者到了这个境地才有可能不受约束或少受约束，将全部或较多的精力经营意匠加工，充分地表达事物的气和自己的思想感情，因而达到艺术上感人的化境。由此可知，中国画家在创作时不再看对象是高度熟识了对象的结果，而不是脱离了生活。

白石老师在五十岁以后才定居北京，在这以前他几乎有半个世纪的时间居住在农村。早年在他的生活稍稍宽裕后，就在家园四周种花种树，养虫养鸟，朝朝暮暮饱览饫看，把这些景物都稔熟在胸中。四十到五十岁之间五次出游，"身行半天下"，更进一步扩展了眼界和胸襟，为他的艺术奠定了一个强固的生活基础。

四

　　白石老师在他的艺术修养中，除了向生活学习外，还深入的研究了传统。他的绘画是从民间艺术开始的，如做雕花木匠学画花样，以后做了画工兼画神像衣冠像等等，民间艺术健康朴素的特色，一直保持在他后来的作品里，成为他独特风格的一个重要部分。到了二十七岁以后，才逐渐与古典传统绘画接触，并同时钻研诗文、篆刻、书法，丰富了他艺术的天地。

　　白石老师生长的年代，正当中国画衰落而又混乱的时代，死气沉沉离开古人不敢着一笔的复古派与主张突破成法提倡有独创精神的革新派相对立。白石老师对待传统并不是认为任何古代的东西都是好的，而是有所批判有所抉择的。他所承继的是后者，反对的是前者，他最崇拜的画家是徐青藤、石涛、八大山人和乾隆、嘉庆年间的金冬心、李复堂，以及后来的吴昌硕等等。

　　"青藤、雪个（八大山人）、大涤子（石涛）之画，能纵横涂抹，余心极服之。恨不生前三百年，或为诸君磨墨理纸，诸君不纳，余于门之外，饿而不去，亦快事也。"

"青藤雪个远凡胎，老缶（吴昌硕）衰年别有才。我欲九泉为走狗，三家门下转轮来。"

我们从这些诗文里看到他对这几位画家是何等的尊崇，他的画在很多方面与这些画家的作品是有血缘关系，我们也可说，如若没有这些前代的画家，就没有今天的齐白石。

在民间艺术传统的基础上又钻研了古典绘画传统，这本来也不算什么稀奇，可贵的是，民间艺术和古典艺术本有很多地方是互相矛盾，格格不入的，但通过白石老师的天才和努力，在他的作品之中却把二者统一了起来。

我们在展览会上看到白石老师的作品，从早期二十几岁起到九十七岁止，一直在不断地变化着，从来就没有停止过，如在九十以后还改变了虾子的画法，去掉了虾子头上几根短须，使造型更加单纯有力。我们假如把前后作品对比来看，就会使人吃惊，他的变化真是到了"脱胎换骨"的程度。由此也可以使我们认识到，白石老师在他的艺术道路上，并不是盲目地跟随着古人，而是为了达到自己的理想，批判地学习古人，我们不难看出他的变化，是一直在与困难矛盾作斗争，克服了困难，解决了矛盾，促进了艺术的发展。我这里只想谈谈在他一生的许多变化中比较重要的两次。

前面讲过，白石老师的绘画是从民间艺术开始的，后来他离开了偏僻的家乡，五次出游，尤其是初到北京，比较广泛的接触了古典绘画传统，因而感到自己的作品的缺点有改变的必要：

"余作画数十年，未称己意。从此决定大变，不欲人知；即饿死京华，公等勿怜。乃余或可自问快心时也。"

"获观黄瘿瓢画册，始知余画犹过于形似，无超凡之趣。决定大变，人欲骂之，余勿听也；人欲誉之，余勿喜也。"（《老萍诗草》）

为什么要变，因为看到一些优秀的古典绘画感到自己的作品过于形似，无超凡之趣，简单地说就是太像太俗了。太像太俗，或者是某些民间绘画短处的一面。怎么变呢？更加深入地潜心钻研古典绘画传统，从中吸收更多的东西。当他钻研了青藤、八大山人、石涛等人的作品以后，画风由俗日趋于雅了，尤其是他曾经特别沉溺于八大山人的作品，并在作风上受了他很大的影响。但是新的矛盾又产生了，这时他的画虽为少数高人雅士所赏，然而与广大群众的欣赏趣味却有了距离。在他定居北京后，要靠卖画、刻印生活，这样的画很难在市上换得柴米之资。于是他的好友陈师曾又劝他改变。"余五十岁后之画，冷逸如雪个。避乡乱窜于京师，识者寡，友人师曾劝其改造，信之，即一弃。……"（见白石老人小册跋语）他对这冷逸的作风，当时及后来虽然仍有所留恋，但却毅然地变了。怎样变呢？他把人民群众朴素健康的思想感情与古典艺术高妙的意匠努力糅合起来，一方面尽力满足群众的要求，一方面又提高这些要求。他为这样的目标，埋头辛勤努力实践了很多年，到了六十岁前后才逐渐得到了成果，形成了自己的作风，七十岁左右这种作风发荣滋长到达了高峰。把民间艺术大大地提高，把古典绘画颓废灰暗的一面去掉，因而他的艺术得到了健康的成长。这样就把传统上民间艺术和古典绘画上格格不入的雅与俗统一起来，把形似与神似统一起来，把思想性与艺术性统一起来。最为重要的是，把数百年来古老的绘画传统与今天人民生活和思想感情的距离，大大地拉近了，为中国画创作开辟了革新的道路，这一点我认为是大大了不起的，划时代的。

白石老师生长在那样的时代，为什么在艺术的道路上能有这样正确的方向呢？我想这与他的劳动人民健康纯朴的思想感情是分不开的。他热爱生活，同时又有长期深入生活的基础，于是就产生了强烈的要正确反映生活的欲望，要求传统为反映生活感受服务，而不是盲目地学习古人，因而落在古人的窠臼里。写到这里使我想起老师给我讲过的一件事了：陈师曾在日本为他带来几本吴昌硕的画册，他看到后非常欢喜，翻阅到深夜不能罢休，可是第二天却画不出画了。他说："我乡居数十年，又五次出游，胸中要画的东西很多，但这次看到吴的画册，却受到了约束。"因之他把画册送给他儿子子如了。我们听了这个故事，当然不会误解为他不要研究前人的作品，而是认识到，他一方面尊重和学习传统，一方面又不受传统束缚，这种正确对待传统的态度实在是值得我们好好学习的。

<h2 style="text-align:center">五</h2>

白石老师在艺术上的高度成就，是与他一生辛勤的劳动实践分不开的。

记得有一次在老师家里，一位客人问老师说："我想学画，请您讲讲学画最重要的是什么。"当时躺在藤椅上的老师还未答话，站在旁边的老尹却插嘴说道："喝！您老要学画，赶快用大板车拉满一屋宣纸，等把纸画完啦，再来说罢。"老尹说的虽像是笑话，实则是他跟老师工作日久，看见老师作画之勤苦，因而有感而发。白石老师有句诗道"采花蜂苦蜜方甜"，好心的艺术家往往只愿把有丰富滋养芳甜的成果分享给人，却不愿人知道自己所受的辛苦。假若有人问白石老师在他艺术的修养上，用过多大的苦功，我想以俗谚"钢梁磨绣针"这一句话作比并不怎样过分。就以老师画案上那块砚台来说，那是一块又粗又厚的石砚，我不知他是从何时用起的，但以老师作画之勤，经过千万次的研磨，砚底有的地方已经很薄，近年别人给他磨墨时，总是嘱咐墨往厚处磨，不要把砚底磨穿了。老师曾经对我说过，他一生十日未作画，一共只有过两次，一次是太师母逝世的时候，一次是他害了重病，此外总是天天作画，功夫从不间断，把画画作为日课，哪天因事作画数量不够，次日还要多画补足，白天时间不够，晚上张灯继续。

所以我们在老师的画上也常常可以看到"白石日课"和"白石夜灯"的题字。听说他早年在北京，为了潜心用功、牺牲了一些个人娱乐享受，摆脱掉一些不必要的社交关系，为了杜绝当时社会一些无意义的干扰，白天也把大门落锁，甚至在门外贴上"齐白石已死"的字条，因而传为逸闻。他平时主要的时间是作画，其次是刻印，他说他利用出门坐车及睡醒尚未起床的时间作诗，这样他似乎还嫌时间不够，我们看他"痴思长绳系日"的印文，可以体会他是如何珍惜时间。

白石老师晚年为青年题字好写"天道酬勤"这一句话。他逝世的前一年给我写的最后一张字是"精于勤"三个字。勤学苦练，功夫不可间断，是我们艺术传统中历代匠师传下的名言，白石老师就是终身遵守这些名言的典范。在我与老师的接触中，使我深深体会到，艺术不仅要勤学更重要的是苦练，学而不练，所学必然都落了空。

由以上种种看来，白石老师能有今天的成就岂是偶然。解放以后，老师以九十多岁的高龄而在思想感情上能与新社会和谐合拍，也绝不是偶然的。记得一次老师参加人民代表大会回来，大家谈到新中国的建设及社会风气时时刻刻都在改变的情况时，老师感动地说："毛主席和共产党是真正给人民做事情的，可惜我的年纪太大了，不能做什么了，我若年轻几岁，我也要加入共产党。……"实际上老师到了解放以后，精神上是已经年轻得多了。创作的情绪也陡然愈加旺盛起来。为了和平运动不断地画和平鸽；为了响应党的文艺政策，画百花齐放；不避繁重地书写共同纲领，等等……老师这时的作品真是到了如他所写的一副联语"漏曳造化秘，夺取鬼神功"的境地。一些看来平常的事物到他手底似乎都可"点石成金""化腐朽为神奇"。有人说白石老师的艺术所以伟大是他的根底太厚了，我觉这话实在很有深刻的意义，白石老师的根底确实是太厚了。厚在哪里，厚在他的艺术代表了数亿劳动人们的思想感情，同时还包含了中国数千年的文化传统，他的作品不仅代表了广大劳动人们爱祖国、爱生活、爱和平、爱一切美好事物的善良心愿，同时还体现了中华民族伟大的气魄、坚强不屈的精神和欣欣向荣的朝气。最为可贵的，白石老人到了他逝世的前一两年，还能经常不断的创作，而这些作品精力饱满一点未见衰颓之气，试看他九十六岁画的一幅秋海棠，红光满纸，神采焕发，浓艳至极。另外一幅万年青那真是一种永不衰竭的生命力。我站在画前感到老师虽逝世，但他的艺术定是同这幅万年青一样：长生不老，青春永驻！

我们若能认真学习白石老师的作品，就会在他劳动人民的品质、思想感情、生活作风、艺术方向、苦功等等方面得到深刻的教育。因而使我们的中国画在今天的社会里得到更高、更光辉的成长。

张大千与中国当代绘画

陈滞冬

　　20世纪的中国，经历着数千年未有的巨大社会变化，传统中国文化的各个层面，都受到来自西方文化的强有力冲击。在由中国人自己掀起的一系列革命之后，传统的社会制度和生活方式都被决然抛弃，整个社会逐渐向一个现代平民化社会转变。但这样一个巨大的历史转折，其发生的原因和延续的动力，却并非如中国历史上曾经发生过的一系列源自文化发展内在力量的历史转折那样，变革的力量不是来自中国传统文化发展的内部，而是来自与之甚少联系的西方文明一二百年来的扩张。这种扩张改变了许多非西方文明的历史发展进程，也改变了许多非西方文化的面貌，但中国文化在这样的变革之中，却显得格外的滞重，中国人尤其是中国的文化人，面临这种情境的时候，也格外地感受到了痛苦。

　　根据中国的传统习惯，所谓"画家"，是文人而兼习画艺者，与只精熟画技而被称为"画匠"的职业画工不同，这些人属于按士、农、工、商划分人群的传统社会阶层中的"士"，是那个时代分管思维的阶层，他们管理国家、保存文化、传播知识，大多生活优裕，通过学习和考试变为官僚而进入统治阶层。唐代以来，尤其是明清时代，所谓"文人画"，都是由这些人创造、倡导、传播的艺术品，更因为在传统社会中，这些人具有发表意见的特殊能力和权力，后来所称的"中国画"，在很大程度上也就都是指"文人画"了。这一点与其他古代文明完全不同。中国传统社会中的"画家"是文化人，是传统社会中的"士"，因此，在中国社会的惯性发展被西方文明的扩张打断之后，作为"社会的良心"而承受着心灵痛苦的传统文化人，作为一个艺术家，同时也承受着传统艺术从原则到技术都面临被彻底否定的沉重压力。同样是面对西方文明的冲击，与其他文明的艺术家甚至与和中国文明最相似的日本文明都不相同，当大家都只是单纯地考虑一个取舍问题，也就是要么改从西方艺术的技巧和原则，要么坚持自己民族艺术的技巧和原则时，中国近现代的画家们，这些传统画技的近现代继承者，却需要担负起"文化的良心"，需要承受在中国文化的发展被不情愿地粗暴中止之后，还坚持相信中国文化的优雅和高贵远远胜过西方胜利者而带来的沉重的心理压力。因此，在近百年的现当代中国绘画史上，"传统"便成为一个与众不同、非常敏感的词汇，有很多时候，甚至带来相当严重的艺术问题乃至社会问题。

很显然，不管传统文人或其现代继承者们是否情愿，中国社会已然由传统的皇权至上的社会逐渐转变为一个以平民生活为中心的现代社会，传统文化的各个层面在现代中国社会中都会受到不同的影响，绘画中的文人画，当然不会再在现代中国社会中原封不动地继续存在。但是，或由于情感上的因素而对已经逝去的传统产生眷恋，或由于立于民族主义的立场对西方文化入侵的反感，或由于传统社会的线性发展被切断之后新的社会规范尚未建立起来之前的混乱，甚或由于传统文化本身的发展被钳制住之后仍然存在的文化心理惯性，在现代中国，整个社会的性质都已经发生了相当巨大的变化之后，文人画的传统却仍然很顽强地存在于现当代众多的中国画家之中。在现代中国绘画中，对待传统的态度往往不只是一个画家的艺术态度，而且常常包含了这个画家在这个多变的混乱时代中对于社会、历史甚至生活的态度。但现代中国社会变化的频繁和迅疾，往往令人应接不暇，而各种变化的深刻与否，常常又因画家本人身处的环境及其所受的教育不同而有很大的差异，所以，这个在现代中国绘画的发展中几乎无处不在的传统，又几乎是因人而异、千差万别到令研究者不敢明确界定其内涵的存在。

如前所述，大多数的现代中国画家都以文人画尤其是明清以来的文人画理论与作品为传统，这种传统自清季以来实际上已是强弩之末，在现代这样一个开放的平民社会中多种文化与艺术并存的情况很难再找到大量的支持者，眷念于这样的传统，除了秉承自前清遗老而来的怀旧情绪之外，或者还有对西方文化在现代中国强制性大扩张的盲目反感，实在看不出有何艺术上的理由。坚持这样的传统，并不能给因社会的变化而濒于危境的中国绘画带来生机，反而会因其在现代不合时宜的泛滥更显出本身固有的绘画语言的苍白与无力。正是看到这一点，一批有识之士则将现代中国绘画发展的出路寄托在对西方绘画的理论与技术的引进之上。然而正如西哲所言，西方文化是一个整体，绘画中的透视与色彩都建立在西方科学发展的成就之上，与西方世界的远距离通信、对位音乐甚至股票市场等都密不可分。那么，近百年中那些希望引入西方绘画的因素，以拯救中国绘画的先驱者们不屈不挠的努力，在20世纪快要结束的时候回顾起来显得事倍功半乃至迄今无所成就也就毫不奇怪了。

片面、局部地将西方绘画因素嫁接于中国绘画的试验可以说是以失败告终，因为其前提是放弃中国文化的立场，但实际上直到今天，数以十亿计的中国人仍以中国方式生存于自己的土地之上，而一个现代中国画家的成就，并不在于在其作品中杂入了多少原来中国画中没有的东西，而在于其作品能否打动现代中国人的心。于是，疑问集中到这样的问题上：中国画的传统在现代究竟有无意义？已经被强行中止的中国画传统在现代有无发展的可能？古老的绘画传统中是否还有仍具生命力的东西？由此我们可以进一步提出追问：究竟什么才是中国画的传统？

对这些问题进行过认真思索的现代中国画家，首推张大千。

　　张大千早年师从前清遗老李瑞清、曾熙，深受传统文人画精神浸染，对于明清以来文人画的理论与技巧，更是身体力行。但在他置身于当时亚洲最大、最现代化的商业都市——上海，以卖画谋生时，他很快就发现，新兴的现代市民，对传统文人画清冷孤寂的格调和单调晦暗的画面，并非如前清遗老一般感兴趣。其实，在张大千之前，早已在上海卖画的任伯年、吴昌硕等海派画家，为了适应现代市民的欣赏趣味，已经开始将传统文人画孤寂清冷的格调改变为俊秀热烈了。张大千中年时期，画风转入工整秀丽，色彩热烈明快，造型肯定而爽健，在当时画坛大都还沿袭明清文人画传统或者偶尔做些小修小补的情况之下，他的风格显得相当突出。张大千并不是一个长于理论的艺术家，但他对于中国画传统的思索，我们仍可以通过他的作品看得很清楚：在他的思想中，中国绘画的传统已经远远超出文人画传统的界限，追溯到唐代及其以前的古代绘画中去了。张大千早年的老师曾熙、李瑞清都是书法名家，为碑派书风在清末民初的巨擘。所谓"碑派书风"，是随着清代金石学的进展而将书法的传统追溯到王羲之以前的一个新兴艺术流派。这个艺术流派口头上以复兴更古老的书法传统为己任，实质上起到了解放书法中陈陈相因、沿袭已久的程式的作用，使书法艺术的创造变得丰富多彩，生命力更加旺盛，更能适合不同人群的需要，是一种借古开今的伪古典主义，颇有些和现代欧洲绘画、雕塑之借非洲黑人木雕与日本浮世绘来创造现代艺术品的流行做法相似。或许，张大千从曾熙、李瑞清处得到的最大教益就是这种书法上的伪古典主义，而他则将其从书法扩展到了绘画领域。

在张大千中年时期的思想里，中国绘画的传统已经不仅局限于文人画的传统，他已将其上溯到唐代及其以前的绘画中。这一点，在20世纪后半叶的人们看来理所当然，但在那个时代，大多数的中国画家还在为文人画尤其是明清文人画与西洋绘画孰优孰劣一争短长，希望从理论上证明生命力已趋枯竭的文人画在当代仍有发扬光大的可能，张大千却先看到中国画的传统不仅也不应当只存在于明清文人画中，而且将其探索的触角延伸到中国文化最光辉灿烂的唐代及其以前的伟大艺术遗产中去了。在中国古代文化史中，唐代的"安史之乱"可以说是一个分水岭。此前的汉唐时代为当时世界上最强盛富有的国家自不必说，与"安史之乱"后的宋、元、明、清历朝比较，更是一个开放的、富有的、健康的时代。唐末五代以后，中国社会逐渐趋向于封闭、贫弱，人格也逐渐被扭曲。在艺术上，汉代的健康、飘逸、雄壮且不说，只是唐代的华丽、明快、壮健之风已令后人望而兴叹。在绘画方面，唐代更可以说是一个色彩主义的时代，其五彩斑斓的灿然坦荡，其色彩流动的生命力的旺健，也是其后千余年间的艺术所未能企及的。自北宋时代文人画的理论开始流行以后，社会上逐渐以文人水墨游戏不求形似、逸笔草草的画风为正宗，反而斥唐代以前五色灿烂造型确实的画风为工匠之作，谓之格调不高，这实际上是以少数文人的喜好来代替了整个绘画艺术的审美原则。但是，由于文人们在传统社会中掌握文化特权的特殊地位，发源于北宋时代因少数文人的竭力提倡而风行起来的文人画，因为文人们的社会影响力，在宋代以后的近千年间，在人们的思想上，逐渐取代了源自汉唐以前的绘画传统而成了中国绘画的正宗。这颇有些像提倡顿悟成佛的禅宗在唐代以后别出一支取代了苦修苦练才能修成正果的佛教一样。张大千的可贵之处，正在于他看破了近千年来文人画的迷障，将别出一支的文人画重新纳入到绘画发展悠长历史之中来考虑，从而为文人画也为中国绘画发掘整理出了一大批历史的沉迷，同时中国传统绘画在现代社会中的前途也因他的工作而更加明朗起来。因为，如果现代中国画家不再将自己的思想和眼光局限在文人画的小圈子之中时，失落在历史中的先人遗产才可能对他们的创造提供更多的可能性。

张大千对悠长的中国绘画传统中有价值的遗产进行发掘和整理，以独特的临摹方式来进行。这在现代中国人看来独特的方式，实际上是中国绘画艺术传统中最普遍也最通行的方式，但在深受现代西方文化浸染的当代中国艺术界，张大千对于古代杰作的临摹和仿作，却受到了相当深的误解。西哲有言：对于艺术创造的最大的刺激因素，来自前人创造的艺术品。张大千对古代绘画的临摹和仿作，除了有意作伪之外，其实是有他自己相当主观的地方，也就是说，他更多的还是在进行有创造性的临摹。因此，他的临仿古画，与其说是在模仿古人，还不如说是对古人的技法进行整理，尽管这种整理渗入了占相当比例的主观臆断，但经由他的整理，我们不能不说对于古代绘画艺术，尤其是在技法方面，较之未经整理之前面目更为清晰一些。在张大千以临摹的方式对中国古代绘画技法做出整理之前，现代中国画家中大多数人，由于受明清文人画传统的局限，对于明清以前的古老传统尤其是在技法方面，通常是混沌不清的。张大千对于现代中国绘画的贡献之一，就是他以临摹的方式，给出了中国古代绘画技法的一个较清晰的轮廓和线索，使已经断绝多年的古代技法，以一种"整理本"的形式，在当代中国绘画的新枝之上得以延续。设想如果二十世纪的中国画坛没有张大千，则我们对中国古代绘画技巧的知识与实际操作的效果的了解，肯定会比现在更为模糊得多。

文人画通常以水墨为正宗，这种基本上排斥色彩，声言"运墨而五色俱"的单色画，与大写意的笔触、不求形似的造型相适合，特别宜于文人们情绪的宣泄，一挥而就的爽快与疏放和技法上的简练恰为相映成趣的照应。平心而论，这种艺术在其最初被心路玲珑的北宋文人苏轼、文同等人创造、宣示出来的时候，不能不说是一种伟大的创举，而且，就艺术史的一般规律而言，单色画这种更需要依靠想象力才能创作和欣赏的艺术的出现，应当被认为是一个民族在艺术情感上成熟的标志。但问题在于宋代以后特别是明清时期，这种绘画原则被夸张到了取代其他一切绘画原则的地步，这就不能不认为是社会心理的怪癖乃至一种病态了。由于文人画以水墨代替五色因而更为高雅的观念的泛滥，文人画逐渐变成了排斥色彩的艺术，即使还使用简单的色彩，也只是在已经用水墨完成的画面上略施淡彩而已。这样的结果，使明清以来的绘画大都显示出灰黑的画面或灰黑之间略有淡色，给人以千篇一律的沉闷的感觉。到了晚清时期，以海派画家任伯年、吴昌硕为代表的一批画家，已敏感地认识到这是一种缺憾，于是开始设法为中国画找回色彩。因为各种限制，他们做出的努力以历史的眼光来看仍然属于一些小修小补的工作，对中国画衰微日甚的大局没有决定性的改变。而张大千独具的历史眼光以及他从碑学书法中借鉴而来的以古开今的艺术手法，使现代中国画找回色彩的工作所关注的目光推向了中国历史上最光辉灿烂的汉唐时期，也由于张大千艺术的敏锐直觉与天赋，他对于古代绘画中五色陆离的色彩用法在现代的复原试验特别热心。经过他的努力，以及受他的影响也致力于古代绘画色彩复原试验的于非闇、谢稚柳、晏济元诸人的努力，许多古人所常用而明清时期文人画基本不用的色彩及其复杂用法，都被重新发掘出来，其中有些还创造出了新的使用方法。

正如历史学家说一切历史都是当代史一样，张大千对中国画传统技法的重新发现带有相当主观的视角和立场，但考虑到在现代中国绘画史上这种工作的独一无二，考虑到他在现代中国画坛上的巨大影响力，考虑到他将自己的发现灵活地恰如其分地融入自己的创作中，我们就不能不承认张大千在现代中国绘画史上的不可替代性。那种认为张大千的绘画风格就是临摹古人的看法不过是皮相之论，他自己的绘画创作，虽然糅合许多古人的技法，但仍总括在自己独特的风格之下，而且时有创造，尤其是他五十岁之后的山水画作品，古人技法的痕迹已完全融入自己个性化的创作中去了。但张大千对于自己对中国画传统的理解与把握过于自信，对于自己重新发现的古代技法的现代翻译版过于倚重，因此他的绘画在现代中国画家中显得别有一种过分浓郁的传统风貌与怀旧气息。张大千在传统中国社会已经终止的二十世纪，在整个中国都不断向一个现代平民社会转变的时代，仍然一生都坚持一种旧式文人的生活情调，过一种现代社会中的山林隐逸式的生活，这与他在艺术上的追求显然相当和谐。正如他在当代中国坚持保守的传统生活情趣而受到不少非议一样，他在当代中国画坛坚持保守主义的艺术主张也一直受到相当多的非议。二十世纪的中国社会充斥着连续不断的各种革命，文化上的狂躁与激进又令不少现代中国画家将传统视为一种耻辱。这样，张大千艺术上的保守主义便处在夹缝之中：一方面，坚持传统文人画的旧式画家指斥张大千卖弄一知半解的古人技巧；另一方面，受时代潮流驱使的新派画家则认为他只能从传统中讨生活。实际上，在现代中国这样一个变化迅速、各种社会思潮此起彼伏、各种价值观念轮番替代的不稳定的社会中，张大千在艺术上的保守主义是最无害的，尤其是在传统中断的时候，张大千的介绍、发掘、整理、总结艺术传统的作用，尤为重要和不可缺少。张大千保守主义的价值，在二十世纪即将结束的时候来回顾，由于中国人对西方文化的盲目热情已趋于冷静，传统文化的价值也更客观地凸现出来，因而显得特别值得珍重。现代的中国画家不能要求张大千给现代中国绘画史创造奇迹，但现代的中国画家及其后继者必然会从张大千的工作中获得从其他人那里完全得不到的巨大帮助和启示。

张大千晚年长居海外，除了其他原因之外，在艺术上，其欲挟东方文化之玄机，去与西方艺术一争短长的想法，也时有流露。他从居印度到阿根廷、巴西、美国，又不时往游日本、欧洲诸国，画风一变再变，目疾之后，曾一度变为极抽象的纯水墨，然后又泼墨泼彩，最后又回到具象的制作，其试探西欧艺术界的用意，不可谓不煞费苦心。以张大千在艺术、社会活动、人事关系上的能力，他在海外活动数十年的结果，其影响力也主要局限在华人的圈子之内。正如人们所常说，艺术没有先进与落后、新与旧之分，只有好与坏的区别。也就是说，张大千居海外数十年最后黯然回到台湾，诚然"非战之罪也"，并非是张大千技不如人，也不是中国艺术不如人，究其原因实在是在当今世界的商业社会中，一个民族的艺术，与国家的经济状况高下、在世界上的地位高下恰成正比。试想，如果当今的日本不是经济强国，日本绘画及日本画家在世界上绝不会有如此的地位。因此，由张大千的海外经历我们可以清楚知道，当代中国画的问题已经不纯粹是艺术问题，不是如前面数十年中国艺术界所认为的因传统的拖累、与西方艺术比较起来显得"落后"的问题，张大千已经证明可以由传统中发掘、产生出新的艺术生命力来。当今中国画的问题是一个国家是否兴旺、经济是否强盛的社会历史问题。一种文化、一个民族具有数千年的历史，一门艺术具有数千年的传统并不是一种耻辱，但这传统要能为当今的人们所理解与使用，要是活的、具有生命力的传统，对当今的生活有意义的传统。张大千敏感地认识到这一点，他以他的工作努力在绘画艺术上做到了"以古为新"。每个民族、每种文化都有自己独特的艺术表达方式，没有必要混同与模仿，也完全没有高低上下的区别，更没有权力要求不同于己的民族、文化服从自己的原则，但在这个多样化的世界上，各种艺术之间确实有人为的高低贵贱之分，这并不是艺术本身的错误，而是人们的政治、经济偏见强加于艺术的结果。张大千晚年的海外经历，向我们启示了这一点。

到二十世纪即将结束的今天，困扰了中国画坛近一个世纪的"传统"，应该有一个明白的答案了。张大千一生与中国画的传统纠缠在一起，他的一生实际上都在与传统搏斗，为传统辩解，替传统惋惜，帮助传统新生，传统也滋养了他，哺育了他，玉成了他。在二十世纪中国文化的风雨飘摇之中，中国画坛好在有一个张大千，能令我们在世纪末的冷静中回眸的时候，对于古老的中国画传统不至于太过陌生。

中 卷

西来花选

车前子

白上白

现代艺术中的抽象主义，可说都是由俄国人创立的。康定斯基创立了抽象表现主义，俗称"热抽象"；马列维奇创立了几何抽象，俗称"冷抽象"。这是一个巧合，或许也有共同的信念，与俄罗斯的民族性有关系。抽象的产生，是精神上的幻象。

马列维奇把他的创作称为"至上主义"。至上主义，就是感觉至上。马列维奇说："对于至上主义者而言，客观世界的视觉现象本身是无意义的，有意义的东西是感觉，因而是与环境完全隔绝的，要使之唤起感觉。"但马列维奇唤起的感觉，却与康定斯基的抽象完全不同，这不得不说是偶然性极强的事。就像康定斯基有一次从外面回到画室，看到他倒置的一幅画，于是有了抽象主义的欲望和创作冲动。偶然性在现代艺术中是一个重要的因素，一个艺术家在艺术上能走多远，完全在于他对偶然性因素出现时的敏感，或不敏感。即兴，永远是一种能力。

1913年，马列维奇画出了一幅铅笔素描——"我竭尽全力要从物体的重担下把艺术解放出来，我在正方形里避难。并以此展览了一幅图画，我在白底子上面画了一个黑块，仅此而已。"几何抽象，被马列维奇称为"至上主义"，就这样产生了。

值得注意的是，康定斯基的第一张抽象绘画是水彩画，马列维奇是铅笔素描，对于油画家而言，水彩与素描都有点未开始或非正式的感觉。但他们抓住了这感觉，使抽象绘画开始成为正式的方法。我感到兴味的是，他们两人的第一幅抽象绘画都不是油画。是不是可以这样说，油画这早已成熟的绘画，不可能直接从其中产生出抽象主义，被它的基本方法或技法所限。他们受到一些"草图"的启发，才重新审视油画——从另一个地方出发——最后再用油画的方式表现出来。我不懂油画，我猜想抽象绘画肯定对油画的原有技法是有突破和变化的。说到底，还是与艺术家的观念有关。我看过一些中国传统画家的课徒稿，从这些单纯的笔墨训练中是很可能发展出一种中国绘画的抽象主义的，结果并不是这么一回事。不是观念又是什么呢？明末清初的云南画家担当和尚的山水速写稿已走得很远了，但他一正式绘画，马上又回到了以前的传统，或曰观念之中。传统，也是观念。只是一种早被认可的观念罢了。我并不是说中国绘画没产生出抽象主义是一件遗憾的事：我们的文化，可能并不需要和重视这些东西。

1918年，马列维奇画了白上加白系列，是他进一步的简化时期。在《至上主义构图：白上白》中，马列维奇画了一个倾斜的方块，白的色度有所变化，在方形的画布上。像一个"回"字，只是其中的"口"是倾斜的，用马列维奇的话讲，"表现飞翔的感觉"，而"白上加白，表现消失的感觉"。马列维奇再进一步的话，或换一个环境，很可能会给我们贡献一块白布——他拿它去展览会上展览。马列维奇的至上主义构图，画的完全是他对观念的阐述和世纪初美术的理解。白，可看成是空白、消失，抽象主义绘画就是具象的空白和消失。而马列维奇还想走得更远，他对空白又进行了一番空白，对消失又进一步地消失，他是抽象主义中的抽象主义：一种极端化的表现。马列维奇掌握得很好，并没有过分。过分不是坏事，艺术到了一定阶段，不过分一下，意思就是没有新质——给新质的产生提供可能的土壤。根据我对马列维奇的理解，他用一块白布去展览的可能性不是太大。因为一块白布作为一件作品，反而具象化了。一个事物到了尽头，就会不由自主地回过身来，由不得你的掌握。马列维奇以抽象作为他的避难所，之所以这样假设，无非是想说他对20世纪中期美术的影响。哪怕这种影响由于话语中心的压力而闭口不谈。美国六七十年代的"极少主义"，在我看来，并没有多少新鲜东西，和马列维奇的"至上主义"没有本质的区别。姑且相信"极少主义"的理论与"至上主义"有本质的区别，那么，一眼望去，在形式感上起码非常接近，可以说"至上主义"在美国形成气候，只是被换了姓名，但不管怎样，面孔还是那一张面孔——仅仅是由少年的脸蛋，长成或老作了中年划出皱纹的腮帮子。美国的美术，没什么新鲜东西，只是他们有热热闹闹一番的本钱。"炒作"一词，溯本追源，就是美国人发明的。美国最大的贡献，就是在艺术中发明了"炒作"。这样说，并不是否认美国有优秀的艺术家，恰恰相反，我认为在"二次大战"前后的美术界，美国艺术家的确是"主打歌手"。

马列维奇早期的绘画，有立体主义味道。但已是俄罗斯化了。马列维奇使国际主义性质的"立体主义"有了祖国——俄罗斯的乡村，农民，雨后小路上的早晨，伐木工——当我十几年前发现了这点后，还津津乐道过一阵。

白上白，另一意思就是虚无只能从虚无之中抓出，但抓出的，能肯定它就是虚无吗？所以白上白后，还是白上无尽头。

比喻的画家

与其说马格利特是位探讨形而上的画家，不如说马格利特是位惯用比喻的画家；与其说马格利特是位超现实主义画家，不如说马格利特是位魔幻现实主义画家；与其说马格利特是位花哨的画家，不如说马格利特是位朴素的广告商……马格利特的绘画，最容易让人以为在探讨形而上问题的，就是这一幅作品：《形象的背离》或直呼为《这不是烟斗》。他画的是一只野蔷薇木精制的烟斗，栩栩如生得可以作为商品广告，下面写着一行字："这不是烟斗"。明明是烟斗，马格利特偏偏说不是烟斗，除了别有用心地指鹿为马外——这一点估计他不会，就是他在做着语文练习，要造一个比喻句。被喻体有了，而喻体还没有想出来。别以为艺术家是经常性地才华横溢，他也有答非所问的一刻。马格利特却把答非所问作为关子，卖给了我们：你拿着烟斗问我："这是什么？"我答："这不是烟斗。"尴尬的还是你。惊讶的也是你。这一幅画可以看成隐喻。在一般场合，马格利特却直接得多，他往往使用这样的句式——这个东西像那个东西。是明喻。马格利特的绘画在构图上有一种空间与时间中的延伸，就是通过比喻来达到的。如这一幅画，海滩上有三根点燃的蜡烛，看上去像三条虫子，三条正在爬动的虫子——空间与时间中的延伸感就强烈地产生了。这一幅画如果转换成这样的句子——"黎明的蜡烛像三条爬动的虫子"，就远不会这样刺激。面对马格利特的画，当你觉得太扎眼时，不妨在心底把它转换成一个句子——这个东西像那个东西，就感觉温和了，如果你偏爱温和的话。比喻是马格利特绘画的基本模式，以致成为他的套路，成败都在这里。有时候，他把女人比喻为玫瑰化，尽管这个陈腐的错误并不常犯。更多时候是让我们惊讶。而真正马格利特式的比喻，是让我们既惊讶，又尴尬。但他也不常用。马格利特偶尔用用马格利特式的比喻，即这个东西像这个东西："这是烟斗"像"这不是烟斗"。在《危险的联系》这一幅画中，我们看到的是一片玻璃或镜子，这并不重要，一位裸女端着它，在玻璃或镜子中出现的另一部分裸体，却是相反的，但又比例协调地联系在一起。马格利特用"这个女人"像"这一个女人"做了马格利特式的比喻，惊讶、尴尬之外，更多的是危险——这就是他不常用的原因。马格利特在绘画中使用比喻——其实是诗性联想，这是老一套的文学手法，但转换到绘画中，就可说是马格利特的发明。他在绘画中发明了"联系"这一可操作性，使其具体化了。联系这词，我以为启发了美国画家劳森伯格在20世纪50年代末搞的"组合绘画"。组合绘画是比喻消失，而联想更自由了。劳森伯格可能会不同意我这一说法，也是，视觉作为经验，既一目了然，又含糊其词的。但有一点可以说明，马格利特并没走到"组合"这一步，他只停留在"联系"上，因为他要比喻。马格利特的绘画，是真实的幻觉，是魔幻现实主义。他的局部——我指一幅绘画的局部——都是现实的，但一联系起来成为整体，就魔幻一般。它的指向性更强，或没有指向性，正是在这点上，与达利拉开了距离。达利是个自大狂，而马格利特是很谦逊的——在他的绘画中，不时会出现一个头戴圆顶帽、身穿黑外套而模样谦逊的人，我看作是马格利特的自画像。他独处，或成群结队出现。在1953年他所画的《戈尔康得》中，他像一个空降师从天而降；在1959年的《葡萄酒的丰收季节》，他又像一排酒瓶站满打开的窗户。马格利特使自己成为马格利特复数，无疑是想说：我的绘画语言就是我的思维方式。换句话就是——绘画语言无非是思维方式的复数形式。从这点上看，马格利特又是极轻视绘画语言的，所以他会在1943—1944年，用雷诺阿的绘画语言作画，被称为"雷诺阿时期"；1948年，又用野兽派的绘画语言作画，被称为"野兽派阶段"。要注意的是，马格利特在20世纪20年代，已是一位成熟的画家了。他轻视绘画语言除了是对自己的思维方式洋洋自得以外，还有一个原因，就是对"视觉性绘画"的否定。在这点上，是与杜尚一样的，只是方法不同。他首先在视觉上——他的与我们的——把视觉在思维中转换成比喻出现，然后在绘画中联系起来。结果，让我们惊讶、尴尬；说不定也让马格利特自己惊讶和尴尬。马格利特的绘画，简单说来，就是"比喻"两字。不但在绘画中他如此，生活里，马格利特也会把自己比喻一下。"雷诺阿时期"与"野兽派时期"，在我看来，就是他在生活里玩了个比喻：马格利特觉得做久了马格利特也没劲，就把自己比喻一下：他把自己比喻为雷诺阿，他把自己比喻为马蒂斯或杜飞。正因为如此，所以我把马格利特说成广告商。广告，说到底就是现实生活中的一个比喻行为。在我所看到过的马格利特的绘画中，我喜欢这么几幅作品：《看报纸的男人》《欧几里得的漫步处》《美丽的真实物》《个人的生活价值》和《时间停住了》。《看报纸的男人》是一幅分成田字格这样四块的画，画的是咖啡馆靠窗一角。除了只在第一格中出现一个读报的男人之外，在其余三格中，人都不见了。也就是说，空镜头重复出现三次。这一切，有喜剧色彩，也有漠然感，让人怀念早期的无声电影：贫乏有贫乏的感染力。而枯燥之美更不是轻易就能体会到的——比如止庵最近的文章。《时间停住了》的画面上，一个冒着烟的火车头嵌在一间小康之家的餐室壁炉里。不像嵌着，像正要开出。这幅画让我感到亲切：我目前住在老火车站附近，老火车站已成为这一带最旧的风景，偶尔开过的两三个火车头，一拉汽笛，我就觉得它能开到楼上，对我说："终于停住了。"

薄薄飞

法国画家杜飞（1877—1953）的作品，总会让我快乐。这快乐不是哈哈大笑，是心领神会。心领神会地一笑。这个人能做朋友，我想。

杜飞早期受马蒂斯影响，马蒂斯的一幅画《奢华、宁静和愉快》——影响了他。这幅画也许是马蒂斯的代表作，但不是马蒂斯式的绘画。说是代表作，因为它代表了马蒂斯的一个时期。马蒂斯的这一幅画——我更多时候认为是马蒂斯的习作使杜飞杜绝了印象主义和凡·高的鸟笼，从其中飞了出来。影响是很微妙、复杂的，比如说文学影响，常常并不是一位作家的公认名著影响了另一位作家，而是他不很重要、不很有名的作品。名著只影响读者。它其中或是自身或是添加的公共性质，反而使后来欲向其学习的作家避开了。后来的作家就会去找他秘密的、不为人知的领地。名著也罢，名画也罢，它们就像我们视野中和保护下的一棵树，一代代的灌溉、剪枝，一年年的花开、叶落，已使我们很难发现它们最初的状态——即本真的存在状态。所以我说，一位作家或一位画家的劣作，反而使另一位作家或另一位画家深受影响，且成长了。你们听了，也不要奇怪。道理就是上面说的，说得或许不清，反正意思是有了。

而马蒂斯的《奢华、宁静和愉快》，又受到了修拉画风的影响。修拉影响马蒂斯的，更多是技法。马蒂斯对杜飞呢？我想这影响仅仅是这个标题。这个标题使杜飞一下脱开浮躁，进入到纯粹的法国趣味的中心，让他知道自己是怎么一回事了。

杜飞和马蒂斯的绘画中，用我们的话讲，就是"民族性"很强。我把"民族性"看成是一个国家的文化趣味。但杜飞和马蒂斯还是有区别：杜飞的法国趣味像一位修养很好到处旅行注意锻炼的商人的法国趣味，而马蒂斯的法国趣味无疑有点像戴着假发的新兴贵族。都很纯粹，因为他们体会到了"奢华、宁静和愉快"。

杜飞尤其体会到了愉快，越到晚年，越是如此。他"发明"了一种油画的画法：画得很薄，薄薄的，仿佛水彩。他以薄薄的轻盈，来相称他内心的快乐。这快乐像一支羽毛，轻盈的，薄薄的羽毛，在飞，在赛马会的蓝天下，飞过手持阳伞的优雅仕女、戴高帽的绅士、马背上的骑师以及把脚踏车靠在树边的一位海军士兵。在飞，轻盈的羽毛在薄薄地飞，薄薄的羽毛在薄薄地飞，越飞越薄了，像杜飞的油画颜料越画越薄——稀释了尘世厚重的苦难，轻盈地飘入快活的泉水。生命的泉水。

街道、旗帜、港口、棕榈、游艇、军舰、海滩、草地、马戏场、音乐厅，这些人们熟视无睹的图像，被杜飞大笔一挥，就都成为奢华、宁静和愉快的符号。杜飞离开印象主义和凡·高，是必然的。因为杜飞是天性中富有趣味的人，他追求纯正的口感。印象主义发现了法国的生活，反印象主义画家或称印象主义之后画家——塞尚、高更、凡·高，本质上是反法国生活的：塞尚过着隐居的日子，高更去了大溪地，凡·高则是个荷兰人。印象主义给了杜飞只是奢华的感觉——是很单调的。而凡·高则告诉杜飞："也可以这样画。"在这种种因素的撞击之中，杜飞的法国趣味抬头了。在他之前，修拉是现代绘画中关注法国趣味的第一人，其次是马蒂斯。我想如果没有马蒂斯的那幅画，杜飞的法国趣味也会觉醒，只不过是个时间问题。

影响，就是说你能被影响——因为天性中已有。因为天性如此。影响不是想受影响就能受影响的，这并不是件容易事。一位艺术家觉得自己成熟了，羽毛丰满，就想避开前人的影响和同时代人的影响，这往往是和自己的天性战斗。这战斗，一是艺术命运，二是艺术野心。可能还有其他。杜飞没有野心，甚至发挥他天性时也不野心勃勃。他就是画画画，画好了觉得是碰巧，画糟了也不难过。他从不受被自己画糟的画折磨。我以为这个人能做朋友，就冲这一点，他不会拿艺术来折腾人。

让你们去羽毛丰满吧，杜飞只有一支羽毛，在轻盈地飞，在薄薄地飞。飞不动了，就不飞。没什么可遗憾的——因为没什么可争的。

俄罗斯画布

聂作平

费多托夫：《少校求婚》

费多托夫（1815—1852）：俄国现实主义画家。俄罗斯批判现实主义绘画的奠基人。作品倾向于幽默、调侃和讽刺。《少校求婚》是其成名作和代表作，他被称为造型艺术中的果戈理。

19世纪灿若群星的俄罗斯画家中，费多托夫的名头不算太大，其作品却使人一睹难忘。这是一位天才的观察家和幽默大师——把油画画得优美动人对大师来讲不是难事，但像费多托夫那样画出了来自真实生活的辛辣讽刺和入骨的幽默，也许相对就要困难得多。

《少校求婚》就是一幕19世纪俄罗斯社会的喜剧，权势与金钱的联姻被画家栩栩如生地记录在案。

这是一个商人的家庭，夸张的吊顶和庸俗的陈设暴露了主人的品位和层次，站在门口的那位手捻胡须的就是前来求婚的少校，他故作矜持地站在门口，等着主人的欢迎。肥胖的媒婆在中外的形象都差不多，一色的牙尖嘴快，正向留着长胡须的主人比着手势介绍站在门口的少校。商人边扣衣服边往外走，要迎接这位未来的女婿。从他那低头弯腰的奴相，不难看出商人想依附贵族、高攀权势的暴发户嘴脸。

身着白色长裙的显然就是主人的女儿了，她看到媒婆走进屋里，慌张地向室内跑去，以至于手帕也掉到了地上，那种过分的娇羞使人感到这位就要成为新娘的少女不过是在进行一场"娇羞秀"。她的母亲粗鲁地伸出手去抓她，想让她和少校见面——正是她母亲这粗鲁的一抓，更暴露了这个商人家庭的粗俗，以及这桩即将成交的婚姻的市侩。交头接耳的是三个仆人，她们在一旁目睹了主人家这富于喜剧色彩的一幕，忍不住开始交头接耳，想必在交流着对少校的种种看法吧。最无动于衷的是右下角的那只小猫，它自顾在地上拨弄着爪子，对这人间喜剧充耳不闻。

出于意识形态教育的原因，中国读者在读书或读画时，总是想从中读出更多的所谓深刻和丰富的东西，往往不惜人为地拔高一幅画和一本书，仿佛一幅画或一本书如果不具有某种程度的高韬，就不能被认为是佳作一样。

如果我们以这种观点来考察《少校求婚》，我们的批评家多半会失望。老实说，它并没有多么深刻的社会意义，它不过就是一幅19世纪俄罗斯城市的风俗画，至于画中的讽刺和调侃，以及某种程度的夸张，它并不构成这幅画有多么伟大的批判现实的意义。但是，它为我们留下了那么一个瞬间，那么一个生动的瞬间，就像一帧年代久远的照片，它定格了一个已经远离我们的时代，在那样的时代里，曾经有过那样的生活方式。如此而已。

普基廖夫：《不相称的婚姻》

普基廖夫（1832—1890）：俄国现实主义画家，风俗画家。代表作《不相称的婚姻》是俄罗斯美术史上第一幅把人物画得和真人一样大小的作品。在此之前，学院派规定：只有历史画才能这样处理。

和费多托夫的《少校求婚》相仿，普基廖夫的《不相称的婚姻》也以俄罗斯人的婚姻为题材。不过，如果说《少校求婚》的讽刺是淡淡的，带着揶揄的味道；那么《不相称的婚姻》则是愤怒的，带着浓烈的批判现实主义色彩。

占据画面中心位置的是一对即将走进洞房的新人，可这是怎样不相称的一对新人啊。娇媚的新娘看上去还是个没有完全发育成熟的少女，虽然一身婚装，可哭红了的眼睛却向我们表明，这场婚姻对她来说是一场灾难，一场毁掉她的一生的灾难。

灾难的制造者就是她身边的新郎，一个鸡皮鹤发的老人，头上稀疏如秋后田野的白发，耷拉的眼皮和傲慢奸诈的眼神，这与少女梦中的情人相去何等遥远。可由于不可知的命运的捉弄,少女不得不和这位足足大上自己两三倍的老男人结婚,这位强壮的爷爷手里举着一支蜡烛,双眼冷漠地盯着少女,如同一柄锋利的砍刀在打量着案上的肉。

低着头的神父手里握着《圣经》,木然的表情暴露了他内心的秘密:虽然他在为这对新人的婚姻作证,可他心底却是大不以为然的。站在新娘背后那位只露出了半张脸,但可以看到眼睛里射出怒火的男子则是画家本人的形象,他将自己放置到了自己的作品中,他参加了这场不相称的婚礼,带着愤怒和鄙视。而周围的另一些男人的脸上,大多露出或贪婪或嘲弄或羡慕的神情,他们对这场不相称的婚姻各怀心事,没有人上前祝贺那位通过某种不名誉的手段猎取到少女做老婆的老头儿,这是一场不被祝福的婚姻。

奇怪的是,普基廖夫在100多年前就愤怒抨击过的这种没有爱情只有利益的婚姻,如今不但不会引起非议,反而成了时尚和潮流。……对比普基廖夫作品中楚楚可怜的少女,真不知道该称赞时代在进步还是人心在荒芜。

……

彼罗夫:《送葬》

彼罗夫(1833—1882):俄国画家。巡回展览画派主要成员之一。作品以批判现实主义为主,主要有《送葬》《墓地上》《复活节的宗教行列》等。

扑面而来的是寒冷和凄凉。

没有号哭，甚至也没有泪水，只有腊月里凛冽的寒风在呜呜地发出一阵阵低吼，只有无边无际的荒原上走着这辆简陋的马车，和这失去了丈夫与父亲的一家三口那令人揪心的命运。

这是一个穷苦的俄罗斯贫民家庭，这个寒冷的冬日，作为顶梁柱的丈夫去世了——至于他是缠绵病榻多年才合上了双眼，还是突如其来的溘然长逝都不重要了。重要的是，这个四口之家从此失去了最主要的支撑。两个孩子还如此的年幼，他们背对着前方的路，抚着装有父亲遗体的薄木棺材，睁大了眼睛蜷缩在马车上。他们的母亲低垂着头驾着马车，这位被命运这个不讲规则的打手击得晕头转向的妇女，她机械地赶着车。她好像什么也没想，那是因为她已经深深地明白：生活的道路如今已经越来越窄了。从没有合严实的薄木棺材里，死者的一角衣襟还露在了外面，仿佛在提醒着未亡的妻儿：在你们最困难的时候，我却率先离开了，你们要多保重啊。

一只小黑狗在一旁抬头看天，发出一阵有气无力的吠声，它好像也明白从此看不到未老先衰的男主人了。没有神职人员的祷告，没有亲戚朋友的送别，甚至连纸幡也没有，这场寒酸而又匆忙的葬礼，它竟然只是茫茫荒原上一辆孤寂的马车在踏破无边的宁静。

悲怆和辛酸是难免的，正如一位稍晚于彼罗夫的俄罗斯作家的书名所昭示的那样：在俄罗斯，谁能快乐而自由？

墓地在远方，未来的日子在远方。这个看不到希望的家庭，它好像只要完成了这次葬礼就会解体，就会家败人亡一样，因此前面是无穷无尽的道路，是不真实的金黄的天空和天空下同样灰黄的土地，寒风从它吹来的那个方向继续吹，这个被苦难命中的家庭仿佛将永远行走在那条没有尽头的送葬的路上。

作为俄国巡回展览画派的主要画家之一，彼罗夫以深刻的批判现实主义作品闻名，他聆听到了俄罗斯大地深处的苦难的回声，他走进了那些被贫穷、灾难和压迫捶打得满目疮痍的人群中，并发现了一个被泪水和悲情覆盖的真实的俄罗斯。

克拉姆斯柯依：《月夜》

克拉姆斯柯依（1837—1887）：俄国巡回画派画家，以肖像画见长，主要作品有《月夜》《托尔斯泰像》《无名女郎》等。

这幅作品让人联想到了那首广为流传的《莫斯科郊外的晚上》。恬静、哀怨、神秘，种种难以遣说的意境都通过这位月夜里独坐花园深处的白衣少女的形体得到了充分的暗示。

这是一个美丽的夏夜，蔷薇花丛的幽香沁人心脾，高大的树木在月光下散发出些许微白的光。更远处，树木交合在一起，织成了一张无边无际的夜的网。池塘中，菖蒲之类的水草掩映下，洁白的睡莲花开放了。坐在长椅上的姑娘似乎无心欣赏这夏夜的柔美与安宁，她双眼望着虚无的远方，仿佛沉浸在对往事的回忆之中：是在另一个月夜，曾有过一场我们所不知道的爱情与她擦肩而过吗？是在哪一座花园里曾有过她的心上人坐在她身旁拉响过手风琴吗？姑娘的脸庞有一种淡淡的忧伤，而忧伤之中，似乎又含着微微的期许。

这个宁静的月夜，姑娘的一颗芳心不知飞散到了哪里，只留下满地的月色和满塘的睡莲，为已经逝去的，正在经历的和将要来临的作证。

《月夜》是克拉姆斯柯依的成名作，此画一经展出，他在俄罗斯声名鹊起，订画的人络绎不绝。克拉姆斯柯依得以从贫困中解脱出来，不仅开办了画室，还在乡下购买了别墅，上流社会对他敞开了大门，达官显贵们纷纷以能结识他为荣。

但这种近乎暴发户式的成名是有害的。为了满足更多的客户的要求，也为了挣更多的钱维持富足的生活，克拉姆斯柯依整天不停地画画，终于搞得精神疲惫不堪，不到50岁，他就已衰老多病。60岁那年，他正在给一位叫拉乌赫甫斯的医生画肖像，突然晕倒在画布前，当晚即离开了人世。

此外，在1871年完成《月夜》的创作后，随着地位和名声的节节攀升，克拉姆斯柯依基本没能超越自己。《月夜》既是他本人的最高峰，也是巡回画派中最优秀的人物画。

六幅画

远　人

1. 骑在马上，披件披风

　　从牟利罗（1617—1682）《浪子离家出走》这幅画标明的创作时间来看，令人难以置信地耗费了画家整整十年时间。画面没什么令人称奇之处。一个全副武装的男人斜披件红色披风，骑在前蹄抬起的深褐色马背之上，扭头和站在家门口的亲人们告别。其父长须皆白，神情黯然地张开双臂，像要嘱咐些什么；其母站在台阶上掩面而泣；在他们身边，站立一个青年，大概是正要离家浪子的兄弟。在其父遮挡住的身后，还有另一张惜别之脸。浪子尽管是在和家人告别，但看得出，他对离家后的一切充满向往，因此他扭头告别的样子流露一股气概——这个时刻对他只会是一个瞬间。

　　每次看到这幅画，我总会忽略牟利罗作品的《圣经》取材，情不自禁地想起大仲马的传世小说《三个火枪手》。小说开篇就是达尔大尼央雄心勃勃地离家前往巴黎。很巧，达尔大尼央的时代，正是牟利罗这幅画的创作年代。料想达尔大尼央离家时的装束，不外乎就是这个样子。

　　尽管达尔大尼央是大仲马的虚构，画中的浪子形象也是牟利罗的虚构，人物的情感却是真实。对所有人——尤其对所有男人来说，要奔赴的前途不会是自幼生长的父母之家。说"天高任鸟飞"，是鸟离开了自己的窝巢，来到无拘无束的天空之中。人也当然如此，告别家的人，首先感受的是自由驰骋。以文治武功开创"贞观之治"的唐太宗李世民也写过一首令我过目难忘的归乡之诗，其诗中有一句"一朝辞此地，四海遂为家"。且不说这两行诗流露的帝王气象，对任何一个对前途抱有展望的男人来说，都会觉得这是两行表达自己愿望的肺腑之诗。

在任何时代，所有成就自己愿望的人都无不是通过种种告别来完成——和自己的童年告别，和自己的故乡告别，和自己的亲朋告别……所有这些告别，都归结在和自己的父母家庭告别之上。当一个人的血液被雄心和远方激动，就不记得"父母在，不远游"的古训。雄心或野心只会属于一个人的青年时期。不懂得告别的人，不可能实现自己的人生愿望。

因此，牟利罗画笔所涉，就着实令人心惊。对离家的浪子来说，他所有的亲人都站在面前，但都比不上他对前途的向往。尽管牟利罗被尊崇为西班牙圣母画家，他笔下的圣母形象也震撼人心，但我始终对他的浪子系列画作情有独钟，原因就是他的这一组画，能更深地令人思绪万端，尤其在宅居成为流行的今天，不知还有多少人能理解告别的意义，也不知多少人还有告别的勇气。

不可能不想起，1955年，年仅十五岁的布罗茨基在课堂上突然被外面太阳照耀的大街吸引，便起身离开教室，从此永远告别他的学生生活。直到他后来永别他的祖国来到斯德哥尔摩的诺贝尔文学奖领奖台上之时，才终于发现他所处的时代是一个"二流时代"。

一个"二流时代"，就是一个鲜有告别或不敢告别的时代。难道半个多世纪后的今天，已经是一个令人裹足不前的时代？

2. 心灵需要仰视

十七世纪的法国画家克劳德·洛兰（1600—1682）以风景画扬名于世，时至今日，已有"风景画最大宗师"之称。洛兰的画极为开阔，差不多都从眼前一直延伸到无穷远处，让读者看到风景真正的壮丽。不仅代表作如此，几乎每幅画都如此。

在洛兰的画笔之下，有好几幅画题为《意大利风景》。我不熟悉洛兰生平，他既然能画下这么多异国风景，想来在意大利曾作勾留。在这些同题画中，有一幅是表现意大利黄昏景致。画面最前方是河边几株茂盛的大树，岸上坐有几个女人，几只羊在走来走去。归来的男人正从船上扛下木料，走向画面右边的城堡。对岸是树林，树林背后，能想象亚平宁平原正一望无际地展开。更远处，大概就是拿破仑日后将要征服的阿尔卑斯山脉。铺在山上的天空橘黄，应是太阳已经落下，黑夜还没有来临。整幅画的壮阔令人不觉得是在面对一幅画，而是在面对真实的自然，谁也无法将它一眼囊括。

面对这幅画，令人很容易想起法国诗人瓦雷里镌刻在墓碑上的诗句："放眼眺望这神圣的宁静，该是对你沉思后多美的报偿！"瓦雷里诗中的宁静是面对大海而写，我们仍不妨将它看作瓦雷里是面对大自然本身而写。宁静给人神圣感，因为宁静是大自然给出的丰盈感受。洛兰的画面也就是这一丰盈再现。

基督徒从不怀疑，世界的创造者是上帝。有时候我总觉得，这世上任何一个人，即使他并无宗教信仰，在面对美到极致的自然风景时，也会涌起感动。这一感动从来不可能被科学解释。人的血液中从来就涌动感性。感性的终归，都会不知不觉地到达某种信仰。在信仰中心，哪怕端坐的不是上帝，也一定是那个最神秘的创造者。

当我们面对洛兰的风景画时，心中涌起的也就是这一感受。他将风景画得极美尚在其次，最主要的，是他将风景画得震撼人心，似乎没看过他的画，我们就难以相信，风景可以壮丽到如此程度。

越壮丽的东西，就越不可能是人为的东西。写下这句话，我知道我已经带上某种宗教情绪。我不是一定要唤起这种情绪，而是洛兰的画令人渴望接近这一情绪。庄子曾说："天地有大美而不言。"往深处看，庄子不是说人在那种时刻不能说话，而是不愿意说话，因为大自然本身在说话。没有谁真的有资格和大自然进行对话。当大自然将自己的大美呈现出来之时，没有哪个人的语言能将它清楚和彻底地表达。

因为大自然的大美，等同于瓦雷里说过的神圣。

和无数风景画家相比，洛兰的突出之处，是他将风景画得神圣和崇高。面对那些令人屏息的画面，人的眼睛可以平视，心灵却在不由自主地仰视。

在每个人内心，其实都需要一个去仰视的东西。有值得我们仰视的东西存在，我们才能更清楚地看见自己。也只有看见自己，我们才能看见人的本质，我们也才能理解，为什么那么多哲人在一再劝诫——人，你一定要谦卑。

3. 远在远方的世界

西涅克（1863—1935）在年少时就很喜欢河流。因家境富裕，十五岁便拥有一条个人赛艇。可以设想，西涅克对自由和远方有非常强烈的热爱。读他的画册时，我们也会很自然地看到他画下的无数港湾与河流，海洋与远景。

当然不仅西涅克，面对远方，人总是充满向往，也总易充满内心的澎湃。人在青春期的冲动也就是人对远方的冲动。当兰波写下"生活在别处"之时，就是在表明远方对他产生的吸引。至于远方有些什么，总被没去过远方的人想象成美好和梦想的实现之处。

西涅克的画读来愉悦，就因为他将每处远方画成了美好。

很难说他的哪幅画对我有最强的吸引，因为他的绘画技巧差不多一致，表达的主题也差不多相同。随便哪幅画都令人产生愉悦的感受。譬如由七幅画组成的"波特里悠"系列，其中的《波特里悠：船桅》和《波特里悠：长浪》，就像一个散步的人从码头走向海滩。人的视角出现变化，场景便稍稍有些不同。但能体会，画画的人心情没变，看画的人也不会变化心情。

波特里悠是布列塔尼北岸的海港。前一幅画的主体是林立在港湾的无数船桅。船总是需要航行的，航行的地点只会是远方；后一幅画的主体是一层层海浪涌来，那些船桅已经到了画面深处——它们正在航向远方。

画面上没有人，也不需要有人。面对它，读者会不知不觉地进入画面，想象着自己正在某只船上，被远方吸引和激动。

人易被远方吸引和激动，是因为远方给人提供了一种此处不再拥有的可能。当我们熟悉身边的一切之后，就会对陌生产生渴望——有什么是比远方更令人觉得陌生的？对人来说，远方的陌生是能够进入的陌生，远方的未知也是可以解答的未知。这个远方不是文学中虚构的神话领域，也不是想入非非的白日做梦。远方就在人的视线当中，尽管它就像西涅克画下的那样，只不过是笔直的海平线和隐约的远岸群山。人同样也知道，生活的本质在哪里都一样，但没经历的就终究是陌生的。

在远方，我们或许将得到完全不一样的体验和生活。

更何况，西涅克画下的远方和此处相隔一片大海。

这是最关键的，海洋的存在，才唤起人类对远方的渴望。人类征服世界的历史，首先就是征服海洋的历史——哥伦布征服海洋，才发现崭新的大陆；麦哲伦征服海洋，才描绘出世界的形状。如果没有对远方的向往，人类几乎找不到征服欲望的生发源头。

西涅克的画面安静，其中却潜伏巨大的欲望。欲望的感染性和驱使性几乎无人不曾体会。在很多时候，欲望的表现方式也不一定就是语言的张扬和肢体的激烈，它也可以是表面的祥和。西涅克熟谙这一表现，因此他表现远方的画无不风和日丽，也无不悄寂无声。但此时无声胜有声，它反而让我们体会，那个远在远方的世界正发出它的召唤。

人凝望远方，也就是倾听召唤。

倾听召唤的我们，必须长久地屏息凝神。

4. 地板上的刨花和人

在十九世纪名满天下的印象派大师群中，盖尔伯特（1848—1894）不是特别突出的一个。不突出，不意味他的创作成就便可小觑。在1875年和1876年，盖尔伯特以《刨地板的工人》为题，画过两幅主题一致的画。画于1875年的那幅画中有三个工人，他们都上身赤裸，跪在地板上刨着地板。三人各自拿把细小的尖刀工具，在地板上刨出一层刨花。翌年画出的同题画上只有两个工人，年轻的那个对墙角而坐，也是上身赤裸，他低下头，似乎正专心致志地修理手中的工具；另一个穿工作服的工人像第一幅画中的工人那样跪着，费力地刨着地板。刨花布满他刚刚刨过的深褐色领域。

这两幅画给我的震动都不亚于库尔贝名作《碎石工》带来的感受。库尔贝对创作《碎石工》的起因，在给朋友的信中有过解释，他于一次写生路上偶遇工人碎石场景，从而产生将其画下的冲动。盖尔伯特画下这两幅画的原因不得而知。大概和库尔贝一样——他也许恰好进入那幢正在装修的房子，被看见的瞬间感染，便立即在写生本上速写，然后到画室进行创作。

以工人为主题的作品不被当时的美学和道德价值观接受。我强调盖尔伯特画下这两幅画的时间，是因为那也正好是左拉创作以工人为主角的《小酒店》的时间。左拉的小说出版后遭到浅见攻击，舆论认为该小说应对一切罪行负责，就连雨果也公开指责左拉没权利揭露那样的不幸和疮疤。因此能想象，当盖尔伯特以直接的视觉画面向公众展出这样的题材作品时，会遭到什么样的攻击和冷遇。

盖尔伯特毕竟画下了这样的作品。当他1875年的画作被官方沙龙拒之门外之后，盖尔伯特的回答是继续画下画名都不屑更改的第二幅。这就有点令人意外和吃惊了。对当时的舆论来说，盖尔伯特的行为是标新立异和哗众取宠，对盖尔伯特来说，答案也许十分简单，他想画下自己看见的生活。

每个时代有每个时代的美学取向和道德价值观，但二者都无法覆盖住生活的全部内容——没有底层就没有上层。贵族存在，是因为底层人存在。甚至，只有在底层人身上，生活才展开得更加彻底。

盖尔伯特的这两幅画令人震动，使我们能从这两幅画上看见生活本身。没有人能经历全部的生活。当我们面对自己没有经历过的生活呈现时，依然能在内心唤起感同身受的强烈共鸣，是因为生活具有相通的性质。不论人生多么复杂，都被一个简单的真理支撑——那就是我们得付出全部才能得到生活。

盖尔伯特画笔下的工人就是如此，他们跪在生活的地板上，付出他们的全部。哪怕付出者不一定理解自己的付出，但他们都在诚实地付出。面对生活，我们都在付出；生活面对我们，也在要求我们付出时的诚实。不管生活表面出现多么激烈的变化，它对内在的诚实要求从来没变。说到底，诚实不仅是生活的内在要求，也是艺术的内在要求。它被盖尔伯特服从，也被一切伟大的创造者们服从。

5. 认认真真的简单

荷兰画家蒙德里安（1872—1944）对后世产生影响的画都是晚期作品。不是说他的前期作品不好，而是晚期作品太有特色。这是一个人成功的秘诀。画得再好也没用，你得有特色。

蒙德里安的特色令人吃惊和不可思议。我第一次读时有摸不着头脑之感——就这些规规矩矩的线条和整整齐齐的版块，居然就是大师了？

我有时想象他画这些画的情形，像个孩子，拿一把很长的尺，在画布上比一比，然后按住尺，将一支蘸满黑色颜料的画笔顺尺子一画，从头到尾，很利落、很干净。尺子按得很紧，那笔线条没丝毫歪曲。然后隔段距离，再画一笔。既然横着来了几笔，那竖着也要来几笔，线条交叉之后，中间出现一些长方形和正方形。将那些方格随便涂上红色、黄色或蓝色，有时干脆不涂，画布是什么颜色就是什么颜色。

画面再没有其他，哪里有一幅画的意境？

蒙德里安的早期作品都有意境，有好多画名都令人觉得他原本是打算用来写诗的。譬如《有桥与农夫的风景》《两朵菊花》《月夜风车》《莱茵河畔之树》《黄昏羊舍》……看这些名字都知道他画的是什么。再看画，和这些名字丝丝入扣。和我们想象的一样，也和我们曾经看见过的一样。就这些画给人的感觉来说，有点像米勒，又有点像莫奈……不说了，搞创作的人，最不喜欢听见的，就是说他的作品像这个像那个。

但是没办法，那些作品的确像这个像那个。

同样没办法，世界一直就是这个样子，人看世界的眼光也一直是这个样子。他之前的画家们都照那样子画过了，再这样画下去，就是用别人的眼睛看自己的世界了。

每个人都有每个人的眼睛。每个人看世界的眼光总有不一样的地方。更何况，谁说画画就一定是要画这个世界的外在形态？一定要画这个世界的人？人和人之间总有不同，人和人的想法也有不同。世界是需要认识的。我们的老祖宗说出过人看世界的三种眼光变化，首先看山是山、看水是水，然后看山不是山、看水不是水，最后看山仍是山、看水仍是水。这句话说起来很容易，做到却着实不易。做不到，就意味它有非常不一样的难度；做到的人，就说明他对世界有了和一般人不一样的想法。

这种人很罕见。罕见不代表没有。

蒙德里安的几何抽象画，我真不能说我已经看懂，但能体会，他是看山仍是山、看水仍是水的人。从他早期到晚期的变化中，有逐渐变化的轨迹。在视觉上建立的轨迹，在构图上建立的轨迹。轨迹很重要，它是变化的过程。

从自然的外在形式脱离，就是蒙德里安的变化过程。脱离不是抛弃，而是另外的领域被打开。我想象蒙德里安画画时像个孩子，是因为总觉得他在兴奋。这是发现世界之后的兴奋，是满意自己到达新领域时的兴奋，他说得很明白，"如果我们不能释放我们自己，我们可以释放我们的视觉。"一个孩子说不出这句话。这句话包含总结，也包含体系。

蒙德里安的体系就表现在他很多幅都叫《红、黄、蓝构成》的作品中，有时画中没涂红色，他就将其命名《黄、蓝构成》。听起来很随意，也很简单。看久了，就觉得这不是一般的简单，就像把包装世界的复杂拿掉，忽然发现简单更奇妙，有节奏、有律动，会让我们想起陶渊明简单的"方宅十余亩，草屋八九间"，也会想起郑板桥简单的"任尔东西南北风"。

这些听起来简单的，都被他们认认真真地对待。终于把世界看成简单，都是他们晚期发现的秘密。很不容易，毕竟被他们发现了。

6. 抄完一部著作

二战之后，德国经过数十年的工业与商业腾飞，终于摆脱战争留下的自卑阴影，尤其现代绘画，充满活力地反映出这个国家的民族特性。它表现在不甘于美国模式对全球的笼罩，而奋力追求传统的叙事和再现。在我看来，波尔克（1941—2010）完成于1982年的《抄写者》是将这一不甘体现得十分强烈的代表作。

画面看似随意地涂上一些褐色色块，色块上的主体都是黑色线条画出。有一些云，有远处的山，有向画面纵深消失的路，更多的是树木，给人的感觉是波尔克想画一幅宏大而浪漫的风景画。但在画面左下端，波尔克画出一个古典时期的青年，他端坐桌前，手执鹅毛笔凝神疾书。他笔下的卷册很厚，要想写完它，不是一两天的事。

从波尔克的画名来看，那青年不是自己在写作，而是在抄写一部厚厚的著作。

不知道那青年在抄些什么，也不知道他在抄写谁的著作，更不知道他要抄到何时。从他专注的神情来看，将书抄完的决心已下，没有任何人与事可以将其阻拦。

没有人会否认，书籍是文化的承载。每个国家有每个国家的文化史。尤其对世界进行主宰过的国家，其文化史就不只属于这个国家，而是整部人类文化史的重要构成。它推动人类社会的发展，也推动人类向文明接近。对欧洲大陆来说，文化的发展源远流长。没有这一发展，就诞生不了莎士比亚、诞生不了但丁、诞生不了塞万提斯、诞生不了歌德……这些代表人物绝非一个文学入门者以为的那样，是单纯的诗人或小说家，准确地说，他们就是欧洲乃至人类文明的代表。难以想象，如果这些代表有朝一日永远消失，再也无人听见他们的声音，那时的人类社会将变成一个什么模样。

为什么要倾听他们的声音？美国顶尖评论家哈罗德·布鲁姆给出的回答算是说到点子上，"阅读他们作品的真正作用是增进内在自我的成长"。套用之，人类累积的文化遗产也当能增进人类的内在成长。没有文化，人类就不成其为人类。

只是，当"后现代"来临，充斥社会表面的，不无一些五花八门的奇谈怪论。不是说奇谈怪论就会将人引向歧途，我们面对的事实是，一切浮在表面的，都在指手画脚地托出各种观点。一个被现代社会掩盖的尖锐问题是，经济的发展掩盖了文化的缺失，人类精神变得空前迷茫。我们没理由说我们的时代要好过以往的任何时代。

面对波尔克画下的《抄写者》，会忽然发现一个久远的，甚至消逝的文化时代。这幅画不觉间唤起我们的文化怀旧。对个人的人生怀旧，大都是怀念失去的美好；对文化的怀旧，也当然是怀念那些厚重的美好——只是这美好正在可怕地走向失去。我们不能说今天没有人会怀念人在往日的创造，但我们还是可以说，今天去怀念那些人类内部最厚重构造的人已经变得稀少。

今天的世界早已令人不再感到安全。究其因，不仅是暴力在不可阻挡地成为统治，而且在逐渐消除文化对人的影响。对暴力来说，文化从来就是眼中之钉。作为一个目睹过废墟的德国人，波尔克画下这幅画，是不是为了要所有人痛定思痛？

永远的困惑

李 森

> 艺术家的困惑有多深，他的创造力就有多大。
>
> ——题记

今天，毕加索一直在折磨着我，他在我心中的存在，使我感到十分茫然。我不知道如何靠近他，也不知道如何远距离地观察他。就像在观察晴朗的夜空中，一颗明亮的星星那样，因为充满着淳朴的感情而使心特别的宁静，因为想说的太多反而产生了失语的笨拙。

毕加索作为艺术家，的的确确伟大得很，这使许多现代艺术家、艺术史家或喜欢谈论艺术的芸芸众生，在面对他时不得不染上唠叨的毛病。人们谈论着他的各种各样风格的作品，传播着他的趣闻轶事，对他艺术上光辉灿烂、生活上风流绝伦的一生羡慕不已。他是男子汉的榜样，他的生命的表达方式，为男人们解开了一个情结。

但是，在我看来，不管人们如何评价他，如何自以为是地解读他的每一幅作品，他作为伟大艺术家的困惑，那种生命的力量、表达的力量、事物或作品倔强的牛子牛一样反抗他的力量，是很少有人能体悟到的。因为，人们把他当作伟大的艺术家看待，那是后来的事情。后来，人们的眼光，那种朴素的平常心，往往被成功者光怪陆离的色彩遮蔽了。也就是说，当人们崇拜他、景仰他、羡慕他、不停地歌颂他的时候，他已经一次次地突破了自己——像在黑暗处钻通一块块石头的钻子，一次次地超越了自己内心的困惑——像鱼一样不停地飞出混沌的水面，把心灵与事物搏斗，色彩与形象搏斗的那个过程，留在了一块块画布上。

一般的歌唱者往往屈就伟人的荣耀，而我却选择了另一条行人很少的路，去考察伟人的困惑。但愿我能远离他的荣耀，在寂寞滋生欢乐的地方，在山的凹陷之处，在大树背阴的那一面，亲近他的心灵。

的确，人们了解他在绘画方面的贡献，最重要的途径，就是看他的作品。除此之外的一切，都只是辅助性的。单独的画面，没有在歌颂中歪曲的画面，是多么冷静地放在它们在着的那个地方，与夸饰的辞藻和浮躁的心灵相去甚远。任何大师的作品都是如此，庸俗的眼光越想挑逗它们，它们越要坚决地躲避，掩藏起它们的本来面目。

伟大的作品处于一个永恒的虚无的层面，它是一个精神的客体，一种物质的开显。它像一块石头一样，在某个瞬间存在于某个心灵的语境之中，当我说"看，这块石头"的时候，它就闪现出无与伦比的光辉，正在地上投下一个影子，或迎接一只鸟的飞临。这种时候，它就是世界寻找着的核心，就是精神的空虚获得充实的外表。

现在，我要说，"看，毕加索的画"，我想超越观察的混沌，像一条红色的鱼那样，从混沌的水面飞起。就在这条比喻的红鱼飞起的瞬间，毕加索的无数作品在我的脑海中闪现了，这就好比我说，"看，大海"的时候，波涛、航船、水鸟、彩虹，一个个鲨鱼的群体，一群群鲸的脊背，突然在我的脑海中闪现。

当事物在它所在的地方出现的时候，交织在一起的种种力量，也就同时滋生。

最先的时候，他的画在形象上保持着古典主义的传统。作品中人的形象，是我们在现实生活中熟悉的那种形象。人物的真实性表现在，他们的外表不但与我们在日常生活中看见的大体相同，而且也与生活的环境发生着密切的联系。这里说的环境，不仅仅是画面上使人物得以显现他们自身的那个空间，更主要的是，他所关注的人物的贫困、悲哀、忧伤、痛苦，使他的画继承了传统艺术力求通过一个小小的画面，洞见人置身其中的那个广阔的生存空间的种种努力。他的早期作品，画面的叙事性是显而易见的。在传统的绘画中，画面的叙事性总是控制着画面。这也是传统绘画与现代绘画的一个分水岭。

比如，一幅叫《人生》的画，就表现了这样伤情的一幕：一位打着赤脚，怀里抱着一个婴儿的妇女，在画面前停下沉重的脚步，默默无言，目光呆滞地看着一对偎依在一起的青年，青年男女也在盯着妇女怀中的婴儿，表现出了难于言说的忧伤。这样的场景，这样的作品，虽然不能说如此那般先锋，但写实中所表露出来的调子，表达的渴望，已经不是等闲之辈所能望其项背的了。

然而，对于毕加索来说，这才只是事业的开始。他的秉性使他不可能满足于已经获得的东西。生命的冲动，表达的欲望，催促着他必须对艺术创作中无穷无尽的可能性做出反映。他的人生告诉我们，他的一生，就是被这种可能性的魔力感召着前进的。毕加索第一次下海，就与一条大鱼相遇，鱼和他在广袤的大海的一角，在一片离岸边不远的水域较上了劲。他和鱼用力的方向不同，这就好比事物或作品与艺人之间的那种关系，他拼命地要把鱼拉出水面，而与他较上了劲的鱼，则拼命地要把他往水的深处拉。伟大的艺术创作，就是两种力量的僵持，谁也别想把谁吃掉。

一个杰出的艺人，就像一个出海的渔人那样，当他与大鱼或风暴较量的时候，他的勇气和力量，就在那较量当中显露出来。也正是在较量当中，象征艺术家的出海的渔人，他的行动才超越了日常生活的小小目标，进入创造一种精神的领域。

一个渔人，"出海"，一旦意味着进入一种精神的领域，那么，就会有鲨鱼在等待着他。至于能不能与鲨鱼交上手，在交手的过程中，能不能产生一种平衡的力量，就很难预料。

每一次出海，就像每一次面对空白的画布，一切都充满着偶然。

不过，并不是任何艺术创作的可能性的表达，都像一条红色的鱼，穿透混沌的水面，向一个高度飞起那么单纯。人们在津津乐道一幅名画时，往往只重视画家的才气，作品在艺术史上的地位等。他们常常对一幅作品形成的复杂性一无所知，在很大程度上说，也不可能知道。俗话说："不上高山，不知平地；不吃黄连，不知苦味。"不搏击长空，当然也就难于理解雄鹰的飞翔。

事实上，越是伟大的艺术家，越是在表达方面，经受困惑折磨最残酷的人。大艺术家的勇敢就表现在，在不断地战胜困惑的纠缠，获得自身的精神解放方面，为同类人树立着自己的榜样。榜样就在你看得见的地方，像一只鸽子一样，飞到你的窗台上，用它曾经伸开膀的那个力，轻轻地收拢了翅膀。

你发现，榜样是那样朴素，那样纤巧，它竟是勇敢的另一种表达。它的眼睛那样迷惘，那是一种消解了纷繁与嘈杂之后获得的一种单纯。

毕加索一辈子喜欢鸽子，喜欢公牛。鸽子和公牛，两种事物，象征着两种单纯。两种单纯的事物，在毕加索的心灵空间中相遇，让我看见了深山之中、无人探访之处的一个意象：坚硬的石头，呈现在清澈的水里——石头与涧水，相互澄清，而又彼此独立。

鸽子和公牛象征的两种品质，只有大师才能统一于一身。这种统一，既是天生的禀赋，又是意志的磨炼。

没有经受艺术创作困惑的人，大概很难理解毕加索这么大才气的人，在1905年为巴黎先锋作家斯坦因，画一幅肖像画所经受的困惑的折磨。斯坦因是那种要为表达的可能性开辟新天地的杰出作家，她最清楚一个真正的艺术家的困惑在哪里。她曾为毕加索的《斯坦因画像》做了80次模特，但毕加索还是没有画出一幅令人满意的画——要表现一个人，一个超越外表的人，是多么困难。最后，还是毕加索独自完成了它。很多人指责画面的人物与斯坦因判若两人，而斯坦因却很感激地收下了那幅画，只有她知道，那也是她在画布上的一种可能性的表达。许多年过后，评论家们都认为，这幅画与斯坦因的内在气质是一致的。

毕加索在这幅著名的画上，把斯坦因的面部画得像呆板的木刻面具一样。如果不懂画的人，还以为画家缺乏表现人物面部的技艺。事实上，毕加索一遍又一遍地画斯坦因，是因为一种新的表达的渴望，使他陷入了迷宫之中不能自拔。这时，在他的脑海中，有一种艺术的偏执，像黑夜中的火苗一样燃烧。一种来自非洲的原始艺术打动了他，他要把非洲的美学与欧洲的心灵结合起来——他被这种结合困惑着——两种力量，在他的心中，他的画笔下，像两只正在扳手劲的手一样，互不相让。

马蒂斯在1951年的一次谈话中说:"我时常到弗勒鲁街拜访格特鲁德·斯坦因,路途中要经过一家小古玩店,有一次我看到它的橱窗里陈列着一尊小小的木雕黑人头像,它使我想起了卢浮宫的埃及陈列馆里那尊巨大的红色斑岩头像。我觉得两种文明的表现形式运用的方法是相同的,不论在每一其他情况下它们显得是多么不同。我花了几个法郎买下了它,随身把它带到格特鲁德·斯坦因家中。在那儿我碰见了毕加索,这个雕像使他极为惊异,我们详细地研究它,从这时起,我们对黑人艺术开始发生了兴趣,在不同程度上我们把这体现在我们的绘画中。"

这时,二十几岁的毕加索,正在被一个问题困扰着,即面对美术史,面对人们根深蒂固的审美和观察的习惯,他究竟还能做些什么。从此他的一些画作,使我看到在困惑中,在工具理性强大磁场的干扰下,激进主义者的"艺术进步论"压得他喘不过气来,迫使他在惶惑中,感到自己属于以法兰西为中心的欧洲大陆的一个传统——理性主义的文化传统。理性主义以来的一切科学文化的思潮,注定要对艺术产生某种影响——像锋利的刀刃对皮肤的影响,这种影响,注定要在某些艺术家的身上,留下带血的痕迹。毕加索就是这种思潮流动过程中,那比喻的潮水遇到的一块巨大的礁石,航船似乎注定要在这里转弯,浪花注定要在这里永不停息地闪现。

理性主义思潮在科学、哲学、文化等领域无处不在的影响在于，使趋之若鹜的人们相信，不论任何问题，都可以通过演绎的法则得出顺理成章的结论。几何学是演绎方法依赖的重要基础，甚至有人相信通过几何学的推论，不但可以解释宇宙，而且，还可以推出上帝来。

几何学在艺术领域，首先对塞尚产生了巨大的影响。塞尚研究几何图形在人的视觉中存在的状况，以此来表现画面的结构。不过，塞尚画面的几何图形，是以色彩来表现的，有迹象表明，这是他潜心向古代东方艺术，尤其是拜占庭的装饰艺术学习的结果。塞尚作为沟通古老艺术与现代艺术的桥梁，其伟大之处，就表现在他开创了人间话语与自然神性对话的一种全新的形式，这种形式充分地体现了古老心灵与当代智性的完美统一。按我对艺术的见解，他的作品符合我对伟大的艺术品的评论法则，即艺术的创造力在形而上和形而下之间，达到了一种力量的平衡。这种平衡的力量给我的感觉是，既像天空那样无穷无尽，滋生出雨后彩虹的虚无，云雀飞翔的虚无，月晕的虚无，又像高山在大地上隆起那样坚固，流水永远向着低处流淌那样自然。

然而在我看来，艺术史上那种后来者"发展"先驱者艺术的现象，表明形而上和形而下之间的那种平衡，是一种动态的、流动的平衡。任何使艺术力量产生平衡的要素，都有可能被延伸出来，形成新的形式，重新建构一种新的艺术。这一过程，像两条河在某个地方相遇，形成一条河流，这条河又在另一个地方，分成两条流向不同的河。我也可以说，它像河水与河床的关系，波涛、浪花、流速、漩涡等，都起源于这种关系。直到抵达大海，河床与河水的关系才会结束。大海，作为象征的大海，是虚无起源的地方，充实终结的地方，也只有大海，才能消解河床与河流的关系。不然的话，干涸的河床，就会梦见河水；静止不动的水，洁白的冰峰，也会梦见河床。

被自信和困惑两条绳子捆着的狮子毕加索，显然被塞尚的几何图式弄得气喘吁吁。也许他知道，能从塞尚的艺术中引申出某种东西，但开始的时候，他并不十分清楚，那种适合他去引申的东西是什么。一切都在迷宫之中，各种表达的愿望，就像迷宫中恼人的路一样纠缠在一起。塞尚每天变换着角度，小心翼翼地观察着圣维克多山，既怕辜负了自己的心灵，又怕吓跑了眼前那睡眼惺忪的山神。他害怕眼前的物象稍纵即逝，所以他对瞬间的印象充满着感激之情。

而毕加索，则在观察中发现了塞尚曾经控制着使用的几何图形，可以将其放开来大胆地使用，甚至完全可以。不顾人们习以为常的、对物象的观察习惯。在经过印象派冲击的美术观念里，物象的准确与否，已经不是什么大惊小怪的问题了。美术史的这种心理积淀，给毕加索以极大的勇气。这次困惑的解放，使《亚威农的少女》得以诞生。

这幅被称为立体主义开山之作的画，几乎完全失去了我们审美经验中的那种美。人物，是牛头马面的尤物，她们的形体，好像是用剪裁过的装饰材料拼贴而成的。有两个像梳子一般的鼻子形象，即使你任意转换观察的角度，或在万花筒中观察一个丑角，也难得看到，人的尊容有如此的变形。如果这幅画与传统的审美关系，还保持着某种联系的话，那么就是那几双眼睛，还给人一点忧郁和恐惧的感受。这也是这幅画与人世间那个虚无、焦虑，欢乐而又短暂的世界的唯一一点关系。

但是，毕加索觉得走得还不够远，工具理性像一只巨大的螃蟹钳住了他，塞尚高大的形象，又使他的创造力产生了三分的怯懦。在他后来创作的那些属于立体主义范畴的作品中，物象几乎消失殆尽，纯粹几何图形的拼贴——有技巧、有明暗对比、有色彩的拼贴，既消解了艺术品的语境，也消解了艺术品本身可能会在被观察中流露出来的、某种与人的心灵有关的主题。艺术品与传统的决裂莫过于此。当然，立体主义画家不仅仅只是毕加索一人，开创者还有布拉克，追随者还有莱热等一帮同事。

由于立体主义与纯色彩和纯构图之外的许多东西，诸如虚无、焦虑、激情、恐惧、欢乐、忧伤，以及人的各种命运等方面彻底决裂，所以，无疑立体主义是对狭隘的理性主义的一种图解。不管是有意识还是无意识的图解，不管美术史家高呼的"伟大"之声如何不绝于耳，不管学院派怎么津津乐道空间结构如何"爱因斯坦"，视觉变换如何扑朔迷离，这种艺术都是一种极端的艺术。毕加索在政治上，也曾陷入激进主义的泥沼，他是20世纪初激进主义潮流趋之若鹜的一员。在我看来，这种艺术的意义，仅存在于美术史的层面，它仅仅是绘画艺术产生的一种可能性而已。

在此，我又想起了，在艺术领域中，提倡"进步"的观念必须小心。伟大的艺术品都是自足的、单个的、永恒的，不存在落后或进步的问题。真正的艺术命题永远存在，因为它永远不会被解决。这就好比，我们不可能获得真理，我们只能作接近真理的努力；这就好比，风总是吹乱我们的头发，拉扯少女的衬裙，但我们只能感觉它，或沉默，或作修辞的比附，而不能制止它，抓住它的什么尾巴或羽毛。

毕加索正是悟到了这一点，所以他经常不顾一切地沿着一条岔路走到尽头，又像一个失意的男子汉那样，悻悻地走回来。他的伟大之处，就在于他能够走回来，带着永远的困惑走回来。不过，不要认为他白白地走了一趟，他回来时已经看到了完全不同的一番景象。

比起许多艺术家来说，毕加索是进退自如的那种人，因为他的每一次探险，都不是因缺乏才气、过于执著而钻进了牛角尖，他只是把一条岔路走到了尽头而已。

换一个角度言说，毕加索不知道我的存在，也不知道，我正在他曾经熟悉的黑夜中的一个平台上，凭我的想象在眺望着他。在苍茫的时空深邃、悠远、开阔的地方，一点声音也没有。喧闹的是我们的世界，不是毕加索在着的那个世界。在毕加索的那个世界里，喧闹的声音已经平息，只有宁静和敞亮。毕加索就好比汹涌的潮水退去后，留在沙滩上的一个黑色盒子，它被时间的力量推上海岸，来寻找在他之后，去接受大海洗礼的人。而刚好在这个时候，到达现场，打开盒子，钟情于时间的那个人才是我。

那个黑色的盒子上面，刻着毕加索的名字，时间在陆地与大海的衔接之处，为一个伟人留下的印记仅此而已。一切都逃脱不了象征，逃脱不了那最后的单纯。但是，那个黑色的盒子，那个被波浪推开，陆地接纳的意象，它不是海盗的一次暴力行动留下的。它的里面没有黄金或什么珠宝玉器，它是时间储藏在海底的另一种瑰宝，里面储藏的，是人类渴望超越自身的白日梦，它拥抱过千千万万智者的情怀，来自人类精神的善良，以及对生命的悲悯之心。精神之梦不可能以实物的形式保存，它只是一些支离破碎的咒符，只是图式、声音、语词能抓住的一点单纯的东西。当我试图打开这个盒子，想从中找到答案的时候，它们却像音乐的音符一样，在动人的瞬间，飘散得无影无踪。

我打开的这个黑色的盒子，是一个空空荡荡的盒子——种种隐喻最终归而为一，一就是空——虚。它使我突然领悟到，毕加索不管走得多远，他也不曾为我们解决我们的困惑。他所做的一切，只是与他的生命存在有关，而与我们面临的困惑已没有关系。困惑永远存在，只要还有宁静的阳光，恼人的风，只要人类还有从花朵走向果实的勇气。

上面那个海边的意象，那个在我不知不觉中，突然来借我的心灵和手指，表达自己的意象，使我感到，我只能在毕加索之外的领域中寻找毕加索，在我的心灵中寻找毕加索。只有这样，想通过接近那个真实的毕加索，而获得自己生命意义的活动，才不是徒劳的。

作为生物的毕加索已经消失，而作为精神的毕加索已经抽象出来，成为一种让人难于捉摸的东西，这种东西说到底，就是人的困惑。人的困惑永远像无止境的梦一样，像藤子缠绕大树一样，缠绕着被上帝抛到这个世界上来生活的人。作为一个人，要在困惑的迷雾中，在没有路的地方开辟行走的途径，张扬自己那尊贵的个性，永不停息地向前，这是需要有巨大的勇气和豪情的。

这就是毕加索给我们的暗示，作为一个勇敢的人，一个豪情万丈的人，从困惑的起点开始，到困惑的终点结束，用生命的力量，画了一个美丽的圆圈——一半像雨中忽然出现的彩虹，另一半也像雨中忽然出现的彩虹，迎着穿透云层的阳光和大地的湿气，作了一种虚无的短暂的闪现。

我看着毕加索的画，感慨着他总是奔涌不息的激情，羡慕他风流的人生。只是，这些都不能阻止他从舞台上退场，像彩虹从苍穹下退场一样。最终，他在艺术上的贡献，也只是解决了一个个修辞的问题而已。不管他创造了什么派，创造的历险经过了"玫瑰""粉红"或别的什么阶段。

　　事实上，艺术家修的人生，也就是解决一个修辞的问题。如此而已。我们常说，人生就像一场梦，这就是以修辞的方式，来表达我们的人生。我们总是被一些说法，一些美丽的谎言，牵引着奔向终结的。聪明人明知是谎言，但仍愿意无反顾地陶醉于谎言的美丽，而愚蠢的人，则被谎言所吞噬。人生的境界，由此有了高低之分。因为艺术的终极关怀，即美的问题，是不可能解决的。能解决的也许只有科技问题吧。美，我们只能靠近它，领悟它，我们甚至被它折磨得死去活来，但不能解决它，占有它，把它带走。啊，美是明月中深情地看着我们的玉兔，是我们祖先的心目中驮着太阳飞翔的鸟。

　　所以，尽管毕加索在表达上获得了巨大的成功，获得了声誉、地位和金钱，但他从立体主义的岔路上回来时，那种无所适从的、悻悻的样子，仍然时时浮现在我的眼前，时时提醒我思考，比成功的欢呼更为深远的东西。

　　然而很快，毕加索就表现出了他一贯在艺术上的那种肆无忌惮，开始尝试着创造另外的东西了。这就是毕加索的过人之处，他永远不会被一个迷宫的高墙所禁锢。他总是试探着走进一个个迷宫，在畅游一番之后，就开始寻找突破的地方，要么翻墙而走，要么破壁而飞。

　　也许他和后来的我一样感到，彻底把绘画变成纯粹的几何图形的游戏是不行的。那种绘画，不管如何先锋，都只是技术而已。绘画既不能只忠实于客观物象，同时也不能彻底忽视客观物象。于是，他不得不在很大程度上，忠实于视觉艺术修辞的最基本的原则。这一原则就是，无论你在画面上使客观物象如何变形，都必须要使画面具有被理解和观察的可能性，否则它将脱离艺术本身。

艺术就是这样，既不可能获得真实的事物，也不可能改变真实的事物，这是艺术家必须清楚的；艺术家渴望与人、事物、世界发生联系，渴望表达它们以及它们之间的关系，这也是艺术家必须清楚的。这里的关键，是如何表达的问题，这说到底就是一个修辞的方法，没有任何艺术能回避修辞的方法。

艺术本体本身，也就是美本身，它不会发展，发展的只能是修辞的技艺，或者叫作修辞的方法。毕加索这样说："艺术本身不变，而是人的思想在变，因此艺术之所以变，正表明思想在变。假若一位艺术家改变了他的表现风格，也恰恰说明他的观察现实的方法发生了变化。如果这种转变能和时代思想的改变结合在一起，那么他的作品就会变得更好，否则，它会变得更糟。"

毕加索在从立体主义回来的路上，在做着各种各样的尝试。他向伟大的绘画传统学习，向其他的艺术种类学习。在他的画中，每一次犹豫，每一种克制，每一回突破，都记录得清清楚楚，这在许多艺术家那里是做不到的，因为他们因害怕稚拙，而总是隐藏了创作和学习的一些过程，像一个人总想掩饰自己的缺点，目的在于把自己打扮得完美而又圆润。

他常常回到素描阶段，像一个小学生一样，在一张白纸的起点上，用天真无邪的奇思妙想，以咿呀学语的情怀，重新征服一张白纸。在我看来，只有真正的大师，才敢在面对一张白纸时，表露出儿童一样的困惑。换一个角度，我们可以说，学院派那些以"为人师表"为乐趣的教师，是没有这种纯真无碍的情怀的。

毕加索即使名满天下之后，也常常画一些写实的画，来表达他在某个视觉上，与平常人的观察相契合的东西。这充分显示了，他个人对自己心理和艺术的调节能力。极端的形式探索，会使艺术人格极端化，也就是会使人走火入魔，变成神不是神、人不是人、鬼不是鬼的艺术怪物。随时能从极端的形式探索中，走回来，用平常心和庸常的视觉看待事物，是一种人生境界，小艺术家由于总想回避庸常的事物，去制作稀奇古怪的东西，所以，小艺术家是不可能达到这种境界的。

有时，毕加索突破困惑的方式，是向其他艺术门类学习。早在20世纪30年代，西班牙共和国政府为了向世界显示自己的新生，展示西班牙的文化，特邀毕加索、米罗、达利这三位定居巴黎的西班牙大师，各人画一幅壁画，为在巴黎举行的国际博览会西班牙馆中展出。毕加索一直被这幅画困惑着，迟迟没有动笔，原因是他的确不知道怎么画。

有一天，报上传来了西班牙巴斯克自治区的格尔尼卡，被法西斯的飞机轰炸的消息，面对传媒报道的血肉横飞的事件，愤怒的毕加索终于找到了撕开困惑的突破口，在27平方米的画面上，他画下了著名的《格尔尼卡》。这幅画是象征主义最杰出的代表作之一。在画面上，我们可以看到晃动的灯泡，代表受难者的仰天长嘶的马，奔跑的脚，死难者的头部，从天窗伸出头和手来呼唤的女人，在画面一角象征冷眼旁观的侵略者的牛头等。整个画面从修辞方面看，具有很强的文学性，从画面的结构来看，具有很强的戏剧性，因而使画作产生了很强的叙事性。但尽管如此，对画面的象征性处理，也只是对事件的一种表达，而不是事件本身。艺术家对事件本身是无能为力的。艺术创作与事物或事件之间的空间，既是艺术家驰骋的地方，也是艺术家产生困惑或栽跟头的地方。

毕加索另一个关于困惑的隐喻，就是人的情欲、性欲或性感。他的众多的水墨画、钢笔画、炭笔画、淡彩画、线描等，在展现人体各器官之美的同时，充分地创造了巨大的性的隐喻。这类作品一方面，反映了毕加索对简单、明了的绘画的追求，这是他从东方艺术中获得的启示；另一方面，也暗示了艺术创造与性欲的某种类比关系。艺术创作就像性的过程一样，充满着最为辉煌的人性表达，同时也给人性带来巨大的失落感。

毕加索的许多优秀作品，达到了大智若愚、大巧若拙的境界，这种境界也只有面对艺术和人生问题感到困惑的人，才能达得到。因为困惑，才能产生表达的欲望，因为困惑，才渴望不停地表达，因为困惑，才会产生在表达方式与表达内容之间的偏离，这就是愚和拙的范畴。他不停地创造，一件作品刚刚完成，创造的巨大快感就已经消失，如同性的过程的结束。然后他又重新被困惑的迷雾所笼罩，被创造的可能性所吸引。有人估计毕加索一生中创作的各类作品共80000多件。从9岁开始，到93岁终结，每天平均要创作两三幅作品，直到逝世前一天晚上，他还工作到了深夜3点。这种伟大的创造力，是常人难于想象的。

　　长期以来，我一直在想，推动毕加索前进的那种力量，究竟是什么？终于在一个深夜，一个如注的月光，洒在世界的屋顶的深夜，我想到了"困惑"这一概念，它像人类的情欲一样，在毕加索身上体现得淋漓尽致。

重回生命之树的苹果
——塞尚遗产的文学再造

马永波

1

    关于塞尚，克莱夫·贝尔有过这样的说法，大意为我们欠塞尚的甚多，而他欠我们的却甚少，高更和凡·高从塞尚那里借鉴的一切，在现代艺术中都成了显而易见的要素。塞尚在用谦虚的态度谈论他那"小小的感受力"时，也曾抱怨高更把它拿了去，并且"领着它散步，带着满船跑"。而在塞尚的灵感变得陈腐之前，马蒂斯和毕加索等就已经赶了上来，把这种灵感变成了适合他们不同性情的形式。因此，贝尔称塞尚为"发现了形体新大陆的哥伦布"。塞尚经历过印象派阶段，但他认为，印象派的分析法导致了对真实的某种破坏，印象派认识到了事物的生动性，光的震动和色彩的鲜艳，但忽略了这些对象的基本性质——坚实性或曰真实性。光与色的分析导致了色彩与形体的分离，这有悖于画家的职责。塞尚看到了印象派画家没能发现的东西：每一事物都可被视为纯粹的形体，在其背后，蕴藏着使人欣喜若狂的神秘意义。他发明了区别于印象派"模拟法"的"调节法"，亦即使用厚涂色彩的层次渐变来创造形体。他发现了色彩与形体的同一性，两者互为条件，不可分离。于是，他用色彩代替了印象派的光，阴影、亮部、中间色调都是色彩。他在表现体积时用上了全部色彩和一系列润色，这些润色根据形体的连贯或间断，以对比或类比的方法，一个接一个出现。对象的外轮廓线以色彩的加浓或减淡来表现，阴暗处，色彩则与背景色相同。整幅画就是一幅挂毯，每一种色彩各尽其能，同时又将画面的响亮明朗熔化到总体效果之中。罗杰·弗莱在谈到法国后印象派绘画时，曾提醒我们注意其中令人瞩目的古典精神，这里的"古典"不是古板、迂腐或落落寡合，而是指这些画家不同于浪漫派和现实主义，尤其是塞尚，他创造效果并不依赖具形联想，亦即塞尚对色彩和形体的调整不带有任何文学意识的先入之见，不靠对主题的联想吸引观者的兴趣，因为联想艺术的弊端就在于其效果完全依赖于我们已有的东西，它不能为我们的感受增加全新的因素。

塞尚之于印象派乃至整个现代主义艺术运动的关系，我们在此不打算进行过于细致的艺术史梳理，我主要想谈的是，塞尚作为画家，他的艺术探索、他不停努力的工作精神、他以绘画作为自我拯救的方式，在文学中得到了怎样的回响和接纳。

最为明显的范例便是德语诗人里尔克，他从罗丹和塞尚身上，学到了艺术家要永远像大自然那样工作，工作，再工作，这种不依凭灵感的电光石火而诉诸踏实苦干的精神，对于整个一代的现代主义者，都有着极其重要的影响。比如法国象征派诗人，为了"品尝词的鲜美"和领略"词语迷宫的华美"，不约而同地对诗人的工作方式有了和以往不同的见解，他们大都不再依赖于浪漫主义的灵感，而代之以"工作"的态度，这是象征主义诗学区别于其他以往诗学的一个重要之处。

2

实际上，里尔克对视觉艺术的兴趣是很复杂的，抛开拉斐尔前派和他在沃尔普斯维德时期所受的影响不说，单是在巴黎时期，他就不单只从罗丹身上汲取启示和力量，塞尚便是另一个重要的影响源。出版于一九〇八年的《新诗集续编》扉页上有"献给我伟大的友人奥古斯特·罗丹"等法文字样。如果说，罗丹对他的启示在于，雕塑的各个不同面的相互作用所成全的对空间的一种全新的理解方式，那么，塞尚吸引里尔克的则是各种色彩的相互作用。一九〇七年十月，里尔克参观了"八月沙龙"举办的塞尚画展，深为其表现物体的梯级结构所震撼。在给克拉拉的信中，他不断表达了这种印象。十月七日的信中说："你知道，平常在展览会里，我总觉得参观的人比画家更奇特。这沙龙也不例外，唯独除了塞尚室。这儿，现实是在画家那边：在他特有的身后绒棉的蓝色里，在他没有暗影的红色和绿色里，在他酒瓶的透红的黑色里。而他所使用的物品是多么简陋啊！那些苹果只能用来煮食，那些酒瓶只配放在破旧上衣的松大口袋里……"

　　塞尚得益于毕沙罗的指导，毕沙罗告诉他，最重要的是研究客观对象，只有在此之后，在必要时，才允许伴随各种观点和理论的指导。塞尚在巴黎的时候，每天早晨都要到卢浮宫去，但最后他自称总是比那些前辈大师更接近自然。这似可概括为那句老话，如果大师让你畏惧，请直接师法大自然。塞尚一生都致力于研究时间、光与物质三者之间的关系。他去除了时间这个变量，除了早期绘画中有一些运动成分，时间在他笔下慢了下来，最后完全停止在那些静物上面，时光也静止在他的《玩纸牌的人》这一系列作品里面，那些人都静坐着一动不动。而风景则更加不涉及运动。后期创作中对直射光的放弃，更加重了时间悬置的感觉。与文艺复兴时期画家表现光的传播的直线性不同，塞尚晚期作品中光呈现弥散倾向，光源与照射方向越发地不确定，如《圣维克托瓦山》系列组画。这些画中的阴影也失去了文艺复兴时期绘画中向观者提供画中时间的关键功能。塞尚不再企求捕捉瞬间效果，他画中的种种形体都处于一种普适性的光照下，并非来自太阳，不是从物体表面流过的光，不是使万物枯干憔悴的光，而是一种均匀、持久、稳定、强烈、澄明、透彻的光，这种光与画布融为一体，是用每道笔触"画进去"的一种静态而永恒的光。塞尚发现空间不空，虚空充盈着力量或是能量。宽广的空间面与同样宽广的质量面交织在一起，物体成为空间的重要组成部分，且受到空间的影响。光对画家是不存在的，塞尚更重视的是色彩，以及色彩的相互作用，重叠与互渗的浓彩形成的质量感和体积感，对于里尔克中期的"事物诗"理念的形成显然有着某种内在关系。

一九〇七年十月十二日致克拉拉的信中，里尔克谈到与一位女画家一起去沙龙观赏塞尚的画作，画家的观感是严谨的，不掺杂文学家的歪曲性质，女画家说塞尚像一只狗坐在画架前，不做别的，只是静观，像等待骨头出现一样等待事物成熟。塞尚只画他完全领会了的部分。早期的塞尚作品中，颜色还只是孤立而浮在表面的，后期则是运用色彩来再创事物，颜色本身的实质全部被画布吸收，不留渣滓。女画家说："好像他用了个天平，一边放上物品，一边放上颜色，分量正好保持平衡。"这句话给了里尔克以启发，使他理解了塞尚画作中色彩的存在化为精粹现实的奇妙气氛。十月二十二日和二十四日的信中，他又写到要再去研究一下那些紫色、绿色，他仔细观察了塞尚画作中颜色之间的呼应和吸收，"一切都是颜色的调谐，每种颜色自我集中，面对另一种颜色而意识到自己的存在……每种颜色中，形成不同层次的强度来溶解或者承受不同的别的颜色。除了这个各种颜色自我分泌的体系，还不能忘记反光的作用：局部较弱的色调褪失，为了反映更强的色调。由于这诸种影响的你进我退，画面的内部激动，提升，收聚，永不静止下来……"①在里尔克眼里，塞尚以客观的虚心来再现物体，他对现实的信仰和忠实就像一只对镜自照的狗，它想："瞧，这里又有一只狗。"

正是在塞尚身上发现的这种朝向客观的表现力，促进里尔克进一步将"工作"的观念吸纳进自己的精神世界，成为他诗歌创作的一个重要原则，也是诗人与事物交往的新的方式。是塞尚使他变成了一个"工匠"，"终于走上了工作的道路"。

3

无独有偶，象征主义的主要诗人也都秉持了这种"工作"的态度。例如波德莱尔，尽管《恶之花》浸透了心灵与感情，但他选择的诗歌是"冰冷的、字斟句酌的、从精神准则演绎出来的诗歌，而不是从心灵或感情演绎出来的"。在他看来，依赖灵感的诗人是"消极的诗人，是戏剧般冷漠的、感到不幸的诗人。为了写作，他在期盼夜晚的声音出现的同时，事实上放弃了对艺术的把握。他并没能掌握着自己的题材。他没能掌握住韵律。他甚至掌握不了时间。在这期间，他决定拿起笔来，因为这儿的一切全取决于暗中的嘴巴"。这个"暗中的嘴巴"可以理解为灵感的源泉——天启。写作是困难的职业，它需要含辛茹苦、反复修改、大量难以琢磨的模棱两可以及隐形的夸

---

① 里尔克：《论塞尚》，《国际诗坛》第3辑，漓江出版社，1987年版，第240页。

张，还有作为艺术代价的无以比拟的痛苦。文学不属于天赋，而属于理解和操劳。波德莱尔对灵感说的排斥甚至达到了将灵感的想法与"女人的秽物"排列在一起的程度。对精确的强调和爱伦坡的影响有关，爱伦坡认为，伟大的作品都是作者一点点精心整理而成的，几乎可以用无可挑剔的数学演绎出来。波德莱尔赞赏爱伦坡能将热烈敏捷的天才与对分析、组合和计算的充满激情的热爱结合起来。将科学意识引入诗歌创作的过程之中，使诗人避免了浪漫主义诗人依凭情感、天才、想象的主观倾吐，而强调知性的作用，用形式和语言节制情感的表达，使其恰如其分。有"象征主义的高级传教士"之称的马拉美，也认为诗人不应该依靠偶然的灵感，而应该"怀着炼丹术士的耐心，准备为此而牺牲一切虚荣和愉快，就像过去人们劈了家和房梁来生炉子一样地喂养着我的大著作的火炉"。他的理想是写出"一部书，一部多卷本的地地道道的书，一部事先构思好的讲求建筑艺术的书，而不是偶然灵感——即使这些灵感是美妙绝伦的——的集子"。

同样，瓦雷里也强调对科学般的严谨的追求，他从数学的精确中找到一种精神尽善尽美的契合，他认为意识和明晰是艺术家至高无上的道德。他在给纪德的信中用"代数""方程"来比喻诗歌，他主张诗人要长期地酝酿和打磨诗章，为工作而工作，他说："我只喜欢精雕细琢，而讨厌朝秦暮楚，对于一切蓦然而至的事物感到疑惑不解。自发地，甚至妙笔生花和令人神往的东西，似乎向来都不属于我。"同样，和强调"灵感只不过是每日练习的报酬"的波德莱尔一样，瓦雷里也十分推崇艰苦的劳作，但他并不否定灵感，正是日夜不息的精神磨砺，才构成了灵感产生的基础。他坚信，一切真正的理想境界的艺术必然是由漫长的征服与锻炼而达到的，这种倾向里便孕育着一种必然，即对偶然的克服。

里尔克赞赏塞尚的内心追求，那就是完成无可置疑的真实性，将外界种种重新创化成实物，让现实经由他的个人经验而长存不灭。他在《论塞尚》中把这位孤独的老画家描绘成一只坐在花园里的老狗，被工作驱使和鞭打。在这里面，"工作"的全部奥秘就在于以恒久的忍耐、强大的自制、谦逊的忘我来接近目标。这种忘我甚至要求艺术家节制和超越对对象的爱。里尔克说："不用说，艺术家应当倾爱他所创造的事物，可要是他显示出这种爱，就创造得不好，因为他仅只鉴审，而没有表现，他就不再公平。那至上的东西，爱，结果停留在作品以外，不跟作品融合，就无法参与其变化……应该找不到爱的痕迹，爱完全在创造过程中被吸收了。"①这样才能达到艺术的至真至纯的胜境。在这里，里尔克阐述了一种对待物的至关重要的现象学方法，那就是对物的显示应超越个体自我的主观偏爱，因为在主观认识中，人们看到的仅仅是个别对象，而不是

① 里尔克：《论塞尚》，《国际诗坛》第3辑，漓江出版社，1987年版，第238页。

存在物的普遍存在。

　　茨威格将里尔克称作"永恒的无家可归者，一切街道的巡礼者，走遍了一切国土"，为了采集和倾听事物而来到世上的天使。他游历过俄罗斯，俄罗斯事物的广袤和巨大带有人类生活的童年性和原始性，给了诗人创世之初的清新和震惊之感，以至于他号称亲见了事物的原型，而觉悟到自己过去所见仅是物的影子。克里姆林宫回荡四方的钟声也在他诗中回响不已，托尔斯泰眼睛中那察看万物的天蓝色，曾映照出无数人与命运的图画，埃及和非洲诉诸他创造性的感官和神经的，是太阳怎样在无叶的国土上画出不同于多林世界的光线，斯堪的纳维亚白色的午夜也曾教会诗人内行地解说南方山谷蓝天鹅绒般的暮色。他很少讲话，几乎永远是一个人的孤旅，永远在倾听事物隐秘的声息，让事物的图像在沉默的内心中慢慢生发出越发浓郁的色彩。终于，他像年老的罗丹使用沾着泥土的光滑而沉重的石头那样，以诗句之纤细而无重量的元素迫使轮廓表现出同样的硬度。他不再像年轻时代那样去表现事物形而上学的联系与隐喻性的近似，无所不包的感觉中万象那神秘的伙伴关系和生命关联的内在性，而是极其真实地实现命运般的孤独，每个个别物在生活空间与另一物的悲惨隔绝。为此，他观察，体验，他在事物和事物之间穿行，像时间本身，甚至像一个影子，一丝可有可无的呼吸，他不去打扰事物神圣的独白，一边让每件事物最独特的本性完整地表现出来，坚定地把它们变成文字，如同大教堂的石匠，坚韧地转化为石头的镇定，使真实之光为每个现象划分了透明的界限，呈现出一种几乎严峻的清晰度。每一首诗都是一座大理石像，作为纯粹轮廓而独自存在着，同各方面划清了界限，犹如灵魂封锁在不可更改的尘世的躯体中。茨威格称许《豹》和《旋转木马》是从笨拙的冷石切出来的，明亮如白昼，宛如浮雕宝石，是一种"知情的客观性对于单纯预感的胜利"。

4

为了获取这种客观性，诗人追随视觉艺术的启示，这是一条何其艰难的道路。造型艺术与词语艺术内在的对立性会带来难以克服的内心混乱，正如里尔克的女友莎乐美所透彻理解到的，可塑性材料具有永远存在性，能使雕刻家在灵感缺失的状态下依然保持其工作方式，素材本身对于创作者就具有一定的内涵意义，相反，诗人的材料是词语，是由感觉所把握的、完全游离于现实之外的东西，一种纯粹的符号体系。要抵达所谓的客观性，诗人长时间耐心的观察只不过是感官上的准备，为新的客观行为的发生提供舞台，因为客观乃是一种深埋于所有情感之下的更深层的移情，借助于它，有可能消除主客观充盈的对比，并使词汇的外部符号变成自体述说，变成召唤、誓言、万物。

在这个意义上，诗歌是一种原初的命名，类似于亚当在伊甸园中为万物命名，这种命名不是对物的本质的抽象，不是贴标签，不是固定价格，从物对人的有用性上来判断物的物性，而是使物还原为其本身具足的存在之丰盈，使人与万物重新成为一个永恒环舞中的链环，人甚至也只不过是一种存在者，与物齐平。如此，人与物的认识论关系便转化为存在论的共在关系。

里尔克的创作中经常流露出对万物神秘性和神圣性的关注，他认为事物并非全然像人们所相信的那样容易理解和可以言传，大多数事件都不是能用言语表达的，它们发生在语言所不及的领域。事物有其自身神秘的规律，大地恢宏、丰盈的万物背后隐藏着奔涌不息的生命之流。在《沃尔普斯维德画派》中，里尔克曾言："更神秘的是一种生命，它既不是我们的生命，又与我们无关，仿佛不顾我们而径直庆祝自己的节日，我们则怀着某种尴尬的心情注视着它的节日，像操着别种语言的不速之客一样。"里尔克对日常语言对物的遮蔽时有质疑，认为只有诗人能为万物命名。在世人眼中，世界早已不存在秘密，一切都如此地确定，被和盘托出。"这个叫作狗，那个叫作房屋，这儿是开端，那儿是结束。""狗""房屋""开端""结束"，如此简单，事物存在的神秘意味丧失殆尽。万物的歌唱一经人类的触及，便了无声息。而诗人对万物的命名，亦即言说，则是对物的存在的言说，它既不是抽象的概念性言说，也不是日常的功利性言说，因为这两种言说都是将语词作为主观行为的工具对物的对象性言说。诗的命名性言说是深入词语的内在本质，吁请物本身的到场，让物的存在敞开，使物成其为物，使人与物发生共存关系，这里面关键的一点是对物要采取"看护"的态度，与物平等共存，而不是以主观凌驾其上任意掠夺，这样，隐匿的物才会真正出场，从而打开一个天、地、人、神依存统一的世界。正如海德格尔所言，诗之命名并不是用词汇列举出可以想象的、熟悉的东西和事件，不是分贴标签，而是邀请物，使物之为物与人相关涉……被命名的物，也即被召唤的物，把天、地、人、神四方聚集于自身。这四方是一种原始统一的存在。物让四方的四重整体栖留于自身。物让天、地、人、神四者在相互依存中获得原本的统一，这种汇聚、聚拢，让其存留，便是物的物性活动，在此活动中，物成其为物，在此活动中存留的四方的四重整体被我们称为世界，世界就是天、地、人、神四重环舞的意义结构，它给万物以意义。而领有意义的物才在世界中呈现出来，反过来将世界存留在自身之中，物的呈现也就是天、地、人、神之意义世界的出场。"物"既非主体的对象，亦非一纯然实体，它是一根本的载体，它承载着人栖居的世界之存有。这种诗的命名是对始祖亚当命名万物的一种近似模拟。正如茨维塔耶娃在致里尔克的信中所言的那样，将词汇亘古以来的含义还给了词汇，将事物亘古以来的词汇（价值）还给了事物。

与这种原初的命名相反，在工具语言观支配下，人们对物的经济学意义上的利用与掠夺，使得物丧失了其物性，仅仅成为人的欲望的对象，人总是站在主体的立场，把大地和自然看作一个可利用的现成存在的东西，人们仅仅关注物的可用性。在《沃尔普斯维德画派》中，里尔克就已经指出了这一点："他们看到的是他们及其同类数千年来所创造的事物的表面，他们愿意相信整个地球是同情他们的，因为人们能够耕耘土地，使森林透光，让河流利于行船。他们的眼睛几乎仅仅盯着人，顺便看着自然，把它视为一种理所当然的和现存的事物，它们是尽量被人利用的事物。"机器文明的轰鸣驱逐了神性的同时，也使并非万能的人的理性自信极端地膨胀了，科技进步在给人类社会带来某种程度的幸福的同时，也煽旺了人类的欲火，使其沉迷于对物质享受的无限度追逐，而削弱了精神的力量。在《致俄尔甫斯的十四行》上部第十八首中，诗人表达了为新兴机械工业对世界完整性的毁灭性破坏而深怀恐惧："看哪，看那机器：它们怎样旋转怎样报复／又怎样把我们损害并玷污。"在第二十四首十四行中，诗人忧虑于古老神性在机械文明前的隐退，"我们该做什么，是摈弃古老的友谊，／驱逐从不招徕的伟神，因为坚硬的钢铁，／我们严格教育的产物，不认识他们。／还是在纸牌上幡然寻找他们？"在一个突飞猛进的时代，众神的使者已嫌太慢。于是，诗人无限地怀念起技术时代出现之前人与物融洽无间的境界。在《致波兰译者的信》中，他说：

对于我们的祖辈来说，一座"房子"，一眼"泉"，一座对于他们很亲密的塔，他们自己的衣服，他们的外套——这一切对于他们的意味要无穷地更多、更亲密；在他们那里几乎每一件东西都是一个容器，从中找得到人性的东西，存留着人性的东西。

"物"所具有的这种容留人性的价值，使其成为人类生活的见证，这种"物"在本质上已与人的内心融在一起，是不可替代的。在物的宁静、沉稳、坚实的可见形式中，人们的希望和沉思、最初的爱的体验、遥远的记忆和对未来的信心，都可以找到一种信赖的寄托。这样的物以其本身宁静而沉默的存在而显得庄严，它们对人类的环绕使得人类有了在家一般的信赖。里尔克对儿童看待自然的态度非常赞赏，认为儿童以一种志趣相投的态度亲近自然，像小动物一样生活在自然之中，全身心地沉湎于森林和天空所发生的事件当中，与它们同处于一种纯洁的、表面的协调之中。儿童对自然与自身的无区别心，使他们仍能和动植物一样置身于存在的整体之中。人因为意识太强而将自身摆置在世界的对面，只有在某些短暂的瞬间，如爱情或宗教体验中，才能重新拥有向存在本身的"敞开"，也就是海德格尔所言及的被遮蔽者"自行解蔽而作为无蔽者显现出来"。意识越是发达，与事物的距离越大，对立越是强烈。动植物的被动性在里尔克这里反成了积极的东西，它们的存在没有因为强烈的抗拒而自外于存在者整体，而是与其呈协调关系。柔顺地服从其本质的动物仅仅冒生存之险，人则是既要冒生存之险，又要冒"存在之险"。人对于动植物的超出恰好使人更加冒存在之险，人冒险前行时为了获得自己的安全，就会不可遏止地贯彻自己，于是，脱离了存在根基的人，在自然不足以应付人的表象处，就订造自然，在缺乏新事物之处，就制造新事物，在事物搅乱他之处，就改造事物，在事物偏离他的意图之处，就调整事物。人在要夸东西可供购买或利用之际，就把东西摆出来。在要把自己的本事摆出来并为自己的行业做宣传之际，人就摆出来。就这样，人将自然"对象化"为置于自己面前的"表象"，甚至人本身也被用作上级意图的材料了，这种状况在现代人身上有着最为集中的体现。现代社会中技术统治人的现象，就是起源于人对动植物的超出所导致的主客二分。人在童年时，会有一个意识成熟的时刻，他发现事物不再与自己发生亲密的关联，他会感到被从整体上撕裂的痛苦与不可名状的孤寂。他站出了万物之外。人终其一生就是要返回物我不分的混沌整体，那幽暗而温暖的"怀腹"。有些人是通过置身人群，以平均数的常人状态承担起自己的劳动和命运，而另一些人则不想放弃失落的自然，而是设法有意识地和全力以赴地再度接近它把握它，像童年时代一样深入到自然的伟大联系中去，这后者就是艺术家。里尔克曾满怀深情地回忆到，在孤寂的童年，当所有的人都不喜欢他时，当他觉得自己被完全抛弃时，物怎样深深地吸引了他。"……请你们想一想，是否有什么比这样一个物让你们更亲近、更熟悉和更需要。除了它之外，是不是一切都能给你们带来伤心和委屈……如果在你们最初的经验中有过善良、信赖和不孤独，你们是否把这一切都归功于它呢？你们当初与之共享你们那颗幼小的心，像分享一块可供二人享用的面包一样的东西，不就是一个物吗？"

5

然而，现代的技术生产却恰恰销蚀乃至取消了物所具有的"无穷诗意空间"，取而代之的则是一种空洞漠然的东西、徒有其表的伪东西、生命的假人，使物成为"可替代品"。这种"可替代品"在高速度的技术生产中，可以迅速生产出来，也可以同样迅速地被耗损和消灭，在它们里面，已不复蕴含有任何的"人性"。里尔克感叹说，那种经验了我们的生活的、那种为我们体验过、那种见证过我们的东西正在消亡，我们可能是最后一代仍然认得这些东西的人，今天的一座房子，一只美国苹果或者一棵葡萄树，同那种为我们祖先的希望和沉思所透穿的房子、苹果、葡萄毫无共同之处。将物仅仅作为技术利用、征服的原材料，变成可以数字化的市场价值，使得人们遗忘了物的本身，遗忘了物在可资利用的使用价值之外，还有其自身丰盈的存在，是包含着人类生存经验并维系着无数古老记忆的存在。这样的物，人们从中可以辨认出他所喜爱的东西和他所畏惧的东西，在这一切物中辨认出不可思议的东西。而这样的聚拢着人类生存经验的"物"，正如海德格尔所言，与无数处处等价的对象相比，与过量的作为生物的人类群体相比，在数量上也是轻微的，因为今天作为对象立身于无间距者中的一切东西都不能简单地转变为物。以往那种"不可代替的可见物"越来越快地消失在大地上，这使得"物"充满了回归其本质的"乡愁"——矿苗有怀乡病，它会离开造币厂和工作台，它们教它一种寒碜的生活，它将从工厂从钱柜，返回到那被打开的大山的脉络，大山将在它身后重新关闭。

人为了贯彻其主观意志，力求使物纳入自己的算计，为己所用，人们误以为可以无限制地安排一切，将一切人的建构看作事物本身，而事物（大地、自然、自在之物）又总是抗拒着人对它的意义化，时时消解意义而还原到无意义状态，让人们知道它的真容绝非人在世界中所见到的那样。事物时时对人的世界关闭起来，自身持守，恢复其原始的神秘，正所谓"天机自张""无言独化"。"大地让任何对它的穿透在它本身那里破灭了。大地使任何纯粹计算式的胡搅蛮缠彻底地幻灭了。虽然这种胡搅蛮缠以科学技术对自然的对象化的形态给自己罩上统治和进步的假象，但是，这种支配始终是意欲的昏庸无能。"①里尔克通过诗人的直觉和本能，发现了世界与大地这种永恒的斗争——风景与人陌生而无关，面对茂盛的树木、湍急的溪水，事物总是倾向于摆脱人强加给它的词语的标签。人们以为可以像儿童玩火一样利用储存在物里的能量，但是这些力量一而再，再而三地摆脱它们的名称，奋起反抗，像被压迫阶层反抗它们那渺小的主人那样，当然不是反抗它们一次了事，它们干脆举行起义，文明从地球的肩膀上坠落下来，地球又成了伟大的、辽阔的、孤独的，还有它的大海、树木和星辰。

只知道将物对象化的人类还没有学会如何公正地看待万物，守护万物。里尔克令人震惊地断言，人们虽然已经有了几千年的时间去观看、沉思、记载，但是人们还不曾看见过、认识过、说出过真实的与重要的事物。人类就像小学生一样，让这几千年像是在学校里休息时间一样地过去了，只是在这时间里吃了一块黄油面包和一个苹果。里尔克说，人们虽然有许多发明和进步，虽然有文化、宗教和智慧，但还是停滞在生活的表面上。因此，在《致俄耳甫斯十四行》上部第十九首中，诗人告诫我们："苦难未被认识，／爱情未被学习，／在死亡中从我们远离／的一切亦未露出本相。"他进而呼吁人们"学习观看"，那就是秉持一种克己、谦卑、虚怀的态度，怀着纯

---

① 海德格尔：《艺术作品的本源》，《海德格尔·上》，三联书店，1996年，第267页。

洁的爱，摆脱文化的蒙蔽，用纯真原始的目光来观照事物。在《新诗集》和《新诗集续编》中，促使诗人赋诗抒怀的不再是生命、上帝、爱情和死亡引起的那种普遍的、全面铺开的激动心情，而是界限清楚、各自为营的各种各样的物：玫瑰花瓣、罂粟、喷泉、镜子、水果、木马、教堂、豹子、天鹅、黑猫、瞪羚、狗、红鹤、儿童、囚犯、病后的与成熟的妇女、娼妓、疯人、乞丐。艺术品、动植物、历史人物、传奇人物和圣经人物、旅游观感和城市印象、静态的形象、安宁的场面和气氛，都像一件件具体物品那样呈现出来，没有加入诗人主观的喟叹和呼喊。诗人虚心地侍奉它们，静听它们的有声或无语，分担它们被人们漠然视之的命运。一件件事物在他周围，都像刚刚从上帝手里做成，他小心翼翼地发现物的灵魂，观察物的姿态，将其凝定在坚实的意象之中。正是学习观察这项任务促使里尔克决定前往巴黎，那意味着将世界的可感性提高到最大限度的自觉性，使自身本性的肖邦式敏感彻底理智化和实体化，从而实现自我与对象的同一，主体的客体化。里尔克曾在《论"山水"》一文中让人记忆深远地阐述过这种情感的客观化："人不再是在他的同类中保持平衡的伙伴，也不再是那样的人，为了他而有晨昏和远近。他有如一个物置身于万物之中，无限地单独，一切物与人的结合都退至共同的深处，那里浸润着一切生长者的根。"

　　塞尚的静物画中，水果是最为有名的，同样，里尔克也多次描绘过水果，他在《为一位女友而作》中有这样的句子：

> 于是你还看见女人像果实一样，
>
> 还看见孩子们，从内部生长成
>
> 他们实存的形式。
>
> 最后还看见你自己如一枚果实，
>
> 把你从你的衣服里取出来，把你
>
> 带到镜子前面去，让你进去
>
> 直到你看见自己；你的身影在镜前很大，
>
> 却没有说：这是我；不：是这个。
>
> 到最后你的目光如此无好奇可言
>
> 又如此一无所有，如此真正赤贫，
>
> 以致它不再追求（虔诚地）你自己。

　　诗中的水果就是物的象征，要维护它的独立自存，人就必须在它面前消除任何征服的欲望，甘愿自守贫穷。里尔克在此强调，观看不是去占有，不是对物下主观的判断，而是让物如其所是，以它自己的方式纯净自持地存在。人不能以自己的存在去抹杀物的存在，应该以物的存在来确证自己的存在，应该对物采取虔诚的看守态度，使之成为生命的家园。以一种敬畏的隔离来同万物接近，才不至将事物仅仅运用在自己的需要上边，而是沉潜在万物伟大的静息中，感受它们的存在是怎样在规律中消隐，没有期待，没有急躁。这种排除了人之私欲的观看，实际上排除了人从自身利益出发对物的"选择和拒绝"。万物各有其自身的内在价值，各有自己的一方世界，它们和人共同组成了一个真实、严肃、生存着的共和国。只有不以人的是非好恶为出发来客观地看待事物，才能从任何真实的存在物上面发现存在之奥秘。在《马尔特随笔》中，里尔克提到他现在理解了波德莱尔的《腐尸》一诗："他既然遇上了这具腐尸，又能怎样？他的任务是在这可怖的，似乎只是令人作呕而已的东西里看到存在物，一切存在物中的存在物。不能挑选，不能拒绝。"里尔克在这里触及到了现代社会诗意的来源问题，那就是一切本真之物皆可在诗人无穷无尽的感受力的融会下化入诗中。

中期里尔克的诗学追求可以概括为对真实的追求，他的艺术力量和诗人气质是同这种真实性的力量联系在一起的，甚至是建立在这种真实性的力量之上的，它是诗人气质的担保者，因为只有当艺术与诗歌作为真实性的女儿出现时，才可以行使其最高和最神圣的职责。

6

塞尚不仅影响到了里尔克这样的现代主义者，他的光照也延及后现代主义，比如他将经验的细微感觉在画布上的重新组合，就被垮掉派诗人金斯堡所发现和吸纳。一九四九年金斯堡在进入布莱克的幻境的同时，陷入了塞尚的画境，他懂得可以通过时间传达启迪的信息，诗不仅仅是漂亮和美丽，诗有特别的功用，它是人类生存的某种基础物质，或者说，它达到了某种物质，达到了人类生存的底部。塞尚画中的那种类似一个人拉软百叶窗与反转百叶时的突然的闪动与闪光，画面向三维空间展开时那种木头物件的坚固立体效果，那种围绕在画中人物周围的神秘色彩，使得人物恍如巨大空间中的木偶，怪异而令人震惊。金斯堡将这种感觉与宇宙感觉联系起来，这种感觉由布莱克的《向日葵》《病玫瑰》等诗催化而来，被塞尚的画境所加强。金斯堡还在塞尚作品中发现了许多文学象征，以及新柏拉图哲学家普罗提诺有关时间与永恒的思想。金斯堡的观画体验显示，塞尚的笔触结构所创造的坚固的二维平面，稍隔远一点，稍微眯一点眼睛去看，就会发现一个巨大的三维开口，就会化为神秘立体，像是进入一架立体幻灯机。他甚至从《玩牌人》中发现了各种凶兆象征。《加伦的岩石》中的岩石居然像云朵一样飘游在空中，没有固定形状，像膝盖骨、鸡头、没有眼睛的脸。这些细微感觉用塞尚自己的话说，"不是别的，就是父亲全能不朽宙斯"[1]。金斯堡在长诗《嚎叫》第一章最后一部分中，使用了许多这样的细微感觉材料，也就是父亲不朽全能宙斯的感觉。塞尚没有使用透视线条来创造空间，只是

---

① 见《与实验艺术家的谈话》，湖南美术出版社，1993年版，第370页。

利用了颜色的并置，金斯堡则用词语的并置实现了类似的感觉，如"冬日午夜小城街灯细雨"和"氢自动点唱机"，如此，来自两个部件的联想同时存在，意识并列造成时间和空间的空隙，大脑在一闪之间将两个意象联系起来，这一闪就是塞尚的"细微感觉"。有些并置的含义诗人当时是并不知道的，因为我们的心灵深度往往是我们自己意识不到的，事后会随着时间而水落石出。向塞尚艺术的致敬，可用《嚎叫》中的一段诗句来代表："他们梦想而且果真借助于并置的意象使时间和空间的界限实在化，在两个视觉意象之间将灵魂的天使长俘获，而且组合基本动词使名词和知觉破折号连接以便同万能上帝的感知呼应契合……"在毫无准备的状态下突然看见整个宇宙的毛骨悚然和浑身凝止，便是塞尚对诗人和许多人产生的效果。

还可能有另外一种情况，诗人从画家的画中辨认出了危机，在他们自己的工作中也遇到了同样的危机，比如在和先入为主的主观性做斗争时，里尔克、劳伦斯和威廉斯这样的诗人，就从塞尚的画中汲取了勇气。里尔克领悟到自己早起空泛的抒情姿态抽空了事物的物性，使事物仅仅成了自己心灵状态的一个简陋对应物和象征。劳伦斯说："在找苹果的时候，塞尚在颜料中感觉到了它。突然他感觉到了思想的保证，封闭的自我处于它自我绘制的天蓝色的天堂里。"而威廉斯说："塞尚——艺术中唯一的现实主义是想象。只有这样，作品才能逃脱对自然的抄袭而成为一种创造。"

诗人或者是从画家的工作中得到鼓舞，强化了某种观念的认同，或者是从画家身上看出了歧路，从而引导自我规避在另一种形式的艺术中已经失败的、同样在诗歌写作中也很可能失败的路径，当然，就诗人与画家的关联来看，诗人的反应可能是准确的，也可能是极其片段的，正如布莱克之于雷诺兹，尼采之于德拉克罗瓦，罗森堡之于漩涡主义者，但是准确也好片面也好，两种艺术家及两种艺术形式之间的关联是绝对具有必要性的，正如史蒂文斯所言，诗人和画家共同生活在一种"有形诗歌"的核心，都试图捕捉事物的本质，诗人用一系列的隐喻将短暂的视觉印象固定下来，统一成稳定的形式，这样的诗歌使目光从纯粹的个人移开，绘画也是如此，它突出了外部世界，使其更易为人感知，避免使艺术家的个性凌驾于真理之上，而是通过感觉，进入存在，经验和分享它原始的完美。这是诗歌与绘画的共同常量。在很大程度上，诗人的问题就是画家的问题，诗人必须经常地转向绘画，来借此讨论他们自己的问题。具体到塞尚，史蒂文斯在谈到诗人个性与自我中心的关系、诗歌作为诗人个性的一个展开过程时，曾援引塞尚的例子。他说，说诗歌是诗人个性的一个过程并不意味着它将诗人作为主体包含进来。亚里士多德说："诗人应该少说自己的个性。"是元素、力量使诗歌成为生动之物，那种现代化的和永远现代的影响。说这过程不包含作为主体的诗人的主张，杜绝了直接的自我中心，在这个程度上它是真实的。另一方面，没有间接的自我中心就不会有诗歌。没有诗人的个性就不会有诗歌，那就是诗歌的定义尚未发现的原因，简言之，并不存在定义的原因。心灵的主要特征就是不断地描述自身，这种描述活动就是间接的自我中心。诗人的心灵在诗篇中对自身的不断描述就和雕塑家的心灵在他的形式中描述自身一样，或者就像塞尚的心灵在他的"心理学风景"中描述自身一样。这件事情比通常所说的艺术家的气质要更有包容性，它指的是整个个性，写下满足我们所有人和所有一切的英雄诗篇的诗人，将通过他理性的力量、想象的力量，再加上他自己个性的毫不费力且不可逃避的过程来完成它。这就是塞尚在他的信中经常谈论到的艺术家的气质，他说："单是原初的力量，亦即气质，就能把一个人带到他必须抵达的终点。"他还写道："靠一点很小的气质一个人就能成为一个很不错的画家。拥有一种艺术感觉就足够了……因此，制度、津贴、荣誉只能是为蠢货、无赖和恶棍而设的。"在给埃米尔·伯纳德的信中他再次写道："你的信对我弥足珍贵……因为它们的抵达将我从连续不断地寻求独一无二的目的……所导致的单调中提升出来……我可以再次向你描述……自然的那一部分的实现，它在进入我们的视线时，呈现出画面。现在，要发展的主题在于——无论在自然面前我们的气质或力量可能如何——我们必须描绘我们所见之物的形象。"最后，他写信给自己的儿子说："显然一个人必须成功地为自己而感受并充分地表达自己。"

史蒂文斯对塞尚的尊崇，体现在这样的断言中："现代艺术的一种真正现代的定义，不是做出让步，而是确定随时间流逝而变得越来越小的界限，往往是变得仅仅涉及单独一个人，正如要在我们所置身的建筑物的正面上涂上什么东西，那一定是'塞尚'这两个字。"如果说诗歌以及诗歌理论最终会在时间中变成一种奥秘，那么，史蒂文斯认为塞尚同样做到了这点，在他看来，塞尚乃至整个现代艺术，是欲求发现一种方式去说出和确证，无论是在外观之下还是之上，万物都是同一的，而且它们只能在真实中反映出来，或者是有可能结合起来，这样我们才能抵达它们。在这样的努力下，真实从物质变成了奥妙，在这种奥妙中，塞尚下述的说法就是自然的了："我看见平面彼此控制，有时直线似乎要坠落一般"，或者"平面在色彩中……平面的灵魂在闪光的彩色区域，在点燃的棱镜的火光中，在阳光中会合。"这位诗人甚至声称，就所涉及的公众而言，印象主义是一个诗歌运动，随后的寄生性发展有所不同。但假如现代艺术中唯一真正伟大的事物：印象主义，是有诗意的，诗意就不会因为那种独特的诗意表达的过时而被抛弃。

在二十世纪的众多大诗人中，都有一种共同的对自我关注的警惕，他们希望，作为思想领域主观性最强的诗歌，能够突破个人感情狭窄的诱惑，避免过于自觉的头脑将自我戏剧化并强加给自然，而是像塞尚那样获得诚实的客观性，这里的客观性绝不是十九世纪实证科学纯想象的、过时的客观性——这种客观性假定观察者和观察对象之间是完全分开的。里尔克归结到塞尚身上的客观性意味着一种向外的目光，它将把感官世界拉近内在的人，它将缩小抽象和感觉、智力和事物之间的缝隙。如此，诗歌和绘画一样，不再是去强加什么，而是在直觉和知觉的幸福结合中去发现存在。当偶然的事物偶然的遇合侵入我们日常生活的僵化进程，当这些偶然的遇合与我们对自我的感觉交叉，使我们想起其他发生的事情，或者强化我们对未来可能性的感觉，它就有可能铸成一个具有连续性的形式，并将那瞬间的清新稳定地存留下来，每一个这样的瞬间都会在自身周围组织起它的环境，一个小而神奇的完整的世界，在那里上演一出具有普遍性的戏剧，并反映出整个宇宙的创造原则和无尽光辉。

凭　窗

—— 爱德华·霍珀绘画中的城市

汪　洋

美国，来自美国

"爱德华·霍珀（Edward Hopper）的绘画艺术，在数十年以来已经被定义为美国写实主义的最佳典范，或者是对美国景象更具理性思考的最佳诠释。"当来自全世界的观者在纽约惠特尼美术馆观看霍珀回顾展时，美术馆展览部主任苏珊·劳逊以客观的视角对爱德华·霍珀的绘画做出这样的评述："爱德华·霍珀以种不同寻常的敏感和反讽的疏离，来处理美国的商业景致，例如加油站、商店、广告和公共空间，我们开始了解他对美国生活的反伤感观点，并存在着溺爱和无情的坦白。最主要的，我们欣赏他的艺术的广阔野心，从未针对小范围或者完全的个人的主题，而是毫不厌倦地专注于最宽广和现代生活中最共通的经验。"

一

2010年10月28日，题为"现代生活：爱德华·霍珀及其时代"的艺术展览在美国纽约惠特尼美术馆隆重举行，这是惠特尼美术馆再次举办的爱德华·霍珀绘画作品大型回顾展。人们再次审视一幅幅描绘空旷风景、城市街角、普通建筑和落寞房间等寂寥场景的画作时，不知不觉间发出一声声如见老友般的赞叹，也不禁慨叹画家的执着和他对日常美国的把握。

爱德华·霍珀作为一位诚实的画家，他如实描绘了20世纪前期美国的社会面貌以及他所触及的在平凡中暗藏变化的微妙情绪。他的画作也没有任何异化或者夸张生活中某一侧面的倾向，却成为在现代社会中最为人熟悉但又陌生无比的图像，就在他尺幅不大、内容紧凑的画面前，甚至还有人创造出了这样的一个形容——"霍珀式的风格"，旨在用来形容某种荒凉的或者心理压抑到难以忍受的地步的美国式情境。

在世界艺术史上，"美利坚"是一个十足的后起之秀，但说美国的艺术史如同建国史一样没有深厚的底蕴，真的是一种偏颇的论调。美国绘画的底蕴来自大西洋东岸的英法绘画模式，这是不可否认的事实，尤其是在20世纪之前，美国绘画的面貌的确就是欧洲绘画艺术的遗风余韵，无论是新古典主义、新浪漫主义乃至名噪一时的印象派绘画，都一一漂洋过海相继占据美国画坛的主导地位。所以，一个世纪之前的美国画坛极其沉闷，大多数画家虽然对唯美的画面尊崇有加，但描绘的作品格调不高，缺少个性与自我情感的表达，以无所谓的创作态度在毫无新意的画面上拷贝欧洲画家的绘画样式和表现手法，几乎所有绘画作品的最终面貌都能在欧洲找到源流。

　　直到时间进入20世纪，几位意趣相同的画家在美国画坛的崭露头角，才使得这种沉闷的局面有所改观。他们仰望巴黎，一边接受欧洲现代派艺术的全新观念，一边与欧洲绘画有意拉开距离，以便探寻属于美国的绘画风格，这就是后来被冠名为"垃圾箱画派"的画家群体。他们在作为美国艺术风向标的纽约大力宣扬自己的艺术主张，坚持认为美国的本土画家就应该去寻找美国式的独特个性，观察现代美国的日常生活继而表现出来，以确立自己艺术创作的基本主题，为此，倔强的他们还在1908年举办了一场极富争议的画展，其中"垃圾箱画派"的精神领袖罗伯特·亨利就是爱德华·霍珀的老师，他无论是在绘画的方式、方法上，还是在艺术理念、哲学观点上，都对霍珀影响至深，尤其是反对纯粹的理论型艺术、反对绘画贵族化和应该以生活为师的艺术观点直接改变了霍珀之后的绘画道路，也让爱德华·霍珀成为美国现代绘画史上转型时期的关键人物之一。

　　当年，刚刚从纽约艺术学校毕业的爱德华·霍珀，年轻气盛，开始艺术朝圣之旅。1906—1910年间三次游历欧洲，主要流连在当时的世界艺术中心巴黎。在巴黎期间，他目睹风格迥异的现代艺术，开阔了视野和胸襟，却没有被方兴未艾的欧洲现代艺术左右，或成为邯郸学步式的艺术尾随者，而是谦逊地汲取其长，弥补自己的缺憾。他之后的画作有象征主义和表现主义绘画的某些影子，但他依然执着地继续自己的美国式写实道路，一边吟咏波德莱尔的《恶之花》，一边描绘属于美国的现代城市景观和城乡之间的普通景物，也忠实地记录下自己的心路历程。

二

作为美国艺术史上与安德鲁·怀斯齐名的写实画家，爱德华·霍珀一直静静地躲避在自己画作旁边。不愿哗众取宠的他总是被艺评人士忽视和误解，甚至不负责任地给他贴上"乡土画家"或者"风俗画家"的标签。有人批评他的画作缺少高雅的意趣，只是为了迎合普通民众的口味而描绘一些体现美国东部景色的风情之作；也有人指责他简直就像一个初出茅庐的画坊学徒，只会用一些甜美的颜色画一些通俗的场面。面对种种非议，不为所动的他只是报之以轻淡的微笑，继续坚持己见地勤勉绘画。后来的事实也非常公正地证明他不是一名肤浅的画家，因为不善言辞的他总是能够通过画面来颠覆所有针对他的偏见，也能够通过笔下写实的画面来记述他周遭的世界，继而阐释出他对身边世界的理解和关注。

绘制于1930年春天的《星期天的早晨》，就是一幅爱德华·霍珀的心血力作，这幅画作完美地诠释出他对美国日常生活的深刻体验，也很好地证明他异于常人的敏锐感知能力和稳健的绘画技巧。整幅画面让一幅清晨的场景横向展开，仿佛刚刚走出慵懒梦乡的观者，在拉开卧房窗帘的那一刻发生不经意间的视线偶遇。由于好奇心作祟，观者开始透过自家一侧的窗口打量比邻街道的另一边。这一幕好像只是漫不经心间的一瞥，却是霍珀精心安排的美国景象。

霍珀在完成这幅作品之前，一定体验了相关的生活。因为在20世纪二三十年代的美国，城市里的生活日程是以星期六作为一周的最后一个工作日，每逢星期六的晚上，就是市民们消费、购物的黄金时刻，所有商店的营业时间都要延长至深夜，所以，星期天的营业时间也要延迟到9点以后才开始。画面所描绘的正是纽约一条普通街市景象，所有临街的商铺都处于正式营业前夕。

画面上以平视的视角展现了一座有些老旧的二层建筑，作为配角出现的天空只是细细一线，以便能够有更大的空间来展示面前的这座联邦式建筑。然而，这座红色的日常建筑并没有完完整整地尽现在画布上，画面右上角的一块小小的深暗色块表明在它的旁边还有某栋高层建筑存在，画家着力描绘的只是这座临街建筑重要的中心部分。

空无一人的画面几乎没有近景和远景，完满的中景结构以平直的水平线贯穿起来，建筑的顶部、分割楼层的腰线、底部的基座和人行道的边缘，构成了横贯画面的四条粗犷有力的平行线。一楼的门窗与二楼细窄的窗户恰恰是竖直的造型，正好与横向的平行线形成了交叉对比，也建构起了属于画面的网络结构，既有绘画的力度感又具有强烈的形式感。然后，霍珀又为画面增添一些生活化的点缀，例如，悬挂在门口上方的招牌和幔布，写在玻璃窗上的字迹，这都是街边小店的标志，立于人行道内侧的一根红、蓝、白三色旋柱，那是理发店标志，还有位于画面左下方的消防用水阀门，他对这些路旁细节的如实描绘，既丰富了画面的内容，也活泼了画面的形态，更是避免了平直交叉线条所带来的单调、呆板的负面影响。

这是又一个崭新的霍珀式的清晨，在这个短暂的寂静时分，空空如也的街道上寥无一人。在观者目光的所及之处，是每个店铺紧闭的大门和楼上关闭的窗口，可是这些丝毫没有让观者产生沉闷的感觉。就以二楼的窗口为例，它们位于在观者视平线的上方，而且无一例外地都遮挡着窗帘，但是窗帘悬挂的参差不一和颜色的交替变化，在无形当中就为这整齐划一的人工建筑平添了一种巧妙的韵律，也在暗地里点明有人存在的气息。清晨里，初升的太阳再一次让清冽的阳光伸出它的触角，在空旷的街道上拉出同样平直的影子。这明亮的光线是霍珀的挚爱物，由于光线的介入，一方面使得画作中的世界顿时明晰起来，也打破了潜藏的凝滞，另一方面，又作为画面里唯一的动感因素使得画面具备了一种运动中的空间感，与稳固的建筑物之间形成了"动"与"静"两种不同形态的结合，整幅画作也就因此而变得精彩动人、熠熠生辉。

在霍珀的画布上，人们熟悉的城市总是弥漫着某种静止感和寂寥感，也许，这就是他能够区别于其他画家的显著绘画特征，而且，他的这种绘画特征是在去除了绘画的宏大叙事之后，深藏在画面的细微毫末之间。观者在看他的画作时，就像是一名迷路的行人在无意间看到让自己倍感亲切的场景，或是在嘈杂的商场里看到了自己的那张孤独的脸。这真的要感谢霍珀，他对美国的市井生活了然于胸，在描绘日常时刻的同时，也揭开了隐藏在热闹与繁华背后的落寞与荒凉，刻画出了生活在现代文明里的个人的忧郁情绪与孤独感，继而用他那敏锐的灵魂来探触在平淡覆盖下的孤独人性。

三

总的来说，爱德华·霍珀对美国式的城市生活还是情有独钟的。这位生性腼腆的现代画家，1882年7月22日出生在纽约州的奈耶克小镇，在美国东部的城镇间长大，而他绘画的灵感也就来自其中。作为这个新兴强国里的普通一员，在面对着越来越现代化的城市生活时，他既没有表现出欣喜若狂的兴奋，也没有流露出不屑一顾的厌恶，而是保持一名普通市民般的平常视角，冷静地观察着身边同样普通的人和景物，描绘出那些并不属于普通之列的画作。

不同于1930年的那个早晨，霍珀在1942年描绘出了一幅美国夜间生活的场景。这是一家他曾经常光顾的普通咖啡馆，坐落于街角的店面由于消费价格的便宜而招揽大多数普通市民，吸引霍珀注意力的正是这常常被人忽略的平淡。当他将这一绘画主题在心中酝酿成熟以后，就立刻按照自己的作画流程，花了将近两个月的时间完成了这幅油画作品。尺幅适中的画面里只有四个人物，那个一身白色服装的服务生，就是当时小店里的一名真实雇员。自己则像电影演员那样身穿深色西装、头戴浅色便帽，以一幅工薪阶层的打扮出现在画面里，并且一人分饰两角，一个是背对窗外的孤单身线，一个是面向生活、正在与服务生交谈的消费者。最后那个表情淡漠、若有所思的红衣女郎正是他的妻子约瑟芬·尼维森。她不仅是霍珀生活中的伴侣，更是其在绘画上最忠实的拥趸和最得力的助手，她作为霍珀一生当中最重要的女模特，无论是着衣还是裸体，都一直在他的画作里毫无怨言地扮演着各种角色。

就像在作品中展现的那样，霍珀笔下的大多数城市题材绘画，总是从现实的角度出发去寻找出契合某种情感的画面形式。而作为观者的我们，也总是好像在一扇潜在的窗口边去观看道路另一侧窗口里的种种景象。

首先映入眼帘的就是那扇宽敞的玻璃窗，从里面漫射出来的奶白色光线也是这幅画面中最明亮的所在。整扇如墙体般的玻璃窗占据了画作面积的三分之二，也构成了一个具有透视感的横向梯形，这个几何形状牵引着画面的行进方向，也把观者平视的目光顺着玻璃墙面从画面的右边轻轻地移向左边，最后停留在街道的转弯处。这时，观者又看到背景深处的另一幢建筑，已经打烊的店面在昏暗的光线下，按照相同的透视法向相反方向行进，然后消失不见，留下一片阴暗的影子，在两幢建筑之间夹出一条寂静的小巷。

画面中部的暗绿色墙面、棕红色的环形吧台以及一个个排列整齐的小圆凳，又将观者的视线带回咖啡馆，画面由于玻璃窗的直接存在而没有了亲近之感，但透过这扇毫无遮拦的窗口，观者又可以看到咖啡馆里面的全部景象。这是一座在纽约街头毫不起眼的咖啡馆，没有耀眼的霓虹灯，没有奢华的装修，只有一点简洁的陈设，由于要营业至深夜，所以咖啡馆里亮如白昼。勤劳的服务生一面弯腰工作，一面与那个严谨的男顾客交谈着什么；坐在一旁的红衣女郎有些心不在焉，她与画面中心那个孤独的背影一样，用无语的沉默点缀着夜色的清冷。

这幅油画完成以后，霍珀为之标注了一个别具深意的名字——Nighthawk，现在大都译为《夜鹰》。Nighthawk一词，在英文里有"夜鹰"的意思，还有着夜间游荡者、徘徊于夜间的另一层含义。这个巧妙的名字配合在这幅深沉、凝重的画作上，竟成了霍珀的一个神来之笔。其实，这幅画作想表现的并不是某个夜间的营业场面，而是要揭示繁华大都会背后暗藏的寂寥和被喧哗遮蔽的落寞，尤其在已经没有任何行人或车辆的狭长街道上，孤单的路面店扮演起一个重要的角色，它和画中人一起品味着某种失落。没有欣喜也没有危险，只有人际间的疏离感和貌似平淡的怅然若失。这就是美国城市里的日常街头，在没有月光的夜晚，如薄雾般弥漫起世间的苍凉和人性的荒芜。

四

1962年5月，人到暮年的爱德华·霍珀画出了《纽约办公室》一画，他以极其近似的画面来呼应着那幅标志性作品——《夜鹰》。

与《夜鹰》一画所选取的时间节点不同，《纽约办公室》描绘的是接近黄昏的下午时分，画作的构图却几乎相同，在尺寸相当的画幅里，同样是横向地截取了纽约的一个平常角落，同样是在一条僻静街道的转角处，同样是隔着一扇巨大的玻璃窗，同样是屈指可数的画面人物，同样是在喧嚣与繁华的另一面。但经过细细的比较过后，观者就会发现，《纽约办公室》比《夜鹰》更多了一份沉稳与萧疏，在色彩更加亮丽的同时，造型也更加简洁、大度，更具绘画的表现力。

在同样空旷的画面上，霍珀主观地减弱主体建筑的透视变化，也减小近处人行道的面积，让观者更加直白地看清楚这间一楼临街的普通办公室。画面的背景是处于阴影里的另一幢高楼，这唯一的背景墙面似乎没有尽头，只有一个个面目相同的矩形窗口，而且黑黢黢的窗口里面空无一人，在复制单调的同时又透露出一种莫名的伤感。同样位于一楼街角的房间里只有简单的几样办公陈设，这是画家有意去除了许多与画面无关的累赘，好让观者的视线不受干扰，犹如行人路过般地回头一瞥，径直透过明亮的玻璃窗看到室内的主题人物——一名身着蓝色夏装的女子。这幅画面中央，是一名发式干练的女子站立在办公桌的旁边，正在仔细地阅读一份文件或是一封商业信函，在她头部的上方，天花板中的环形灯已经点亮，表明这是在接近黄昏的时刻。

其实，仅就画面而言，霍珀想要表现的绝不是商业的办公室或是某种潜在的商业行为。他一面在接受现代化的生活模式，一面在反思现代化背后的美国生活究竟是什么。他作为一名美国本土画家，执着地描绘着以纽约为蓝本的都市景观，他笔下的街景是美国城市的一个个片段，无论是清冷的咖啡馆还是空洞的办公室，以及孑然独处的人物，都带有某种落寞的感伤。他的作品在展现出现代大都市嘈杂、繁忙过后的惆怅与孤寂，在深深感动我们灵魂深处的同时，也发展出一种代表自己艺术追求的霍珀风格，一种典型的美国绘画样式。

1952年，霍珀作为美国画家代表参加当年的威尼斯双年展。在1956年，爱德华·霍珀作为封面人物出现在当年底的《时代》周刊上，被当时的主流媒体盛赞为美国画坛的领军人物，是一位"沉默的目击者"。这些荣誉都足以显示出他在美国艺术界及美国人民心目中的卓然地位。

角落，只是角落

爱德华·霍珀：使艺术生命恒久的是一个人对这个世界的观点，所有技艺都是短暂的，只有独特的个性才会使艺术永存。

一

1899年，17岁的爱德华·霍珀正式开始绘画生涯，他先是在纽约市内的一家插画学校学习商业插画及一些基本作画技巧。1900年，勤奋学画的他转学至纽约艺术学校，改学油画期间遇到了"垃圾箱画派"的代表人物罗伯特·亨利。在亨利的悉心教导下，霍珀的绘画技艺大有精进。从纽约艺术学校毕业以后，他三次游历欧洲，主要在巴黎钻研古典绘画，在饱览名画的同时也受到印象派画家马奈的影响。

相对于大西洋彼岸而言，20世纪初的美国画坛虽然显得有些保守，但也在暗自酝酿一种紧随时代的改变。后来载入美国艺术史的霍珀，在当时只不过是一个名不见经传的小人物。在1913年，他和一群深受欧洲现代艺术影响的边缘画家在纽约举办了一场被后人称为"军械库画展"的艺术联展，这次里程碑似的画展宣示了美国本土青年画家的崛起，也开启了属于美国风格的现代绘画。霍珀的油画作品《航行》被称为这次展览中一个亮点，得到了众多参观者的一致好评。

这位"孤独的画家"虽然通过独树一帜的清新画风在当

时的画坛赢得一定的赞誉，可是在之后的绘画生涯里并不是一帆风顺，他的油画作品只是零星售出，总得不到艺术界和社会大众的广泛认可。在他40岁以前不得不依靠制作版画、插画、广告等商业美术作品来维持基本的生计。但才华出众的他没有因此放弃曾经的艺术理想，在谋生之余坚持探索自己的油画道路，并始终遵循他的写实主义原则。他在保证商业效果的同时，也形成了一套能够表达个人审美趣味的创作。另外，版画重视黑白对比的效果和插画重视色彩表现的特征，都在他的油画创作中得以综合体现，他独特的绘画风格由此开始渐渐形成，而且乐此不疲地描绘美国的日常生活、空旷的城市景观、清冷的郊外风景和内心失落的平凡人物，这一切都成为他一生的创作主题。

因为内向的性格，面带羞怯笑容的霍珀始终不愿参与甚至逃避那种喧闹、虚伪的人际交往，不善言辞的他更愿意一个人躲在不被留意的安静角落，陶醉在自我的绘画天地里。他像圣徒那样用淡泊、平和的心灵与身外的世界沟通，又像潜伏在灌木丛里的老猎人，用敏锐的目光时刻关注时代和社会的每一个细小的变迁。作为一名现实主义画家，他苦苦追寻着艺术的崇高，这也注定他的内心和绘画旅程是孤独而卓绝的，他在体味生活现实一面的同时，独辟蹊径地用平实的笔触刻画出现代美国生活的真实侧面，也如实地表现出生存在忙碌之下的普通生命和被浮华掩饰的苍白内心。

二

20世纪最初的30年，是美国独立以来社会、经济、文化均迅猛发展的繁荣时期。尤其是第一次世界大战之后，美国的经济进入一个前所未有的黄金时期，而且作为战胜国一举超越欧洲成为世界的经济重心。

由于大量社会财富的产生，每个美国公民都可以得到丰富的物质享受，但同时人们日常的生活方式也就不可避免地变得浮躁起来，社会上也开始充斥起享乐主义和拜金思想，极大地动摇了曾经的清教徒式的人文理想和以资本主义人本精神为基础的文化传统。霍珀也不能免俗地沉浸到这种美国式的生活当中，但他没有因为物质条件的改变而变得轻浮或者丧失自我。他一如往昔地描绘着变化中的城市，在他的画作间依旧没有任何批判味道，也没有某种褒扬情绪，只有一贯的沉思和某种莫名的哀愁，就像在一场热闹非凡的嘉年华会上，当所有的人都在为霓虹的闪耀而欢欣鼓舞的时候，只有他独自回过头去发现了人们背后真实的阴影。

在爱德华·霍珀1926年画就的《上午11点》一画中，不难看出他一如既往的沉稳画风和对那个浮华年代的反思态度。这幅画作的尺幅并不算很大，甚至可以说有些狭小，但在画布上所绘制的种种室内陈设并没有因此而显得局促，精心安排的构图足以吸引人们的视线。他的画面真的就像是一扇敞开的窗口，没有随意的扩展性或盲动的紧张感，它可以使我们停下匆忙的脚步，用悠然的视线漫步其间，就仿佛是透过一扇自家的窗口去观看隔壁房间内的场景。

霍珀的这幅画作已经告别早期的青涩表达，开始运用纯熟的油画技巧来描绘一个毫无陌生感的室内场景。画面中的家具摆放和房间布置都是日常的状态，典型的欧美的情调呼之欲出，一眼就可以看出是20世纪初的美国中产阶级的家庭陈设。然后，观者随即看到光线的清冽。尽管画作的题目清楚地标明是上午的11点钟，可是大家都心照不宣地知道，其实画作描绘的是上午的时光，他用具体的时间作为题目只是想把画面上的时间凝结到一点，进而可以使观者更好地体会那种只在上午出现的具有凝重感却又透明的光线。画作里的色彩表现有点表现主义倾向，但在他的笔端再漂亮的色彩也都是为了刻画现实物象而存在，暖暖的色调却依然有着一种清冷的感觉，稀薄的暗部色彩旨在突出受光部分的微妙色阶，以便使整幅画面光感十足。

虽然他出生在一个宗教家庭里，但与生活中的保守相反，他在画面上大胆地制造出一种含混的情色张力，一位裸体女人的出现成为整幅画面的点睛之笔。画中女主角弯曲的裸体白皙、性感但不色情，她迎着从窗户里透出的光线，只穿着一双黑色的鞋子坐在沙发里，安静得像她身后的那片投影；她的存在如同夏日里的微风，丝毫没有破坏居室里的静谧，反而加剧了空虚的寂寞感。位于画面左下角的圆桌面与同样暗红色的台灯像影子一样粘在一起，在呼应起右下角的半个椅子的同时，又与墨绿色的沙发形成了色彩上的对比，既拉开了画面里的空间，又与背景墙壁上方悬挂的画框形成金字塔形的结构，让女主角稳稳当当地安静其中。画面右侧的窗户、窗帘以及左侧的深色帷幔都是垂直的线条，既是对室内空间的真实写照，又强化了画中人的孤独感，使得画面气氛更加重。独自静坐的裸女，双臂撑在膝盖上的同时双手紧握一处，浓密的长发遮挡住了她的表情，但观者通过她头部的姿态可以想象得到，她的目光是投向窗外的世界的。

　　霍珀不只是在刻画一位居室里的裸体女人，他其实是在描绘这座在他眼里既性感而又寂寞的城市。因为在画面的窗口外面除了这幢公寓楼的另一侧窗口，再也看不到其他的什么，这里依旧是这座城市的一角，没有远方的风景，只有苍白的阳光照射。书籍被悄悄地放置在一边，就好像悄悄地把理性放置在一边，一边对应那个裸体女人：她是在回忆过去，还是在凭借感性思考着明天？而明天又会是什么，似乎没有人能给予任何答案——也许还会是下一个阳光普照。

风景，并非风景

一

　　也许，世界上只有不一样的乡村，而没有不一样的城市。城市，它是一座让人欣喜的地狱，也是一座使人沮丧的天堂。

这个让我们又爱又恨的名词，离开它时，我们会对它朝思暮想；融入它时，我们又因为它痛彻心扉。然而久居其间的我们只能像洞口的小兽一般，从孤单的这一边去眺望孤单的另一边，看到的只是一个屋顶接着另一个屋顶，一个陌生接着另一个陌生。

在属于爱德华·霍珀的城市中，既不缺乏生活的欣慰，也不缺乏明亮的阳光，可是就在现实的都市场景里，坚毅的笔端总是充溢着某种淡淡的哀愁。的确，他的画作里既没有迪士尼式的乐观主义的情绪，也没有感人肺腑的温情传递，他对城市的态度是在亲切与漠视之间，既不想忘我地融入其中也不想超然地脱离其外。他只描绘美国生活里最普通平庸的一面，也画出了现代都市熙来攘往之后空旷的一面。也许，这里面有着他个人性格的原因，或者与他艰辛的艺术奋斗史不无关系。

1961年10月，爱德华·霍珀完成了题目为《阳光照耀下的裸女》的油画作品，这幅作品也是他一生中最后的一幅人体油画。与他创作于1944年的《城市的早晨》一画对比来看，这幅油画可以说是《城市的早晨》在多年以后的续篇，虽然与之前画作里的女子所面对的方向截然相反，但依然是赤身裸体地站立床边，只是遮挡在胸前的浴巾换成了一支香烟，初升的朝阳变成了午后的夕照，窗外的建筑物被平缓的风景所替换。

画作中依旧是杳无声息的房间，在最右边轻轻飘起窗帘的一角，表明在那里还有一扇敞开的窗户，而且似有微风吹拂进来。这是在霍珀的"室内"很少出现的动感，它在把观者的视线引入画中的同时，也在一定程度上打破了蓝灰色房间里的寂静，但这间位于城市边缘的起居室依然空旷。

伫立在阳光下的裸体女子是画面中当然的女主角，她青春不再的身体失去了少女时代的优美曲线，虽然丰满的乳房还在胸前高耸，却难掩迟暮之态。她似乎是在这个深秋的午后迟迟醒来，离开了还未整理好被子的单人床，也没有梳理起披散的长发，任凭略显僵硬的裸体暴露在微凉的空气里，仿佛一尊塑像般静止在那里。在画面里找不到任何一件衣物的踪影，就连那双黑色的高跟鞋也被她遗忘在床下，这是一名普通女子完全面对自我的赤裸，虽然在属于她自己的房间里，却仍旧难逃漂泊的命运和无边的寂寥。

或许是忘记了世间的欢笑，这位已经人到中年的女子，手里拿着一支点燃了的香烟抬头直视画面的右方。她在注视着什么？是对面墙上的画框还是窗外的远方？作为观者的我们还是愿意相信某种些许的温馨，也更愿意相信在墙上的画框里是一幅同样出现在窗外的风景。她侧立的身姿若有所思，那是某种记忆的隐没，就好似我们在午后独自漫步时，无意中撞见了的生活侧面，也许，这时已经是垂暮之年的霍珀也在追忆着某一段生活的瞬间，或者，仍在一如既往地沉思由这个巨大城市带给我们的伤痛和抚慰。

这时的霍珀对光线的把握更加成熟，他首先把画面的主体内容集中在左半边，然后在画布的下半部分横向地展开另一个至关重要的角色，一片投射在地面上的浅黄色光影。这片狭长的鲜明日光从右边那扇看不见的窗口进来，在稳定住画面构图的同时也照亮了左边裸体的孤独，而观者却感受不到这片午后阳光所带来的温暖，就如同画中人一样，所感受到的仍旧是大都会中无所不在的清冷、寂寞。画面中部窗口里浓绿的原野景象，是一种慰藉心灵的舒缓，加上右边墙面的窗帘与装饰画的点缀，既加深了作品的内涵，又使画面得到了视觉上的整体平衡，更彰显出了画家在组织画面及颜色处理上的游刃有余。

二

爱德华·霍珀在描述自己的绘画作品时，曾经说出这样一句话："我想要做的就是描绘出房子一侧的阳光。"这句话明白无误地点明了"光线"作为绘画的要素在他作品里所起到的重要作用。

观者看到霍珀在1963年10月画的《空屋内的阳光》时，就会马上理解到他对光线的偏爱，无论是什么样的景致，哪怕是空空如也的普通室内，都巧妙地利用阳光投射在墙壁间的影子，形成画面的明暗对比和色彩对比，也恰到好处地超越了现实中司空见惯的平凡表象，展现了一个和现实世界看起来有点不一样的"现实世界"。

也许有人会怀疑这是一件并没有完成的作品，但观者可以从画面上看到梯形的窗口、笔直的墙角、简练的地脚线以及连接墙面和地面的光影，仅凭这些几何形状和它们之间有力的安排关系而言，整幅画面就已经具备了相当的完成感。就像观者看到的那样，画面中没有人物，没有陈设，只有单调的墙角和窗外些许的绿意，人去楼空般的室内景象并没有想象中的悲伤，也不是凭空怀念如烟的往事，而是在暗含着某种期待。而且，画家在这里设置了一个有趣的人与画的空间互动，当观者正在看这幅油画时，观者就是画面里的那个主角，同时画面也把观者置于一个真实的虚空当中。当虚空变成了某种真实，也就成为一种力量，或许，这种力量属于艺术，但这就是霍珀对绘画最明确的注解，也更像是他对人生的一种注解，就像《圣经·传道书》里记述的那样："虚空的虚空，一切都是虚空……一代人过去，一代人又来，大地却永远长存。东边日出，西边日落，太阳照常升起。"

爱德华·霍珀对光线的感受十分敏锐，也许他本人就时常就静默在阳光里，一边享用着咖啡的香醇，一边品味着似水流年。在他的画面间，看似静止的光线就如同一个鲜活的生命体，不论是黎明的清冽还是傍晚的浑厚，乃至午夜的昏暗，都能被他描绘得恰如其分。而且，他那种取自现实的描绘手法，既不同于毕沙罗那样沉醉于色彩的物化形式，也不同于爱德华·蒙克那样用色彩来夸张出某种情绪，或许，他有点像普维斯·德·夏凡纳那样借着色彩的外衣来表达出某种隐晦的暗喻,一边让夺目的光线照耀起映入眼帘的那个空旷的角落,一边让观者依然停留在自己的阴影里。

霍珀的作品通常具有冷艳画面的效果,凝滞的色彩,在明亮夺目的同时也在应和着强烈的光感。他喜欢让热情的阳光肆无忌惮地照耀在现实的日常场景里,然而,他笔下的那些明快的饱和色拉出的却是意味深长的投影,镜子碎片般的光影里并没有丝毫欢快的情绪,反而成为心中愁绪的源泉,浸透在难以名状的忧郁当中。

霍珀的画面经得起时间的推敲,尤其是对于光线的调度与安排。我们在细细品味过后就会感觉到,他笔端的光线其实是他的一种必不可少绘画的元素,而不是单纯的光源本身。那从远方天际射来的光束并不仅仅是来自大自然的阳光,而像是一种好莱坞式的布光,从而营造出一种人间舞台般的效果。再细心一点,就会发现他的画面间的光影有许多不合情理的地方,甚至是很不自然,这并不意味着照进现实里的光源超乎寻常地强烈,而是他在画面里加强了主观印象和自我情绪,也加深了城市里的孤寂与忧郁,在平和里带有一丝紧张,在静谧里带有一丝不安,他的这种精心安排最终也演变为一种绘画张力,并始终存在于他的作品当中。

三

谈及美国的绘画艺术抑或美国绘画的风格时，的确很难在一时间厘清头绪。可是在当今人们的脑海中多是以杰克逊·波洛克、安迪·沃霍尔、大卫·萨里的作品面貌为想象的标杆，然而就在这样强势的先锋性与多元化的艺术面貌下，其实一直贯穿着一条从未间断的写实脉络。

有很多人把爱德华·霍珀誉为是"美国20世纪以来最重要的现实主义画家"，或者把他称为写实主义绘画大师。其实这些称谓都不重要，重要的是他作为一名画家亲自打开了一扇美国之窗。他的绘画风格不同于詹姆斯·惠斯勒的欧陆风情，或是基斯·哈林的叛逆作风，他作为安德鲁·怀斯的前辈，从不理会所谓的国际新潮流，而是直接承接美国从拓荒时代开始的绘画传统，并用地道的美国特色向全世界发出自己的心声。

霍珀曾经这样说过："在艺术层面上，关于一个国家性格价值的问题或许是不可解的。但总的来说，一个国家的艺术若能极致地反映出其人民的性格，就可以称其为最伟大的艺术，而法国艺术似乎就证明了这一点。"这段话表明了霍珀其实一直是在崇尚法国艺术，但他没有盲从，而是以法国艺术为借鉴，进而寻找到美国艺术的应有地位。他的画作堪称美国景观的最佳诠释，也真正表达出了深藏在美国文化中的本土意识。这种拓荒者式的情感含蓄而隐忍，既有浮躁也有坚毅，而且无论外界怎样的喧哗与鼓噪，都只能平添某种喜宴散去后的落寞心境。

他的绘画不是美国社会的现实纪录片，或是美国风光的旅游指南，他只是以平实的写实绘画风格刻画了美国普通人的日常生活状态，以及现代化大都市在喧嚣、忙碌之后的另一面。

霍珀的画面并不张扬、肆意，而是有着一种极富艺术修养的内敛、沉稳。他对作品中的城市面貌的如实描绘虽然只是寄于一隅，却依然能够展现出美国式的空旷、孤寂与冷漠，即使是盛夏时节也会存在一种深秋般的萧瑟。

再细看他的绘画，背景中缺乏意境深远的地平线或者天际线，画面主体也不是络绎不绝的人群，典型的美国式城市场景，没有无所谓的轻松也没有故作深沉的凝重。他描绘的人物也一直无声无息地停靠在角落里，以暗合某种画面气氛和画中人在半封闭环境中的微妙心态。在不知不觉间，我们和画作中的她拉近了距离，但永远不可能靠近，就如同在都市的楼群间匆匆穿行，忽然驻足回望，那瞬间的一瞥注定将成为一种风景。我们静静地注视着那个正在注视着窗外的她，是她沉迷于窗外的风景，而我们全然沉迷于已经成为风景的她。

软瘫的钟表与达利的舞蹈

贾晓伟

　　达利的问题在于他"游戏"得挡住了自己的画面。他过于"喧哗"的人格，让观察他绘画的眼睛产生迷乱。如果达利是一个缄默的人，他绘画的爆炸性更大。可能他已经坚信自己进入了不朽者的行列，如何在人群中舞蹈、如何自我引爆相反是属于神界之下人世间的荒唐事了。可观众会因一个严肃的人戴小丑面具哈哈大笑起来，并不关心这个突然拿去面具的小丑可能拉开的是有关时空的图卷。达利的趣闻逸事至今仍在妨碍着他。其实他的个性一直对着他的心智形成报复。达利的自传尽管有语言的外在放花现象，但我在阅读中发现他其实是一名乔装打扮的修士。恐怕极少有人像他那样对他宣称的东西并无兴趣。他一再宣称的爱慕的妻子（一直出现在他的画作中）对他并未产生相应的兴趣。我觉得达利的一生是悲剧性的。一个达利是骑彩车走钢丝，另一个达利作为一名修士在掩面哭泣。可能一个艺术家在这个时代——其人重要过其面。达利宣称他在创造"达利"，恨不能把他生活中任何值得关注的地方都展示给别人观摩。达利为创造一个虚无中的达利，几乎忙了一生。只有起初的修士达利站在一个地方冷眼看着他的表演，这个达利是绘画中的达利，有寓意的达利。

达利仅凭一件他创造的图像就能活下去，这个图像如此重要，已成为20世纪文化的一种基本代码。聪明的达利一手举着他的图像——"软瘫"的钟表，就可以不顾时间如何在他的脸上烙下斑痕，以及他在老年如何成了一个出名的"鬼"。我可以把这一切称为达利的"发明"——人还从没有从绘画意义上给予时间一个新的假说，但达利做了。达利的其他名作比如《原子丽达》《战争的预感》等，都稍稍有些"达达"色彩，远远没有"钟表"这个意象扎实深切，直指文明的深度视野。在世纪末的许多哲学、文学与诗歌中，"时间"观念发生了本质性的变化。柏格森的《时间与自由意志》、普鲁斯特的《追忆逝水年华》都是对"时间"的全新解释。也许可以这么说，20世纪有什么重要发现的话，就是把流线型的时间重新理解为有体积、有重量的时间。但时间的魔术留在文字之中毕竟还显得难以捉摸——阅读文字的过程就是时间流逝的过程。画面却把一个图像定在了时间的真空状态——它是凝止的。我觉得达利的"软"钟表实际上是一次时间新学说的警报。它几乎如同上帝软瘫下去一样。上帝那么坚强的容貌竟如同一块黄油要流淌下来。它实际上宣布了一切事物的内在意义与外在形态的脱离。它的毁灭意义将持续到更久远的时辰之中。它至今仍在天空中如警报一样响着。

"时间"的退场，就如同香味从蒸出来的面包上面消散一样。时间的箭头已经自行弯曲，其实时间只是朝内心收敛的地方走去。也许这个说法是正确的：在印象派之前，西方绘画的时间是文学性的时间，是巴尔扎克式的人物穿行时的时间，时间并未从画面、人物自身中脱离，成为一种主宰或是可有可无的东西。到了印象派，时间已经开始发散了。到了达利——游戏的达利倒是真的读出了游戏的奥秘——连"时间"也是人类游戏的一个核心内容。人们用数字刻度所计量的时间几乎形成了一种专制，几乎是威逼人的一部分，与死神有着同样的功效。但时间中的"此刻""过去""将来"在个人生命中是如此凌乱地存在着——时间所多余的东西是它的指针，那才是应该摘除的。

达利的这幅画对于时间的毁坏实际上标出了文明的坟址。最为重要的地方还在于：达利的这幅画表现了一些史前时代的空寂状态。它多少有些像唐吉绘画里的那些原始的空寂与乡愁理念。在这幅画中，时间只能软瘫，它是水中的一头怪物，怎么也无法爬上岸来。由于人的"意志"注入了，它只可能是个行走的盲人。

有时我会去想：是何等敏锐的直觉，让达利切入了一个如此重要的主题。如果有什么是达利气质与性格的深层部分，我觉得是一种对时间或生命的原始的不安在主导着他。他实际上是一名忧伤的诗人。他曾有一幅画叫《窗前的少女》。那个少女只留下背影，窗外是看不清面孔的时间。可以把这个背影前的少女看成是达利。他的《战争的预感》表现的是个恐怖的梦。达利一辈子想解除他的不安与惊恐，于是夸张得过了火、变了形。他的内心对他也是个谜。也许达利其人与其画之间的高度反差就牵涉进了20世纪的许多问题。一个如此撕裂的人可以同时出没。只是修士达利念的是夜空的祈祷文，杂耍家达利念的是哗众取宠的戏词。一张帷幕悬在两个影子中间——修士与杂耍家都在帷幕两侧手掌压着手掌前行，竟谁也伤不着谁。

如果用布莱克"天堂与地狱的婚礼"来讲述达利，可能是准确的。他的世俗生活是在"天堂"之中，他的心在"地狱"里受苦。达利的游戏状态就在于婚礼可能会永远进行。双重火焰照亮了达利，甚至烧着他的胡子。天堂与地狱都烈火熊熊。

我觉得喜欢游戏的人有颗冷漠的心，他以游戏掩饰冷彻心骨的荒凉感受——让四周的所有人与他一同舞蹈起来，从而让任何人都处于"动"的幻觉之中。达利怕有什么停下来，他必须引火烧身才好。我见到过一张达利作为老鬼时的照片。一场大火几乎把他烧死，干瘦的他就像一位身份不明的人睁着一双茫然的眼睛。这就像一个老向空中扔着花环的人，那个花环扔得越高，掉下来的火焰也就越多。据许多记载，达利崇拜了一生的妻子加拉，多次背叛他这名老鬼。人世间并没买他的账。人世只是要凑热闹看看他做什么。达利满足了人们"猎奇"的心理，他自己倒是被自身的火焰燃烧的教徒。

也许还有这么一出理由：达利的画可能过度严肃了，他故意不让人觉察到他森然的一面。他努力在张力中调节。他是想让哭泣的人们发笑——"悲伤"与"欢笑"实际上仅一步之遥。

我有时宁愿把达利说成古典的画家——他的画作中仍有大主题存在。他的聪明之处在于，他还没有敢真正游戏到把画作焚烧掉的地步。他的画作除了一些"挑逗"与"自我表现"的作品外，许多画面都是20世纪文化的基本命题。达利实际上让人"伤感"。在他最为出名的年代，他的胡子表明的就是艺术家在这个世界上的位置与形象：因为你一度在世界中央的舞台上。可老年的达利在哄笑中登场时已是胡子花白，一副破落相。人群可能再向达利喊着"再来一个"，可大火后的达利已没什么听觉。

当生活以更为巨大的惯性重新腾跃时，达利病入膏肓，他连"冷落"自己的可能都没有了。他的钟表的软瘫实际上已经在他的头脑里预置了危险。达利的游戏作为他人生的烟幕弹，至少说明了他——一度，他想在混乱中忘记自己的角色与存在。达利一生几乎都像一只土拨鼠一样拨土——人们只能看到他的爪子与他的背部。他的土越拨越深，以为那是一个洞口，谁知道流沙更深地塌陷下来。流沙将带达利消失。但唯一存在是一只软瘫的钟表。我相信它会瞬间变成一个铁钩子。它会钩起达利的身体，作为标本陈列。这个钩子不死，达利就不死。

一个墨西哥的女人

翟永明

　　当我的眼睛在书中与她相遇，当我的注视越过簇拥着她的那些阔叶植物，那些火红的花卉和黑色的猩猩（她最爱描绘的事物），我似乎听见她内心的独白和私语，与我的何等一致。这是在异乡异土的一条小街上，一个小小的书摊上，我第一眼看到的一本书，一张封面。这是一个墨西哥女人，也许按中国人的眼光她甚至不算漂亮，但她却一下子吸引了我：她那野性的眉毛，挑衅似的眼光，棱角分明的脸型，以及围绕在她唇边的浓重的汗毛（她总是爱在画中强调这一点），她的脸色与其说是带有一种孤傲的神情，不如说是一种冷漠感，也可以说是对所见之物的一种拒斥。

　　她叫弗里达·卡罗。

　　当我在曼哈顿的一条街上发现她的书时，纽约的现代博物馆正在举办她的回顾展，而且很轰动。于是人们知道在墨西哥，除了那位总是爱画革命性题材的巨型壁画的画家迭戈·里维拉的妻子之外，还是一位天才的女画家，其中少数人知道她是里维拉的妻子。而那时我却什么都不知道，那时我只是在翻阅一本印刷精美的画集，这是一本不一般的画集，翻开这本书，就像翻开这个女人的生命史。她的画、她的草图、她的记录着她日常生活和绘画经历的照片、她长期的疾病、她在劫难逃的命运、她的家族、她的墨西哥长裙和披肩，这一切都和她绚丽的头饰、耳环、像激情的火焰似的环绕在她脖子上的项链一道使我晕眩。

当我翻开这本画集，这是一个美国女人为她制作的礼物，一本传记式的画册，里面有着卡罗幼年至晚年的全部资料和照片，还有她的大部分作品与介绍，也是她与丈夫里维拉的家庭和社会活动的记录。我相信这是一本非常有趣的书，我为自己不能读懂它的文字而懊恼，我相信那里面有关这个墨西哥女人的许多逸事，而我却只有通过那些图片和画来进行一半研究一半猜测，让她在我的心中和笔下凸显出来。

这是一个我过去不认识的女人，在她死去的第二年里我才出生。但是当我注视她的画，她的叙述和梦境，我仿佛与她有过多年的交往，我仿佛早已熟知她的身世，而且她灵魂深处的燃烧仿佛也通过她的画笔传递至我的内心。她的那些浓烈凄厉的颜色与我的诗中那些充满迷惑和阴郁的颜色相近，她的笔述说的内心隐秘与我的有着血缘般的关系。当我看见那些魔幻般的奇思异想的构图和梦魇般的气氛，仿佛不是颜料本身，而是她的灵魂和血液混合着的各类物质在她的画面上涌动，那些神秘的符号和象征，那些热带植物的气息和腐烂物体的怪胎向我扑面压来，让我喘不过气来。

《我的奶妈和我》是卡罗带有自传性质的一幅画，卡罗的奶妈是一位印第安女人，画中正在吃奶的婴儿正是卡罗本人，但是婴儿的身体上却是卡罗成熟女人的脸，而奶妈的乳房里流淌的是那些热带植物的汁，也许卡罗正是想暗示那来自印第安的多神崇拜意识几乎从她的婴儿时代就进入了她的血液，因而影响了她的整整一生。因此我们可以看出贯穿在卡罗画中的那个五彩奇异的世界里的基本脉络，就是墨西哥民族最古老最神秘的传统。她笔下那些始终出现在她的各种画面上的花卉、植物、猩猩和各类软体动物就像来自一个精灵的梦幻世界，卡罗在她的画中，把印第安神话和她的个人神话，墨西哥民族的历史和她个人的现实全部融进她那色彩斑斓的颜料中，我甚至觉得她就是最早在作品中体现出来拉丁美洲"魔幻现实主义"精神的人。

　　在《我的出生》里她是这样描绘生与死的血缘关系：一个死于难产的女人，一个在血泊中诞生的女人。死亡将她们的命运联系在一起，出生在某一天与死亡在某一天的女人共同保证了生命的延续性。在画中，卡罗用极简的笔触勾画了生与死的秘密场景：一张普通的床，床头上象征母亲的女人肖像，隐喻死亡的白色床单遮蔽了母亲的面孔，而在生与死的交接处，一个硕大的头颅（几乎已不是婴儿）躺在母亲的血泊中。

　　　　我甚至是你的血液在黎明流出的血泊中

使你惊讶地看到你自己

——拙作《母亲》

　　这是卡罗的画带给我的惊愕，还是我在自己的诗中看到的全世界的女人共同的惊愕？

　　19岁，豆蔻年华，一次车祸几乎使她丧生，这是她的终生情结，也是她在作品中经常表达死亡的原因：当那根从她身体内穿过的铁轨（卡罗乘坐的汽车与有轨电车相撞，一根铁轨当场洞穿卡罗的身体）进入她的体内，就已经把死亡的信息埋在了她年轻的身体里，也许在阴天，她甚至能感觉到死神在她的躯体中舞蹈。在《梦》中，死神与她睡在上下铺，在另一幅画中，她与死神同桌用餐，而在有一幅画中，她从高高的楼上不断往下坠落，在空中像一根羽毛，落下地，像一块巨石，直至溅落在满地的血泊中。类似我们在恶梦中的经历，死亡追逐着我们。在她的一幅叫《小鹿》的画中，她是否在倾吐她那受创的感觉：画中小鹿的脸是卡罗自己的脸，而小鹿的身体上千疮百孔的箭意味着对死亡的挥霍和蔑视。同为墨西哥人，诗人帕斯曾告诉我们墨西哥民族的死亡观："砂糖或宣纸做成的骷髅，五颜六色的烟火在空中变幻出的骨骼形象以及我们的民间表演都在嘲笑生活，肯定人类是渺小和微不足道的，我们用骷髅头来装饰房屋，在死人节吃骷髅形面包，爱听表现死的快乐的歌曲和笑话。"对于一个墨西哥人来说，死亡意味着一种创造。对于一个与死亡同行的人来说，生命就是没有终结的死亡，对于一个墨西哥女人来说，死亡甚至就是人类的子宫，坟墓就是人类的母体。

于是，卡罗的死是从内部向外面生长的，她体内的五脏六腑像植物似的从她的肉体里冲出来，并深深地植入土地（1943年《根》）。而当死亡来至她的身边，从死亡的骨骼上生长出的无数的根结出了生命的青枝绿叶和丰硕果实，以及人类的家族（1931年《路德的植物》）。当我翻阅卡罗画集，我似乎能听到舒伯特的弦乐四重奏《死神与少女》的旋律在伴随她的画笔游动，并在某些时候成为那些颜料和画布的构成因素。

作为女人，卡罗痛苦地体验到那根穿透了她的身体的铁轨甚至穿透了她的命运和一生。多年后卡罗说道：第一个与我做爱的情人是一根铁轨。而这个无情的情人带给卡罗的是终生的遗憾：铁轨刺穿了她的子宫导致了她的终身不育。因此在她的画中，流产的体验和婴儿的死亡始终缠绕着她，她的画面上也总是爱出现一些与母亲脐带相绕的婴儿和死去的孩子，以及被戴上死亡面具的孩子、象征孩子的木偶。我不知道捆绑住中国女人与墨西哥女人的痛苦和恐惧的结是否一致，但是在她的画面上，我看到：在一个墨西哥女人的脐带上，连接着的不仅仅是一个婴儿，还有花朵、植物、男人的肢体、软体动物、土地的根，甚至机器。我仿佛听见我自己的声音：

> 我们这些女儿，分娩中的母亲
> 在生与死的脐带上受难——
> 孪生两种命运——
> 过去和未来
> ——拙作《死亡的图案》

　　我就这样惊讶地发现女人对生与死的关系异乎寻常地敏感和雷同。我就这样惊讶地发现一个东方女人与一个南美女人内心历程的相似。

　　在《剪掉头发的自画像》中，我找到了与我如此接近的语言和感悟方式（这也许是导致我喜爱卡罗的直接原因？），在画中，卡罗本人坐在椅上，手执剪刀，地上和空中飞舞着黑色长发：

> 我的头发被你剪去
> 黑咕隆咚的形状正在死去
> 离开我，它立即死去
> 像一根绳索，时而像圈套
> 时而像脖颈上的装饰品
> ——拙作《头发被你剪去》

　　这是否就是我为卡罗的画所写的注脚或者是卡罗的画通过

某种唯有女人才能接收到的方式预先进入我的思维里，我并不想把一幅画和一首诗说得玄而又玄，而只是想到同时身为艺术家和女性一定免不了矛盾重重。也许卡罗在画中要想体现的，远远超过我想表达的，她甚至穿上男人的服装，而我在这种时候，定然是想穿上她爱穿的那件墨西哥披肩和长裙。

> 两个面对面的身体
>
> 有时是根
>
> 在夜间盘在一起
>
> 两个面对面的身体
>
> 有时是对折的刀片
>
> 而黑色是闪电
>
> ——帕斯《两个身体》

这是一个墨西哥男人眼中的爱情，而在一个墨西哥女画家的眼里又怎样呢？在一幅草图上，卡罗写了一首墨西哥民谣：

> 我的爱人不可能爱我更多
>
> 因为她给了自己一个私生子
>
> 但今天我抓走了她
>
> 她的时刻已经来临

在根据这首民谣构思的草图中，一个老式的墨西哥男人手执利刃站在床前，躺在床上被刺得鲜血淋漓的是一个"堕落"的女人，同时又是一个受害者，而站在母亲床前目睹这一切的小男孩在后来的画作中被取消了，也许卡罗意在揭示男人与女人最根本的冲突：男人寻找而女人吸引，女人在这一轨道上的角色不是反抗者，就是受害者。或者可以说这二者并无区别。这首歌曲和卡罗的画所表现的正是墨西哥女人在现实中的命运：她们是繁殖的象征，同时仍是被支配的对象。墨西哥女人"由于痛苦和毫无怨言地忍受痛苦的能力"使她们最终成为牺牲品，事实上，卡罗就像墨西哥民族所尊崇的圣洁的瓜达卢佩圣母一样，始终忠于爱情，对里维拉终生不渝，而里维拉则四处追女人并称"就像上饭馆一样方便"。

疾病毁坏了卡罗的身体，死亡的阴影太早地笼罩了卡罗的后半生。在她生命的最后几年里，她被迫坐上轮椅直至躺在了病床上。然而，她生命中纠集着全部痛苦和激情的那些东西已成为她个人的内心财富，生命只是她肉体上桎梏的一个寄托。她的心灵越是饱尝时间的痛苦和不幸，她的眼睛就越是从那些虚幻的事物和短暂的欢乐中寻找永恒的不变的美。在她的众多的自画像中，那个被各种热带植物环绕，被她心爱的鹦鹉、猩猩、蝴蝶和毛虫所簇拥的黑头发女人，仍紧锁她野性的、不屈不挠的眉头，即使死神已作为印记被她自己镌刻在自己的额头上，即使她柔弱的躯体已不得不由一个钢架来支撑，她也仍在用画笔一笔一笔地书写自己从未残废的灵魂，当我们这些多年以后仍在她的画作中找寻力量的人读她时，也仍然相信：世上有这样的人，他们不是依靠力量而活。

后来，她再也未能离开过她的床。卡罗是不会在床上苟延残喘的，她躺在床上画出了最后的杰作，其中一幅是她病中的自画像：身着白色袍子的卡罗坐在轮椅上，左手端着调色板，右手拿出一把画笔，画架上是她的医生的肖像，画笔上点点滴着的是否就是她自己的血液？而调色板上不是颜料，而是她的心脏在活鲜鲜地跳动。在另一幅画中，她孤立无援地站在一片荒漠旷野中，她的赤裸的身体被一根钢架和几根皮带所固定（这根经常出现在她画中的铁架是否暗示那根夺去她的处女经验的铁轨？或是她生命的最后几年里被迫穿上的铁背心？总之，铁与她的一生结下了不解之缘），无数铁钉嵌入了她的年轻的躯体，她的脸上依然是与所有的画像一样漠然的表情，那挂在脸上的与其说是泪珠，不如说是来自天上的雨水。她是否有意识地夸大了她独自体验的孤独绝望的内心历程？或是她的种种姿态正是为了愈合她那无法愈合的伤口？

令我震惊的是，在这幅画的旁边，有一张黑白照片：卡罗坐在轮椅上撩开她的上衣，那固定她的身体的石膏夹板上也成了一幅画，被绘上了镰刀斧头（20世纪50年代的卡罗同时又是个忠实的共产主义信徒）。卡罗虽然与她丈夫一样曾是当时流行欧洲的共产主义的忠实信徒，并与当时旅居墨西哥的托洛茨基过从甚密，她的思想也一定受托洛茨基影响甚深，但是对一个疾病缠身而又充满激情和想象的女人来说，她关注的仍是内心深处所感受到的那些最为本质的人类自然本性和命运。对于卡罗来说，人性所给予我们的幻象是不堪一击的，她能够把世间的一切从生活这个事实中超越出来，她从自身那柔弱纤小的体内灌注出的生命力使得她笔下的精神世界充满着巨大的激情和感染力。

卡罗对人的生存有着比一个健康人更强烈的感受，她在1954年死去。但是她死后的30多年里，她和她的画并没有被人遗忘，恰恰相反，随着时间的推移，人们越来越发现她的价值，她的名声和影响超出了她的祖国墨西哥，甚至超过了她那著名的画家丈夫里维拉。她那些表现个人内心秘密和人类情感的强烈感人的绘画随着时代的潮起潮落和政治的风云变幻丝毫也没有改变它们的艺术价值，反而比里维拉那些革命题材的作品更深入人心，也更具有生命力，并成为一种将永远持续下去的美的代名词。

在她死后的第二年，我出生在中国南方的一个小城，在她死后的第三十五年，我站在一个既不属于她，也不属于我的城市里，手上拿着一本我看不懂文字，却看得懂全部内容的奇异的书。这一瞬间，我认识了卡罗，并认识了30多年前发生在一个墨西哥女人身上的一切，这一切对于一个晚于她出生的中国女人而言，却依然有着无法估量的影响和因此而延续的生命力。

在我身后的不远处，现代博物馆正展览着她那些天才之作。而这个城市大大小小的书店里，都摆着她的装帧精美的画册。

豹子的美是难言的

洁　尘

说来也怪，我一直觉得莫迪利亚尼像一头豹子。可能是他的面孔太俊美了，太俊美的事物总是有一种孤独的意味，就像动物中最美的豹子，它因它的美而独自游荡在丛林草原上。阿波里奈尔有一句诗，"婊子美如金钱豹"。高级的婊子应该是野性的、沉默的、孤独的，像豹子一样，又跟夜相似，淫荡而贞洁。阿波里奈尔是莫迪利亚尼尊崇的诗人，在巴黎那段未来的大师们云集酝酿的时期，莫迪利亚尼没有机会在阿波里奈尔面前展现他豹子似的美，因为他不愿奔跑。换一个意象来看，莫迪利亚尼也像夜里的一摊霓虹灯照耀着水洼，美且忧伤，至于水洼是清是浊，那就看不分明了。

一般说来，太漂亮的男子在女人眼中反而单薄，缺乏一种浓酽的性感气息；好在莫迪利亚尼并不完美，他太矮，一米六五左右，这就有了一个缺口，所有的令人不安的、不满的东西，通过这个缺口都有了一个说法。就我自己来说，对于莫迪利亚尼这种放肆的天才是避之唯恐不及的，如果我和他恰巧处在同一时代而且时不时地还得打交道的话，我会无比痛恨那种处境。我这个庸人，有的是一双脆弱的眼睛，经不得他那类天才的强光。我能承受的是经过处理后的光，这种光滤掉了无耻卑劣，剩下的是一种诗意的乖张、让人爱怜的淘气和温情脉脉的无奈。70多岁的阿赫玛托娃在1964年回忆起50多年前在巴黎与莫迪利亚尼的那段短暂的恋情时，就是这样的经过过滤的情感，是一种老人的慈祥心境。一切的扎刺都已经去掉了，回顾往昔，回顾死去的爱人，没有什么比这更凄伤柔和了。她写道：

"莫迪利亚尼喜欢彻夜在巴黎游逛。当街道陷入沉睡的寂静时，我常常听到脚步声，于是我便走进窗台，透过百叶窗，望着他在我窗下缓缓漫步的身影。"

阿赫玛托娃的另一段与莫迪利亚尼的故事仿佛就是一段地道的法国爱情电影里的情节。

"有一天，我和莫迪利亚尼大概没能约好时间，所以我去找他时，他不在家。我决心等他一会儿，我手中有一捧一片红色的玫瑰花。画室的大门锁着，门上那扇窗户却开着。我闲得无事可做，便把鲜花一枝枝抛进画室。没有等到莫迪利亚尼归来，我便走了。当我们见面时，他表示万分惊讶：房门上着锁，钥匙还在他那里，我竟怎样进了他的屋。我把经过说了一遍。'不可能，花儿摆得那样美……'。"

我喜欢看这种优雅的故事。虽然事实中的莫迪利亚尼酗酒、吸毒、斗殴，时时睁着一双血红的眼睛跟人争执，但他也给我们留下了那么多忧伤静谧的画，也足以让人忧伤静谧地想念了。我经常静静直视莫迪利亚尼的照片，我喜欢他微微侧扬着头的样子，浓黑齐整的卷发，无法挑剔的五官，孩子似的逞强却又柔弱的神情。意大利地中海边的那种特有的忧伤和热情，波希米亚似的铺张气质，这种魅力如今我在每周一次的意大利甲级联赛中还可以十分饱满地领略到。

莫迪利亚尼的一个非常有分量的情人比阿特丽斯·哈斯丁，认为莫迪利亚尼既是珍珠，又是猪崽。这使得阿赫玛托娃十分气愤。针对有传记称比阿特丽斯曾对莫迪利亚尼有过巨大影响这种说法，阿赫玛托娃认为："一个把伟大的画家叫作猪崽的贵妇人，未必对某人能起到开导作用。"70岁的阿赫玛托娃还是那么一往情深，容不得别人尤其是别的女人对莫迪利亚尼的些微不恭之词，但她的反驳依然是收敛温和的，有着充分的修养。我想，幸亏莫迪利亚尼画了几幅阿赫玛托娃的肖像后就开始了对其他女人的追逐，这才使得50年后的我们读到了阿赫玛托娃那篇动人的回忆录。画中的阿赫玛托娃像一个埃及女王。他们两者之间的那场巴黎邂逅是一个豹子与少女的故事，美丽得令人目眩的豹子围着俄罗斯少女盘旋了几圈，就一路烟尘地消失了，留给少女一生的眩晕的美妙。而豹子的最后的那个女人让娜·赫伯顿则是在豹子死后的第二天怀着已经满了九个月的孩子跳楼自杀。这个忍心害死孩子的女人！莫迪利亚尼生前并没有善待她。

莫迪利亚尼将这个世界看成是薄薄的一片，锐利、易碎。

他的风景画尤其能说明这个问题，他处理树与房舍之间的关系，就干脆把树画得跟长在墙上似的，后面贴上一块屋顶，再贴上阴霾的天空。他笔下的女人也都是薄薄的一片，造型上多少长面、窄鼻、细眼，其灵感来自非洲木雕。这些女人们大多做足了一副厌倦的模样，斜睨着；就是正对着你，也都是把你看穿了的。

美国的评论家卡罗·曼女士著有莫迪利亚尼的一本评传，里面有两段关于他笔下的女性肖像画的评论，很感性，很能引起我的同感：

"在早期的裸体画中，模特们总显得精神高度紧张，身体孱弱，这很好地反映了这一时期他和情人们的关系缺乏稳定性。模特多不漂亮，有时竟丑陋不堪，气势汹汹。他对女人总是怀着既爱又恨的双重心理。画面上总是隐藏着某种潜在的兽欲。"

"他笔下的人物多是樱桃小口，眼睛是全画着墨最多的地方，它们常常是一只明一只晦，有时茫然若失，有时睡眼惺忪，有时又闪亮如星、透彻似水。总之，人物的眼神千变万化，让人难以捉摸。……莫迪利亚尼最引人注目的也是他的双眼。被他打量的人，常常因那奇怪的眼神而手足无措；而女人则常被这一眼神搞得神魂颠倒。也许这种醉人的目光和他吞服可卡因有关。"

关于莫迪利亚尼的眼神，我想这是一种复杂难言的事物。

我看过他的一些照片，那眼神确乎是摄人心魄的，野性、怯弱、警惕、温柔，超出了性别和物种的界限。这眼神令我想起德国影星娜塔莎·金斯基演的《豹人》一片。动物园铁栅栏的内外，里面是豹子的眼神，外面是金斯基的眼神，二者对视着，瞬间，血脉相连的神光贯穿了人与豹之间的物种上的屏障。这个镜头给我印象太深，我也是在这个镜头里领略到豹子的深刻和趋于极致的美丽。这种美总是和厌倦联系在一起的。里尔克有首写豹子的诗，其中写道："它的目光被那走不完的铁栏缠得这般疲倦……"

华美的生命到了最后总是厌倦的。一个人为这一辈子的才华横溢付出的代价就是临了痛弃一切荣耀和自豪，就像柴可夫斯基的《洛可可主题变奏曲》，在华丽繁复的洛可可风格中人的感观是怎样从迷恋、沉醉跌入万劫不复的厌倦的深渊的。临死前的莫迪利亚尼，那种英气逼人的美貌已经荡然无存，虽然他只有35岁。在他去世的前一年，1919年，在自画像里，他的眉宇之间突然获得了一种罕见的宁静气质：他穿上了褐色的外套，围着一条淡蓝色的围巾，头发纹丝不乱；他把眼一闭，头向后轻轻地扬了过去……他是个是不是应了他少年时代的那句谶语呢？他曾说："我希望有一个短暂却诚实的一生。"

关于豹子与莫迪利亚尼之间那种类比点，在我也是复杂难言的。我还是把里尔克《豹》（冯至译）这首诗完全抄录下来吧，这里面包含了很多，虽然不是全部。

它的目光被那走不完的铁栏
缠得这般疲倦，什么也不能收留
它好像只有千条的铁栏杆，
千条的铁栏杆后便没有宇宙。

强韧的脚步迈着柔软的步容，
步容在这极小的圈中旋转，
仿佛力之舞围绕着一个中心，
在中心一个伟大的意志昏眩。

只有时眼帘无声地撩起。——
于是有一幅图像浸入，
通过四肢紧张的静寂——
在心中化为乌有。

下 卷

德拉克罗瓦日记选

[法] 德拉克罗瓦

1822年9月3日 星期二 卢洛

我开始写日记了。这是我早就打算写的日记。我极愿牢记：这日记只是写给我自己看的，这样，我可以写得真实。我希望，这样做能对我自己有好处。要是我不能坚持下去的话，日记就会对我起督促的作用。

值此开笔伊始，心潮澎湃。我现在住在哥哥家里。此时已经是晚间九十点了，卢洛教堂的夜钟刚刚敲过。月光下，我坐在门旁的小凳上，浸润在沉思之中。今晚我虽过得不错，但昨晚的良宵已不可再得。昨夜月亮很圆，我坐在哥哥房外的凳子上，整整消度了好几个愉快的时辰。曾有几位朋友和我们一道吃晚饭，等送他们走了之后，我就和哥哥绕水池散步，散完步才回屋去。回屋后，哥哥去看报，我就去把随身带来的米开朗琪罗的素描拿出来欣赏。这些美妙的作品深深地感动了我，使我沉湎于快乐的遐想之中。夜空清亮，一轮明月正从树梢之间，也从我的沉思之中慢慢地升上来；正当哥哥要谈起有关爱情的事儿的时候，我似乎听见远处飘来了莉丝特的声音。这声音使我的心加快地跳动。她最动人的地方正是在这里。按说，她生得倒不是多漂亮，不过在她身上却有着那种拉斐尔所十分欣赏的东西。她有一副明净的铜一般的手臂，既坚实，又娇嫩。这姑娘，即使说她并不漂亮，但有股迷人的力量。她那种媚态，好像既有些风骚，却又十分端庄。比如说，几天前有一件事就是这样：她来的那会儿，我们正在吃中饭。那天正好是礼拜。虽然在平时我并不喜欢看她那套星期天的打扮，衣服把身子箍得紧紧的，然而，在那一刹那我却觉得她是分外的妩媚，特别是她笑得那样美。那时，正有人在讲一个有关男女私情的故事，她又想听，又害羞，羞得把头都低了下去，眼睛望着别处。当时，她是真的不好意思了，在答我话的时候，声音甚至都有些发抖，而且尽可能不用正眼看我。而我发现：在她头巾下面，她的胸脯正在一上一下，起伏不定。我记得，就是在那天晚上，我们一道从村里回来，走过通往花园的那条幽暗小径时，我吻了她。我紧跟在她的身后，故意让别人都走到前面去。她不断地央求我别吻她了，神态是十分的温柔而又甜蜜。但这一切都没有什么关系，也没有什么要紧；我虽然喜欢她，但还不至于大害其相思病。这只不过是一个美妙的回忆，犹如回忆道旁的一朵花一样。但她的声音却使我想起了，我已渐渐淡忘的伊丽莎白。

星期日清早，我收到一封菲利克斯的信，从这封信，我知道我的作品已在卢森堡宫挂出来了。今天已是星期二，而我仍然时刻想到这件事。这幅画对我是有相当好处的，这一点我必须承认。当我一想起它时，就好像天也为之开朗。目前，我的脑子里别的什么都不存在；这张画又使我渴望着回巴黎。但从各种可能发生的情况来看，在巴黎除了会看到别人内心的嫉妒以外，我是实在不会有所得的；现在使我感到兴奋的事情，到那时很快就会使我厌烦，更何况，巴黎既没有莉丝特，也没有月光，更没有这种安静的环境呢！

为了让我到巴黎后能够不断有事可做，我必须好好记住我所计划要做的事，和我所已想到的一些创作题材。

9月5日　星期四

今天我和哥哥一同出去打猎。天气简直热得闷人。我追着赶着，打到了一只鹌鹑。哥哥向我道贺。其实这更由于是，虽然我曾向兔子打了三枪，可是我们唯一的收获却只是这只鹌鹑。

晚上，我们又一道去找莉丝特，她也正要来给我补几件衬衫。我设法走在别人后面一些，想偷偷地吻她一下。可这回她却躲我，不让我吻，而我也看出她竟真的不让我吻了，这真叫我气恼。后来，我又遇见她的时候，再想吻她，但她又很快地挣脱了，并说，如果她需要我吻的话，她是一定会让我知道的。这下子，我的感情可真受了伤害，我推开了她，在正升上来的明月下，在小径上独自徘徊。后来，当她出来打水做晚饭的时候，我和她又碰上了。虽然我很想绷紧了脸，不再去理她，可是我终于憋不住说："你原来并不爱我啊？""是的。""那你喜欢别人吗？""我谁也不喜欢。"……她说的就是这样一些令人可笑的话，那意思就是说："你别缠着我！"这一次我是真正受了刺激，真生气了，我把她的手一甩，掉头就走。她淡淡地笑了一下，但这并不是表示她真的想笑，而仍是表示她那半认真的拒绝——这笑留下了一种不愉快的气氛。我回到了小路上，后来又回到屋子里，心中尽力不去想她。我真想把她从我心里除得干干净净。我虽然还是爱她，但心中可真生气：她竟敢对我这样！我得设法报复一下。现在我是在写日记，我必须吐露一下自己的情感。我原打算明天去看她洗衣服。我该向她屈服吗？假定我这样做，事情又会纠缠个没完了，难道我真的会像傻了一样，把一切从头再演它一遍吗？我希望，而且相信：我不会这样做。

和哥哥谈天谈到很晚。他讲了一个关于罗克伯尔特舰长的故事。这位舰长在战斗中，手脚都被打掉以后，叫人把他绑在木板上，扔进海里。这真是创作的好题材，那位舰长的英名也真不该被人遗忘啊！

昨天，4号，没有什么特别的事发生。前天是妈妈去世的周年忌辰，我也是在这一天开始写日记的。但愿在我写日记的时候，她老人家的在天之灵经常守护我；也但愿我写在日记里的一切，没有任何可以使她为自己的儿子感到可耻的事情。

9 月 12 日

莱什奈叔叔带着他的儿子和安利·于格突然来看我们，我于是有了一段非常快乐的时候。其实，早在我们和一位邻居（牧师）一起吃中饭时，就听到他们要来的消息，从那时起我就高兴得不得了。

前两三天，我曾决定去看一看格罗，这就使我联想起好些事情。

今天晚上，我们谈起了爸爸，和一些有关爸爸的轶事。我应当记牢这些故事，因为从中可以了解爸爸的性格。比如说有一回他在荷兰正和外交部部长同进午餐的时候，突然发生了叛乱——这种叛乱实际上是法国政府自己促成的。当时，在那些满脸杀气醉醺醺的叛兵之前，他不仅非常镇静，而且激昂地对他们发表讲话。有一个叛兵曾企图举枪向爸爸瞄准，但被哥哥及时推开了他的枪。爸爸又用法语和他们——和那些荷兰暴徒讲话。和暴徒在一起的一名法国军官曾自愿充当爸爸的警卫。但爸爸对他说，他"拒绝受叛徒的保护"。

我们又谈起有一次爸爸动手术的故事。他先陪医生和朋友们吃中饭，饭后就嘱咐他们给他动手术。手术共分五个步骤进行，当第四步做完之后，爸爸说："喂，先生们，现在已做完了第四步，让我们一起祈祷，在做第五步的时候愿天老爷更加保佑。"

明年我回来的时候，当再画一幅爸爸的遗像。

时刻想怎样加强自己的修养；记住你的爸爸，尽力克服自己的一些轻浮之处。对那些横行不法的人，决不要宽容。

9月13日　离开卢洛前夕

今晚，收到一封比隆的信，也收到一封毕锐的信。我忽然决定回巴黎去。我知道我没有给自己以充分的考虑时间，就这样匆匆别去，会使我失去将来和朋友们再见时的欢乐。在毕锐的信里所告诉我的事，菲利克斯已在上次信中提过了。对这件事，我如今心里已觉得安静多了，在某种范围内，我将看情况办事。当然，我是决不会丢下姐姐的，特别是当她正在遭受遗弃，心情不愉快的时候，更不应把她抛下。我想最好的办法是相信菲利克斯，并要他找位正派的律师来研究研究哥哥的这件案子。

莱什奈叔叔和安利今早走了。虽然我们只是短期分别，但他们的离开仍叫我感到难受。我慢慢地喜欢安利了，他虽然态度比较高傲，使人一开头不大愿意接近他，但他毕竟是个心地善良的好人。昨晚，分别前夕，我们一起吃了一顿热闹的饭，直到很晚才散。当时，想必哥哥也有些特殊的感触。前天，我和莉丝特又言归于好了。嫂嫂、亨利都和我们在一起。我们一同跳舞直到深夜。但那天晚上，我心中却感到特别生气、别扭，因为亨利一个劲儿地对莉丝特说些不三不四的粗话。而在这样一个女子面前，早就该知道她已不是一个不懂事的小姑娘了。我是很尊重妇女的，决不对她们说些乱七八糟的话。不管我心里把她们想得多么糟糕，只要我一旦有失态之处，我是禁不住要脸红的。而对待她们，至少在外表上，也是绝不应该放肆。我心想：你这个可怜的胆小鬼，你所矜持的这一点并不能够用来取得女人的欢心；但也可能正由于这一点，会使安利这个放荡子在女人面前得到成功。

9月24日　星期二　巴黎

我于星期日早晨抵此。一路来坐在车外，凄风苦雨，旅途极是劳顿。以前，我是切望重返巴黎的；可是走得离巴黎愈近，心情却愈益黯淡起来。我和毕锐拥抱时，心中也觉得很不自在，原因是我回来的消息给我招来了麻烦。后来我到卢森堡宫去看我自己画的那张画，看完回来又和毕锐一起进午餐。到巴黎后的第二天，就碰见了埃杜瓦，这使我感到很高兴。他说，他正在认真地学习鲁本斯，这就使我更为高兴了。他的作品，主要毛病在于色彩。我真盼望他能从学习中得到益处，使他的才能得到发挥，获得成就，获得我所切望于他的那种成就。目前沙龙不收他的作品，那实在是件不光彩的事情。所以我们互相约定，今年冬天应当画出点东西来。

10月5日　　巴黎

今天天气不坏。晚间和我的好友埃杜瓦在一起。我把我的关于处理造型问题的理论解释给他听，他感到很有兴趣。我还把苏里埃的某些速写也拿给他看。

早上，我和费德尔一道去看莱什奈叔叔，他约我下礼拜一到他家去吃晚饭。我一定去。

后来我们三人又到罗热家。把他拖去一起参观得奖作品展览会。德莱——格罗的得意门生，按照他老师的方法所画的人像和作品，简直令人作呕；而昨天我还在打算向他学习呢！

莱什奈叔叔对我的作品似乎还感满意。他们曾劝我自己去钻研，现在我决定这样做了。

真是怪极了，我今天什么正经事也没干，一心只顾想着我早上试过的那件极不合身的外套。我发现自己在上街的时候，一路上也只管瞧外套了。

莱什奈叔叔打算带我去看席拉尔。

照着《冬景》（凡·奥斯塔德）作了一幅水彩画；又照着《画室中的画家》（作者已忘）画了一幅。另外，还画了一两幅法兰德斯式的小作品。

10 月 8 日　星期二

我们在卢浮宫的时候，埃杜瓦对我说，他已找到了两间对我们来说还算合用的画室，并且还都在一个楼里。

整日消磨在陋巷中，精神感到十分沮丧。

今晚往访毕锐时，发现他的女仆容颜秀丽，极为可人。

对于过去否定过的东西，今天不应由于既有的印象而仍然不予理会。有些书初次涉猎之时似乎没有什么内容，然而在经历比较丰富之后读，却大有可取之处。

我，或不如说我的能力，是在朝另外一个方向发展：我将要成为创造伟业的人的先驱。

在我的心中，蕴藏着一种内在力量，它比我的身体更强而有力，时常赋予我以新的生命。对某些人来说，这种内在的力量似乎并不存在，而对于我，它的力量却远甚于我的肉体；没有它，我终必死亡，而化为乌有。这种力量就是我的想象力，它主宰我的一切，鞭策我不断向上。

如果你认为灵魂比肉体更可贵的话，那么当你犯了错误的时候，就不要掩饰，而是要正视它，停止错误的发展，坚决改正。然而灵魂也有变得丑恶的可能，它那软弱而美好的一面。永远是在和它的另一面进行着斗争。一切肉体的欲念都是可鄙的，然而那出自灵魂的邪念才是真正可怕的毒疮，嫉妒等就是这种东西。而懦弱之所以如此可恶，乃是因为它既是从肉体，也是从灵魂分泌出来的。

我创作了一件作品，可是我并未表达出什么思想！这就是别人对我的作品的看法。多么愚蠢的人啊！依了你们，就会把作品弄得一文不值。当作家的为了让人理解，差不多什么都得写到，写得详详细细；而一幅画，则好像是在它所表现的人物的精神面貌与其观众之间架起的一座奇异的桥梁。观者鉴赏人物，通过人物的外形，引起内心的沉思。人们从一件作品所受到真正感染，都是共同的。有的人把这种感受发为文章，其实是本末倒置。所以说，一般人易为作家所感动，而不易为画家或音乐家所感动。实际上画家的艺术最接近于人们的心灵，因为它看去是更实在更具体得多。当创作的时候，就以画外部形象来说吧，何者应当肯定，何者应当舍弃，早已有了一定的选择。换句话说，对那些通过感觉而察知的外界物体，其能引起内心共鸣的因素，早已经过一定的安排了。

10 月 12 日　巴黎

刚看完《费加罗的婚礼》回来，剧情十分动人。

我仍然兴奋得像个孩子似的。我是多么容易冲动啊！只要一有新的想法产生，就会立刻打乱我的思绪，推翻我的哪怕是最坚决的决心。凭良心说，我并不希望变得比现在的我更好些，但这又有什么用呢？人人都对关心个人的些微得失，远过于关心整个国家的生死存亡。

只做需要做的事，别的就不用去管。你已经错了，你的幻想已把你引入了歧途。

音乐常常给我以很大的启示。有时我一边听，一边就手痒而想作画。我是一个没有耐性的人。要是我能像我所知道的一些人那样，有他们那种耐性的话，我早就会成为另一个人了。我总是有些急于求成。

我和哥哥、比隆一起吃中饭，吃完了又一同去意大利剧院看戏。那优美的演出，真令我神往，加以女演员又是那样婀娜多姿！所有这些可望而不可即的美妙东西，真使我欢喜而又神伤。

我打算重新来学钢琴和小提琴。

我回想起今天在戏院中碰到的那位夫人时，心中实在感到满足。

[同日夜间一点半钟]

在乌黑的云际，我忽然看见猎户星显露了一下。起初，和这宇宙间的世界相比，我感到自己真是沧海一粟，无足轻重。后来，我又想到正义，想到友谊，想到铭刻在人们心田上的神圣的情感，这样，我又觉得除了人和人的创造者以外，宇宙间就再没有什么更伟大的东西了。这种看法深深打动了我的心。但造物主是否也可能并不存在呢？要是这样的话，这芸芸众生、渺渺苍穹，难道又都是一些偶然因素相遇合的结果吗？如果整个宇宙都是在偶然的机会中形成的，那么所谓良心又是什么呢，而忏悔与虔诚则又意味着什么呢？哦！只要全心全意相信一切皆上帝所赐，你的疑团就可消除了。为什么不能承认这一点呢？它总是你眼前生活中的问题，为他或为你自己的幸福担忧，就会给你有限的生涯带来无穷的烦恼；如果在你人生旅程的终点有天父在接待你的话，你这有限的生涯原是可以安然度过的。……我不能再想这些问题了，我要睡了。这倒真是个快乐的梦。

我想，我在画马的技巧上已多少有了些进步。

10 月 22 日　星期二

由于毕锐腿不好，我把他送回家里，然后我就坐下来稍事休息。我竟然看到了他的女仆的几乎整个侧影，她具有一副纯洁而迷人的可爱的线条。那修直的鼻梁和毕锐老婆的塌鼻梁比起来，真是何等鲜明的对照！这也是我的老毛病，总认为塌鼻梁是一种天生的缺陷，而高鼻梁则足以弥补很多其他的缺点。但就事实而言，塌鼻梁的确难看，这也是明摆着的事情。

和往常一样，我的不匀称的身材又使我烦恼起来。当我一见到我的外甥，就为他那漂亮的仪表而感到嫉妒。总之，我心里不大痛快……我不想往下说了！

今天晚间，我又欣赏了莱什奈给菲利克斯画的小幅肖像画。我希望这幅画是我自己画的，即使我画得不一定像他那么好，但是我想我也是会画得像他那样干净利落的。在我看来最难画的就是眼睛，特别是上眼皮和眉毛之间那一部分。每次画完眼睛之后都看得出来，我是花了好大工夫才画成的。

明天（星期三）晚上，会有几位朋友来玩；我们将共饮美酒，喝热白兰地。

星期日（前天），我和不久以前刚结识的康福兰夫人一道吃的午饭。我们都很快乐，还唱了《费加罗的婚礼》里面的曲子。

我买到了《唐璜》。我正在给一位女人画一幅肖像，以交换她的版画。

我又开始练小提琴了。

我就是没法克制自己爱脸红和其他一些毛病。我的自制力还不够。我总是考虑模特的不安和不自然。在我开始作画之前，仔细观察始终不够。

10月27日　星期日

亲爱的苏里埃已经回来，我们今天碰见了。起头，久别重逢非常高兴，接着我突然忐忑不安起来。正当我们一道向我的房间走去时，我忽然想起房里有一封信，信的笔迹他一定会认得出来。我犹豫了一下，重见的欢乐一下子都化为乌有了。我就扯了几句谎，推说我的钥匙不见了，等等，于是他便走了，约定晚间再来邀我玩。我们只是在一道散了一会儿步。我衷心希望我所做的对不起他的事，不致影响他和J之间的关系。我祈求上帝永远也不要让他知道这件事情。为什么我偏在这个时候产生一种虚荣心得到满足的感觉呢？啊！要是他听到了一星半点的风声，他可真要伤心透了。目前，他正忙于搞他的音乐，这倒使我很高兴；哪天晚上我当再设法和他一道出去玩玩。我常想，一个人要想在同样的情况下和同样的人去追回那往日相处时的欢乐，那是何等困难的事啊！不过，话得说回来，事实上倒也没有什么东西在阻碍我和苏里埃去重温那在我的记忆中十分清晰的已往的欢乐。可是，我又有一种预感，苏里埃和我并不是一路的人；况且，我心中也很明白，为什么我愈接近他，就愈感到不安。这件事我必须下个决心，看来，我在这桩事上愈少发生瓜葛愈好。昨天，我对M说起此事，他同意我的看法，认为这是对朋友不够忠实；不过，他又认为我有行动的自由。和他谈过之后，我是宽心多了。

今晨，当姊姊和郭芬谈到她将如何提出和处理同她小叔子的问题的时候，她说，那样做就能使她对一位兄弟不再操心了。她的意思是，如果可能的话，她要不理哥哥。我可不能忍受这种意见。她是要我来承受她小叔子的这份恩情。我可宁愿讨饭也不受。用不着对我来施这样那样的恩惠。要我感激涕零，我是不能容忍的。

昨天我和艾朵尔德·洛贝思一起参观了莫塞的画室。那画室真是精美极了。不过我觉得，要画出好作品，用不着这样好的画室。也许我的看法不对！

我是否该去瞧瞧意大利剧院的那位夫人呢？我一直也拿不定主意。我每次去那里，回来都感到心旷神怡。我做梦都梦到她；她就好像是一种不可捕捉的欢乐，只能在梦中（这也是另一种生活的回忆）得到似的。其实，在我得到这种欢乐的时候，其乐趣本也平淡无奇，不过它现在被我的幻想抹上了色彩，我的幻想就是我一切快乐与忧愁的源泉。

我想大约是在星期四或星期五，我和巴斯柯叔叔一道吃中饭时，曾路微喝了一点酒一时微有醉意。据我领略：不管清教徒怎么说，微醉的滋味确实还是不错的。

（李嘉熙　译）

寄自圣·雷米疯人院的一封信

[荷] 文森特·凡·高

　　到这里来这步棋我想是走对了。看到了囚禁下的形形色色的疯子的真实生活，我那种莫名其妙的恐惧开始消失。环境的改变正在对我产生积极的影响。

　　我有一间小屋，浅绿灰色的墙纸，两幅带淡淡的玫瑰花图案的海蓝色窗帘，鲜红色的小点极其艳丽。这两幅窗帘很可能是某个富有的然而却破了产的死者的遗物，图案非常漂亮。一把很可能同一来源的破旧手扶椅，现已重新用棕、红、白、黑、勿忘草般的绿色与深绿色装潢得五彩斑斓，犹如出自迪亚斯或蒙蒂塞利之手的画一般。透过窗户的铁条向外看去，可看到属于私人的一片麦地，一派俨如范·霍延的景象。清晨，朝阳伴随着灿烂的光芒冉冉跃上麦地。

　　一想到那么多的同行，如特鲁瓦永、马沙尔、梅里翁、琼、M.马里斯、蒙蒂塞利等，他们的归宿都一样，我就忧心忡忡、不寒而栗。如今想到这一切时我却能坦然处之了。我看到了这些艺术家恢复了以往的平静，我重新发现了同行前辈不是一点收获吗？

　　自己必须容忍别人，那么别人也就会容忍自己。我从别人那儿得知，发作期间，他们也曾听到奇怪的声音，也同样觉得眼前的事物似乎都在变幻。这减弱了我对发作持有的恐惧感，如果发作神秘莫测，只能令人惊恐不安。一旦知道那是这种病的症状之一，你就会处之泰然了。假若我没能认清自己近旁的疯子，我就无法解脱自己深深的焦虑。

很奇怪，由于这次可怕的发作，我的脑海里几乎任何具体的欲望或说希望均消失了，我不知道这是不是随着激情的消逝而走下坡路的感觉。我没有愿望，没有属于日常生活的一切愿望。比如，尽管我不断地思念着朋友们，却没有去看望他们的欲望，这就是我之所以还没有打算离开此地的原因。无论在哪儿，我都会有这种失落感的。

可能是由于我们太不适应外界生活的感觉所致，我并没有注意到其他人是否有想换地方的愿望。我不能完全理解他们的无所事事；这是南方的极大失误和毁灭的根源。然而这是多美的乡村！多美的苍穹！多美的太阳！至今我所看到的只是花园及从窗口往外看到的景色。

我希望到年底我能更明确自己能做什么、想干什么。渐渐地我会产生重新起步的念头。

绘画是否有美感和用处简直太难断定。有些人尽管疯癫或者染有什么病却热爱自然，他们是画家。而有些人却喜爱经人类的双手创造出来的东西，诸如画之类。

那被遗弃了的花园，花园里的高大的青松，树下那青青的草坪，草坪上丛生的杂草，够我去画的了，我至今尚未步出花园一步。圣·雷米附近的乡村很美。

一旦给你寄去我手头的这四幅花园油画，你会看到我在这个大花园里度过的时光够快活的了。在这儿，我们最起码有灿烂的阳光。

昨天我画了一只很大的、十分罕见的又称作骷髅蛾的夜蛾，它身上的色彩惊人地分明，有黑色、灰色、透出胭脂红的云絮似的白色，还有一条由隐约可见逐渐加深至橄榄绿的色带。它的体状的确非常之大。为了画它，我不得不弄死它，真遗憾，这蛾子是这么的美丽。

你对《手摇摇篮的妇女》那幅画的见解令我高兴。完全不错，从某种意义上说，有了彩色石印画就能满足，听到手风琴声嗓子就变得柔润起来的大众百姓，也许要比城里常出入沙龙的某些人真诚得多。我作了一幅新油画，这是一幅像小画店里的彩色石印画一样落俗套的画，它象征着情侣永恒的绿窝；常青藤盘绕着粗壮的树干，地上也爬满了常青藤和常春花，阴冷的树荫下有一条石板和一丛惨淡的玫瑰花。关键是我想使它富有个性。

今天清晨我早早地在日出前就从窗户往外观赏这儿的乡村，什么也没看到，只有晨星，看上去非常之大。杜比尼和卢梭画过的恰是这种景致，他们用自己的画表达了与这种景致密切相关的一切，那浩瀚的寂静与威严，同时赋予它如此独特、如此令人心碎的情调。我对这种情调没有反感。

　　如果他愿意的话，送给高更一幅《手摇摇篮的妇女》的临摹品，再送一幅给贝尔纳，作为友谊的纪念。我从阿尔给你寄去的那批画中，太差的你可以随意毁掉，或者仅挂出最起码属于较好的那些。至于自由派画展之事，就权当我不在这儿一样，或者为避免表现得太冷淡，也许可以展出那幅《星夜》和那幅树叶黄了的风景画，但不要把太疯狂的画送展。既然这两幅画是用对比色画成的，它们也许能给别人一点启发，从而把这种夜景画得比我更出色。

　　我总是充满懊丧，特别是每当想起自己的工作对实现自己的目标所起的作用是这么卑微时。我希望这种懊丧最终将把我导向更成熟。

　　明天我就动身到乡下去看看。现在是百花盛开的时节，它将构成五颜六色的景致，也许给我多寄五米油布是明智的。那些花的寿命不长，不久就将被黄色的麦田取而代之。我尤其希望在这儿捕捉到的这些景致要比阿尔的更美。这儿的北风和有些山似乎不像那边的那么讨厌，在那儿人们总是领受到北风的迎面袭击。

　　我在别人陪伴下到乡村里去过一次，仅是人与自然便给我极大的触动，我想这种刺激几乎要激发我的病情。我身上一定有着某种不可抵挡的激情在刺激我，我不明白到底是什么原因。面对着大自然，我被工作的欲望迷住了。

我手头有两幅进山间所作的风景画：一幅画的是从我卧室的窗户看到的乡村景致，前景是一块被一场风暴糟蹋了的倒伏的麦田，一堵分界墙，墙外是几棵灰色树叶的橄榄树，几间草屋，还有山。这是一幅色调极其简朴的风景画，将成为那已毁了的《卧室》的姐妹篇。如果所画之物就其特征而言完全与画之方法相融，那不正是能赋予一件艺术品鲜明个性的要素吗？这正是从绘画角度说，一个面包在查林的笔下特别出色的原因。

因为我想保存《卧室》这张习作，我打算重画。原先我仔细检查过，当时认为没法重画，但现在我的头脑在逐渐地恢复清醒，完全有能力重画了。关键的是，在你所创造的全部作品中，总有些你更有感情、投入了更多心血的作品，你总想不顾一切地保存它们。

我已看到了印象主义画展的通知，名单上有高更、贝尔纳、安克庭及其他人。由此我几乎认为，一个新的流派又诞生了，其生命力并不亚于原有的那些。

每当见到一幅令我感兴趣的画时，我总要下意识地自问："挂在哪栋房子、哪间屋子、屋子的哪个角落；挂在谁家里最恰当？"哈尔斯、伦勃朗、范·德·米尔的画仅适于挂在一座古式的荷兰房子里。在印象主义画家们的眼里，如果屋内因为缺少一件艺术品而不尽完美的话，那么一幅画若与其产生的时代、环境不相符，也就不尽完美。我不能断定印象主义画家们的画是比其赖以生存的时代更好，还是不如。有没有比画更为重要的人和室内陈设品呢？我倾向于有。

如果印象主义画家们敢自称为原始派画家，那么在使用对任何事物都具有解释权的"原始派画家"一词作为称号前，他们还是先学学做原始人好。

你做得对，我的画一幅也不送去那种画展。为了不得罪他们，就说我还没康复，这足以解释我为什么不参加这次画展了。

我认为说高更和贝尔纳有高尚的品德是无可非议的；对他们这样的人，年轻而生气勃勃、活着就要设法开辟一条自己的道路的人来说，除非人们高兴让他们出入某地——官方妓院，他们的油画是不可能陷入绝境的。在咖啡馆里搞画展，会引起轰动。我不是说这是一种好的尝试，我自己就曾两次为此种罪过而自责，因为我在普罗旺斯地方舞厅与克利大道搞画展时，没考虑到会给善良的阿尔城中八十一位可尊敬的食人兽及他们杰出的市长带来不安。

因此，就无意识地导致乱子而言，我无论如何要比他们该受指责。总之，不论是贝尔纳还是高更都不属于那类企图通过见不得人的途径达到举办画展目的的艺术家。

那幅常青藤盘绕着灌木丛的画已完成，还有一幅橄榄树的风景画及一幅星空近作。尽管我没见过高更和贝尔纳的近作，但我却十分自信这几幅画与他们的情调是一致的。如果你长久地打量这些画，它们也许比语言更能使你清楚地了解高更、贝尔纳及我过去常谈论的问题，至今我们对这些问题仍苦苦思索；这并不是又要回到浪漫主义或宗教信条上，绝不是。通过走德拉克罗瓦的路而不是投机取巧，通过色彩及更自然的手法，人们照样可以表现出比巴黎市郊和卡巴莱酒吧更纯净的乡村的本质。

人们也该尽力去画比杜米埃眼里那些人更泰然、更纯真的人，而不是跟着他亦步亦趋。毕竟，黑人有自己画女人的手法，福兰的手法也很高明，而我们亦有自己的手法。虽然我们不是地道的巴黎人，但我们对美丽的巴黎的爱并不亚于巴黎人，我们力求证实不尽相同的事物同时并存。

高更、贝尔纳和我也许只能停留在这样的水平上，而不会超越它，然而别人也不会超越。我们不存妄想，只求能给人安慰，或者说只求能为创造一种更能给人安慰的绘画风格铺平道路。然而，正如我已多次跟高更谈过一样，我们不能忘记别人已经走到我们前头了。

我很高兴，伊萨克森已从我托付给他的物件中发现了一些令他高兴的东西。他和德哈恩似乎是很忠实的伙伴，这在当今的社会里是难能可贵的。我也很高兴听说已有人确实从那张黑黄色的女性人体画中看出了点名堂。这并不令我惊讶，因为我认为那美本来就存在于那模特儿身上而不是在我的画里。

我已失去了再能找到模特儿的信心。如果我时而能找到那样的模特儿，或者能找到为我充当《手摇摇篮的妇女》的模特儿的那女人，我定会画出些全然不同的画来。我感到有种想重新用更单一的颜色（如黄赭色）作画的欲望。难道因为范·霍延或米歇尔的画全是用彩色油料画成就不美了吗？

在这个乡村里，有许多事常令你想起雷斯达尔，然而却缺少劳动者的人物形象。在家乡终年到处可见到劳动着的男人、女人、孩子及牲畜，在这儿连三分之一的数量都不到，此外，他们也不像北方的那些地道的工人。他们似乎在用松软无力、笨拙的双手干活，一副无精打采的样子。也许这是我得到的一种错误的印象，并不真实地反映这个乡村；我希望是如此。

近来天气极好，我手头在创作的油画又多了些。有十二幅画树干的和两幅画那难以捕捉的深绿色丝柏的习作。我把这些画的前景都涂上厚厚的浅铅色，使地面看上去很厚实，然后再在上面着其他颜色。通常蒙蒂塞利的画就是这样入手的。我已外出到附近作画几天了，虽然我的体质还稍弱，但我并不害怕把工作速度加快到令人头昏的程度。

我收到很可能是我们的一个姐妹寄来的一本罗德所著的书，书还可以，但就其内容而言，我想书题名为《生存的理性》就有点故弄玄虚了。此书的确不怎么令人开胃口。我想作者一定是患有严重的肺痨，吃尽了苦头。平心而论，他承认从与妻子相依为命的生活中找到了安慰，这还是有积极意义的；但从对我的适用性来看，他根本没有教导我任何生活观。我认为他的观念有点陈腐，而且令我惊讶的是，在当今的时代他竟能使这样一本书得以出版发行，而且卖三元五角法郎一本。总的说来，我更喜欢阿方斯·卡尔、苏韦斯特和德罗兹，因为他们的书更有活力一些。看来这本书给我们的姐妹留下了很深的印象；维尔曾跟我谈及此书。然而，善良的女人与书是两码事。

我满怀欣喜地重读了伏尔泰的《查第格，命运在何方》。在此书中，伟大的作者至少能让读者瞥见某种人生走向的可能性，虽然大家认为在这个世界上，事物并不总是像那些最博学的人所希望的那样！

至于我，我不知道有什么可求的，在这儿作画还是到别的地方去似乎结局都差不多，既来之则安之是最简单不过的办法。日子过得千篇一律，除了认为麦田或丝柏还值得去考究一下，我没别的任何想法。

正是在学会毫无抱怨地忍受，学会毫无厌恶地注视痛苦之中，人们冒着晕头转向的危险；然而人们却瞥见了一丝可能性，即在生活的某一方面，我们应该看到很有理由允许痛苦的存在，有时从这儿来看，痛苦如此地充满在地平线上，其分量简直让人们面临一场灭顶之灾。对此我们不甚了解，因而最好是去凝视麦田，甚至从画上去打量。

我坚持在一天中最热的时候在麦地里作画，还没引起什么不良后果。我注意到，阳光有时候对麦子的作用如此之强，麦子一下子就变黄了。

在这儿，人们从未见过荞麦或油菜，总的说来，这儿的粮食种类比我们那儿少。我很想画开着花的荞麦田，或者油菜花、亚麻；也许以后在诺曼底或布列塔尼会有这种机会的。这儿的人们也从未见过那些盖着布满青苔的屋顶的简陋的大屋和小屋，从未见过用那雪白的山毛榉老树干交叉编织成的围篱，从未见过真正的石楠和像纽恩南那儿那么美丽的石楠属白桦林。南方以美著称的是葡萄园。我对葡萄园的喜爱就跟对麦田的喜爱一样。这儿的山，尽管满山遍野都是发出刺鼻臭味的植物，却很美，由于天高云淡，站在高处可比在家乡看得远得多。蔚蓝的天空从没使我厌烦过。

我画了一幅非常黄、非常明亮的麦田油画，也许是我所作的油画中最明亮的一幅。丝柏总是跟我形影不离；那轮廓及比例的美感就像埃及的金字塔，那绿也绿得特别与众不同。那是和煦明媚的风光中的一块黑色斑，不过那是一种最能引起人们兴趣的黑色调，也是我所能想象中的最难拿准的色调。但是你得以蓝天为背景或者说在蓝天下去欣赏丝柏。在这儿，就跟在任何地方一样，要画大自然，你就必须长期生活在这大自然之中。

我想画丝柏，画成类似向日葵那幅油画那样的画，这些丝柏还从未以我眼中的丝柏形象入过画呢。

我认为我所作的两幅丝柏油画中，现在还在画的这幅将是最出色的。画中的树木十分高大粗壮,前景是悬钩子及灌木丛,很低;紫色的群山后是挂着新月牙的绿色、玫瑰色的天空。前景的油料特别厚实。这画将很费工夫。

今天我打算从我手中的素描中挑十张给你寄去。这批素描在我看来色泽很淡,部分原因在于纸张特别光滑。最近期画的一张是《麦田》,画中有部小收割机和一个大太阳。一幅取材几乎一样的油画的色彩就大不一样了,呈浅灰绿色,是淡蓝色的天空。

我还有一幅有麦穗、罂粟花和一片像苏格兰方格呢似的天空的丝柏油画;另一幅丝柏画像蒙蒂塞利的画一样,由一层厚厚的黏土画成,那幅象征着酷热的阳光下的麦田画也很厚实。我想这些画将向赖德证实,继续与我们做朋友他不会大有所失的。

每当我拜读莎士比亚的作品时,我便不由得想念起利德来,在健康不佳时我也常常想到他!我认为过去我对他一贯太刻薄了,我认为最好是关注画家而不是他们的画的主张也太令人失望了。

在同时代人正为之苦恼的问题面前,我也感到了迷惘:一方面是活着的画家没有足够的钱维持生计及买油画颜料,另一方面是死去了的画家的油画却能卖大价钱。我刚在报纸上看到一个希腊文物收藏家给他的一个朋友的信,信中有这样一句话:"你酷爱大自然,我酷爱人类双手创造的一切,我们各自不同的爱好实际上是一个统一体。"我想这比我的见解更精辟。

莎士比亚真了不起。我已开始拜读他的我从不甚了解的、从前因其他的事干扰没时间拜读的历史剧系列丛书。

生活在那个时代里的人的思想是否有别于我们的思想？假若我们使他们坚决与共和主义或社会主义或其他什么主义的信念对立的话，他们的命运又将如何？对于诸如此类的问题，我在拜读时一点没感到费解。就像我们同时代的一些小说家的作品一样，使我深有感触的是，经莎士比亚之口飘游了几个世纪才传到我们耳里的这些人的声音，对我们似乎并不陌生。他们一个个活生生的，你以为你都认识他们。在莎士比亚的历史剧中，你常常能感受到在众多的画家中唯有伦勃朗才特有的那种温柔的情调，这种情调我们不论是在他的《埃莫斯朝圣者》或是在《犹太新娘》里都可感受到，那份令人心碎的柔情，那似乎如神明一般的对凡人深沉的一瞥。

我很幸运能在闲着时读到或重读这些剧本，我还很希望有时间拜读荷马史诗。

今早你的来信带来了一个好消息；我为此祝贺你们。你说，你俩的身体状况似乎都还不适应这种情形的需要，你们对那将要降生的孩子的一片怜悯心令我深受感动。难道这孩子在出世前得到的爱会比健康的父母的孩子少吗？在处境十分艰难的情况下，罗林的孩子不是微笑着，健康地来到他们身边吗？因此，顺其自然吧，充满信心地耐心等待吧，就如古老的善意的俗话所说：听天由命吧！

可以说，在巴黎你获得了第二天性，除了全神贯注于经商和艺术的因素之外，这种第二天性使你不再像农民那么强壮了，但并不妨碍你以更纯朴真实的天性把自己与妻子及孩子的感情纽带系在一起。你将把部分精力转移到即将诞生的孩子身上，我为此而十分高兴。我打算尽快地从阿尔给你寄去一些油画，设法向你灌输一些农民意识。

明天我将给你寄去一卷油画。还打算附带寄上些与其说是作画题材不如说是来自大自然的习作。下面是部分题材：《鸢尾草》、《圣·雷米疯人院景致》、《盛开的李花》（阿尔）、《草地》（阿尔）、《橄榄树》（圣·雷米）、《古老的柳树》（阿尔）、《盛开的果园》。

下次要给你寄去的画大多数是麦田及橄榄园。我最近所作的一幅油画是山景，山脚下橄榄树丛中坐落着一间黑色小屋。窗外，蝉鸣声鼓噪耳膜，比蟋蟀的叫声大十倍，干枯了的草地上披上了褐金色的美丽色调。美丽的南方城镇现在就像坐落在荷兰北部须德海湖畔的那些曾一度沸腾过如今却毫无生气的城镇一样。那些曾属于苏格拉底的宝贝的蝉在衰亡的自然界里存活下来，此时此地，它们在古老的草地上仍旧唱着自己的歌。

1889年5月

（澹泊　译）

关于柯罗的笔记

[美] 詹姆斯·梅里尔

  作家会永远嫉妒画家。甚至那些能很出色地写作关于绘画的文章的作家，他也会嫉妒画家懂得如何仔细关注事物的外观。并不仅仅是作家，很少有人能注视事物超过几秒钟而不求助于语言的支撑，他很少相信自己的眼睛。

  画家每一天都在掌握有关世界的新的事实。但是岁月流逝，作家仍对着镜子研究他的面孔，奇怪有什么陌生倾向藏在熟悉的表面之下。"它足够令人愉快，但它意味着什么呢？"他从来不会设法抑制这种外行的习惯性反应。这样来对待柯罗的作品，他不会感到一丝的愚蠢。它意味着什么呢？他是什么意思？这里有风景——废墟，树木，水，牛；这些是模特，穿衣服的和不穿衣服的。它们加起来怎么可能成为艺术呢？对此的反驳，就是赋予绘画以无可争议的价值，优雅地撇开有关其意义的小事儿。

  他站在柯罗的一幅画前。因为他本人不是画家，即使是画家也好——今天的画家们也一直在谈论绘画——他都会遭受短暂的、防御性的语言晕眩。以其不连贯性而显得重要的短语——线的价值，音调的纯粹，经典的遗产——将在他自己和画布之间爆炸。当最初的烟雾散尽，他会看得更专注；他已经打败了喋喋不休的小鬼。到头来他还是会使用致命的短语，最后看见它们的真理，即使不是它们的美，作为一个天性偏向语言的观察者，他心中最深层的陈腐观念要求一幅画必须讲述一个故事，他必定同时在倾听故事的开场白。

"曾经，在一个遥远的国家……"

这些小素描受到了那些喜欢自然胜过人工，喜欢卢梭胜过夏多布里昂，喜欢早期的柯罗胜过晚期的人的赞美。它们确实非常漂亮，也非常具有革命性，它们的单纯，它们的清晨，开阔天空的清澈。不过，应该补充一点，它们是对由克劳德和普桑灌输给柯罗的田园白日梦的一种回应，因此，当我们被感动时，我们不仅是被它们的自然主义，而且是被我们自己的白日梦所感动。

他草草画下的罗马，他为了谨慎的研究而运回法兰西的罗马，是我们梦想中的城市：自然，沉寂，不傲慢，漫不经心，性情平和。它的圆顶从幽暗的水流中升起，耸向太阳，或者神奇地从品奇欧山上满溢的阴凉喷泉中升起。一扇窗户在闪烁。圣巴托洛米奥岛把它建筑的难解之谜悬挂在天空和激流之间。到处都是奇妙的树，使它们围住的纪念碑显得低矮，吸收着丰富的光线，就像平静的雷雨云砧。棕色的阴影泛滥在威尼斯、热那亚、佛罗伦萨、那不勒斯的人行道上：吸引你的目光越过栏杆，伴随着即将入睡时的那种下沉的快乐，投向风景灿烂的深处。一切都喜气洋洋，节俭而完善。去意大利的游客，甚至在今天，如果没有享受到这种妄想的快乐，那也是一种不幸。越过坐在树干上的一位老农的肩头，在弯曲的窗棂之外，天空很难混同于他物的柔和与明亮，足以让你飞快地冲下楼梯，奔向几乎不可复得的雨篷、赭土、洒满阳光的废墟和五针松的世界。

意大利——像青春一样，是为复杂的、往往是理想化的经验准备的一个简单词语。没有人会抗拒它的诱惑，就像这些小画中所描绘的。但是我们每个人都知道，当青春过去，会有什么发生。柯罗也知道。《沃尔泰拉附近风景》（切斯特·达尔收藏）展示了在令人陶醉的风景中所发生的一切，如何毫发无损地逃脱了寓言的魔爪：艺术家王子，穿着农民的衣服，径直骑着白马奔进树林。我们慢慢地明白了，当他从马上下来，支起画架，那里有什么在等待着他。一种光的变幻，一种相应的敏感性的改变；简而言之，柯罗成熟期的作品在等待着他。

当我们回顾这些意大利风景时，它们比以往更强烈地呈现出传奇的性质。不需要让林中空地住上仙女，或者把十字架竖立在山顶。世界本身就是一个神奇的故事。正如在所有传奇中那样，外省的风俗画中的道路，使传奇与神话区分开来，它是幸福的意外，或者根本不是意外，它将年轻的画家引向已经被一再描绘过的风景，那里散落着农人的茅舍，它们和沟渠、巨人的角斗场彼此关联。这些风景给人的感觉，被柯罗画中妇女的服装弄得不自然了。她们属于一个故事的世界，因此，她们的服装有点奇特，有点过于装饰性了。

"……那里住着一个女人……"

一个女人还是几百个女人，这不会造成任何区别。同一种冲动把一个罗马姑娘变成了女先知，把一个法国姑娘变成了弗美尔。奇怪的是我们怎么会相信她们，因为她们姿态和装饰上富有技巧。

她们是谁？最后的蛇身女妖，还是弗洛伊德最初的病人？从一开始，她们就以她们的倦怠、她们对命运的顺从，加上一种奇怪的中产阶级外貌迷惑和吸引着我们。她们站在喷泉边，徒劳地相信能属于那所有的清新；她们把未弹拨的乐器平衡在大腿上；她们没有领会地沉思着书或信件，沉思着她们永远不会选择的裸体或服装之谜；她们的面孔了无生气，一种致命的乏味，从竭尽全力照耀和取悦着她们的一轮灰色太阳上闪耀着降临。可是天啊，她们的画家现在更老迈了，也许同样置身室内，他不会伪造出幸福的阳光，无论是在世界中，还是在他自己眼中。于是，大都会博物馆中读《信》的人就坐在井底的封闭空间中。光线几乎暴露了发霉的家具和我们女主人公那并不可爱的、皮肤很厚的面孔，对此没有其他的解释。在房间内部和人的内部发生了什么？人们会有威尼斯和代尔夫特在夜幕降临时，在一场彩排中被重建的感觉。任何文艺复兴时代妇女的孤独都不会让我们困扰；她安逸地坐在哲学和风度的无形宝座上。在苏格兰低地，总会有音乐课程，或家务事要处理，我们乐于透过门窗注视着女士和女仆，在白昼里时隐时现。在柯罗所画的妇女身上，既没有一种传统的浮华和骄傲，也没有另一种传统的迷人的足智多谋。她们所能做到的就是注视，仿佛她们在阅读，或者能够凭记忆弹奏曲调；她们的思想在别的地方，我们为她们感到焦虑。另一个《阅读的妇女》（同样收藏在大都会博物馆）选择了坐在户外，穿着笨重的农妇衣服；太阳从阴沉的天顶投下闷热而潮湿的光芒；你会猜测她很紧张，在丝绸衣袖下面正有汗水在淌下来。在她后面，我们会再次看到一个小人影在努力尝试把船划出灯芯草丛。

这些妇女无法比柯罗更能说清是什么在让她们苦恼。可以肯定，那是"时间的疾病"。但是，具体地讲，难道她们没有长期忍受遗产（经典的遗产和荷兰遗产）的折磨，就和忍受一种"微妙的本性"一样吗？她们是一个严肃画家所画的最后一批带有特别冷静的"画室"表情的人物——这是训练的结果，这个过程浸染了他对肌肉和骨骼的处理，和淳朴的田园价值观对19世纪青年的作用一样。她们的姿势，表明艺术教会了她们要对生活期望些什么；她们的面孔，表明生活教会了她们要对艺术怀疑些什么。但是她们依然依恋着它——她们是温顺的。她们听人说起自己不要脸的姐妹，以及她的鹦鹉或情人，但在她们看来，她比饶舌的鸟还要糟糕。浪费时光、不为人所爱，也强似背信于她们的创造者。拯救就存在于他慈悲的画笔之下。

阿卡尔对梅丽桑德说："我一直在观察你：你在那里，也许漫不经心，但是带着奇怪的、困惑的神色，就像在永远期盼着一个巨大不幸的人一样，在阳光中，在一座美丽的花园里。"

一个没有孩子的处女，谦卑，并非不切实际，那是"阅读的妇女"在抗拒着对自己的认识。她会否认没有托住脸颊的手本质上不同于它的拉斐尔式原型；它画得更为放松，可它注定要被新的或即将出现的技巧和趣味所淘汰（因此她的神情带有压抑性的沉静）。人们会想要握住那只手，打开那些忧郁的眼睛。胜利就在前头。是的，她将消失，但是，在她的位置上，我们将看到毕沙罗的分子，一个后来的读者——"阿莱城的姑娘"那灿烂的目光。她没有直接的子嗣，她的侄女，穿着鲜艳的衣服，轻盈有如空气一般，整日在布吉瓦（巴黎附近一地）与留胡子、戴软帽子的男人跳舞。她们要吃牡蛎！或者再次做有用的事情，比如沐浴、摆桌子。如果她们是忧郁的，那将是她们在女装用品店或是音乐厅的时候。（外省亲戚不可避免地要留在巴比松，人数比以往更多，富有且不可忍受。）

哦，可是啊——

在这样的女性活动中丧失的肯定是孤独的浪漫，无论这感觉多么朦胧，我们不理解的孤独时刻却是最为真实的；这些时刻像极其暗淡的聚光灯，它们对人类状况的揭示，要多过消耗在种种人物或事物的戏剧性关联中的时间。为了传达这个真理，艺术家没有任何戏剧可以求助。一旦在一个环境中居住下来——圣者在他的房间，女妖在她的阁楼——最高的孤独就可以当作个人的偏爱而被摆脱掉，那时，这种孤独，对于柯罗笔下的妇女，就真的成了一种命运，一种灵魂状态。有些妇女，像女先知一样强大，几乎在要求一种暴力死刑；其他的有着更为微妙的要求——一种有害的法国式固执笼罩着赫希菲尔德收藏中的《年轻妇女》，她所有的软弱凝结成一股力量；还有一些妇女仅仅是美丽的。但是甚至这些妇女，在她们最难忘的时刻，也处于生活的核心，那就是说，超越了生活的任何资源，甚至超越了给劳特累克笔下不幸的妇女洒下冷光的有条不紊的堕落。我们必须等待毕加索来复苏纯粹个性的魅力。

如果能看到这么远，我们就不应该为波士顿《带粉色披肩的少女》而吃惊。这幅画给人以扁平、简单、积极的后印象派感觉，她面对着三块很大的拼图坐着，两块亮，一块暗。不知怎么，这个背景没有变形成家具、树叶或天空。不知怎么，她宽松的白色长罩衣没有做得合身或者带上刺绣。一阵淡紫色红润覆盖着她面孔的一部分，如果不是这样，她的脸将是灰草莓色和奶油色的。你会犹豫着是否该赞赏她，你怀疑，如果要赞赏她，你更应该感谢后来的大师而不是现在的柯罗。但是她属于他——笨拙、纯洁、没有笑容。这幅画可能是未完成的；她的存在是完整的。确实，画得太快造成了某种差别。这表明她在艺术家的良知中没有太大的分量；他没有让她背负起他的遗产和他的命运。这促使我们思考，他笔下这么多的其他妇女到底将这一切体现到了什么程度。

有时，柯罗神秘的女主人公会装扮成缪斯的模样，戴着花环和发圈；或者赤裸地躺着，总体象征着酒神的女祭司，面无表情地仰望着正在靠近的驯豹，一个孩子骑在豹身上，礼貌而好奇地看着她正在炫耀的死鸟。我们希望这样的构图是轻松愉快的，是对提香或普桑的严肃时刻的一种戏弄。是这样的吗？可以肯定，她往往显得忧心忡忡，没有幽默感。

在最具暗示性的一幅画——怀德纳收藏的《艺术家画室》中——她和猎狗、曼陀林坐在一起，穿着意大利华服，脸没有冲着我们，而是朝向一片"典型的"柯罗式风景。她梦幻般地拨弄着她的乐器；猎狗徒劳地抓挠着她的裙子。她很可能是在看着一面镜子，因画家对她的感情的表现而着迷不已。

尽管我们不再能够容易地把风景转换成感情，但是，风景类似于人的自我或者情妇，却是浪漫语言中常有的说法（"……在从多勒到阿尔布瓦的大路上，我所看见的岩石嶙峋的地平线，对我而言就是梅蒂尔德内在自我的一个清晰生动的形象。"——司汤达《亨利·布吕拉尔的生活》）。面对柯罗最著名的作品——后意大利风景——我们一定要懂得，我们不必绝望。它们中有许多，真的就像他本人一样，是一个学会了批量生产的小商人生产出来的。但是，他同他的缪斯一起确立了风景的类型，我们必须承认，这风景深深地刺激到了柯罗。毕竟，他一次又一次地向它回归，往往是沉闷地，但总是谦卑而毫不犹豫地向它回归。

这风景的诸种元素迅速获得了名字：小小的林间空地，富有田园诗意的小海湾，农舍，激流，远处一个弯身在土地上的人，让你感觉不是在收集什么东西，而是为了模模糊糊地和什么东西保持接触；一头白额的牛站在旁边，像个麻醉师一样。这些小人或小动物形象起初极大地控制了我们的反应——一个长期发烧的、巴尔扎克式的都市人的乡愁，同样也是对廉价田园诗感到不耐的乡村犬儒主义者。当我们从一幅画到另一幅画，我们发现，没有这些小小的向导，也能行得通；我们正在学会"阅读柯罗"。波士顿博物馆的《山毛榉树》，里面既没有人也没有动物，但是却鲜明地暗示着一个人的存在，也许是一个超人。山毛榉树周围围绕着颤抖的更年轻的树，它结实发白的树干伫立着，映衬着熟悉的云翳般的绿色；这个背景被画得很薄，衬托出一串属于这棵树的树叶，几乎像是滴到画布上的一样。树根底下有一根折断的树枝，加强了里面藏有故事的印象——我们可能是在注视一个变形的王。

这故事变得更为主观了。

例如，《维拉港达福瑞小镇》系列风景画，柯罗把阳光照亮的建筑，越来越深地安置在图画之中，经常是在静水的对岸，他热爱这样的建筑，并在意大利学会了描绘它们。年轻的白色树木此刻在背景中生长；从一个有利的观察点去看，它们不像我们置身其中时那样浓密。甚至在它们完全长大时，也很少能支配整个空间；它们过滤空间，它们凭直觉感受。在两个向度上，柯罗为眼睛制造了某种愉快的障碍——一条蜿蜒穿过树丛的小径。这体验让我们更纯净更温暖。在最后的时刻，他又加上了几抹明亮的色彩；更早的时候，它们会威胁到一种本质的灵魂历练的色调。在一幅画中（大都会博物馆的《维拉港达福瑞小镇》），空中布满了树叶，重重叠叠，充满整个画面，一片粗糙纵横的枝叶既黑暗又闪亮。这是个危机四伏的时刻。艺术家陶醉于他的力量能够进入树木之中，能够改变、阻挡，使清晰的景色变得珍贵，使它们永远脱出中断的危险。

那么，让我们转向树木，转向水和光，探索这些绘画的意义所在。就像意大利素描和妇女肖像画的情况一样，我们感觉到传统的引力。但是现在，小小的乡村和轻盈的植物让我们想起了休伯特·罗伯特，更甚于想起普桑。情绪还是柯罗式的——被动，充满信任，忧郁；让别人把它称为不健康吧。那些延伸的水面！它们支撑和扩展着天空；它们宁静的闪光压倒了田野；慢慢地，当它们在一个又一个风景中积累起来，它们就开始谈及弃绝、逃脱、"发舟西苔岛"，唯独缺乏华托画中那种茂盛的虹彩。

一个动机一次又一次反复出现：一名船夫向船的一侧倾斜着身体，可能是在努力使船摆脱水边的芦苇或灯芯草。他只需要解开船缆，穿过无风而沉闷的镜子向前滑行。他没有这样做仅仅是因为其他部分构图的限制，整个构图暗示着一个理想世界。农场、奶牛、女人和孩子，甚至纷繁错杂的树枝——一旦你投入忘情的沉思，难道这些不会被错过吗？另一方面，为了一种改变而梦想和奋力前进，难道不是更勇敢的吗？此外，和以前一样，对于我们体验那种微妙而决定性的冲突，船夫是无须被看见的。

活跃着这种洞察力的背景，几乎无法累积成意义或主题事物（比如米勒的农村景色）。柯罗的主要困境——是忠诚于感觉还是忠诚于想象？——确实得到了表达，且因其有保留的陈述和任性的暧昧而更加动人。这让人想起里尔克的诗句：

> 当你们看见阿提卡墓碑上人的审慎手势，
> 你们能不为之惊讶？那轻轻放在肩头的
> 难道不是爱情与别离，仿佛出自
> 与我们不同的材料？

如果在这种浪漫化的古典田园中存在能让我们激动的事物，那就是被柯罗神圣化了的事物。

他的发展是非常微妙的，几乎根本就不是发展。我们能看见他把一个时期学会的东西应用到另一个时期：令人信服的事物，早期意大利风景中那种纯净的静谧，在非常晚的《沐浴的维纳斯》中再现了，建筑上的棱角也重新出现在芝加哥收藏的《被中断的阅读》中。但是，在他的全部作品中，他主要关心的是将地点和人物罩上黄金时代或白银时代的微妙气氛。他后期情绪的主观性不断增强，可能是因为那种银色在他那时的大气中会逐渐变得暗淡。他过于浓厚的艺术气质使他不得不呼吸这种空气。同时，和极少数专注的画家一样，他能够给大量当代人提供他们所需要的东西，但同时又禁不住去揭示大众的内心忧虑，尤其是在他的人物画中，这种忧虑源于人们既意识到一种生活方式已经丧失，又置身无梦的舞台中央的危急处境。

（马永波　译）

"罗丹"的碎片

[美] 理查·霍华德

一

　　1970年3月，俄亥俄州克利夫兰发生了一件故意毁坏文物的暴行，受害者是罗丹雕塑《思想者》的一件浇铸品：炸药被塞在紧扣着的青铜脚趾之间，午夜时分，雕像被从底座上掀掉，下面部分遭受了相当的破坏。尽管被放回了原位，雕像本身没有得到修复，它的双腿被撕开，两片臀部熔到了一起，在金属被划开和撕裂之处，美妙的光泽甚至显得更为壮丽，一个纤细的铁栅栏把这具失衡的躯干圈了起来——它被囚禁着，与观众保持着距离。它现在看上去更像一个"现代"声明，更接近雷吉·巴特勒钉在荆棘上的类人动物，或者用沸腾青铜表现的弗朗索瓦·培根的一种令人恐怖的东西，而不是创造于1879年的著名人像，就像我们都知道的，蹲坐在全国这么多的博物馆、大学和法庭前面。

　　我是在克利夫兰长大的，在我们的艺术博物馆前面我看见过这个特殊的《思想者》，我每周都能看见，有时天天能看见，而在博物馆里我还看见了其他的雕塑，人们告诉我是罗丹创作的，尤其是两座光滑的大理石巨块，《亲吻》和《上帝之手》（麦克弗雷小姐说，后者是以雕塑家自己的手为模特的！）——它们真的与众不同，磨得光光的，以至光线无处可去，只能向内去，因为雕像脸上有皱纹，我们这些参观的学童就把它叫作"抽水马桶"，这种讽喻的冲动和大师本人一样无情。而当我在报纸上读到，甚至《纽约时报》也有报道，这个儿童时代的雕像被炸的消息时，就像听到基督诞生时林泽仙女在叫喊"伟大的潘神死了"一样，我确切地认识到，一个时代过去了，一个枢纽已经关闭，就像里尔克谈到另一座破碎雕像时说的那样，生活必须改变了。

我奇怪，"他们"，那些无名也无面孔的黑暗的代理人，为什么做下了这样的事情？没有标语潦草地写在雕像底座上，来指明这种破坏行为的来由，这种恶作剧复杂难解到只能当作是一个无理性行为——它缺乏荒诞的可敬的自发性。起初我认为，《思想者》的被炸是因为它在"思考"。这是1970年，毕竟反理性主义仅仅是美国生活潮流中一个较小的支流而已。但在我的推理中有着一种毁灭性的悖论——真的，难道我还没有注意到雕像被毁中存在一种新的针对性，一种更深刻的意义吗？伤口仅仅强化了对思考的好奇。克服一个思想的唯一途径是凭借另一个思想。唯一战胜《思想者》的方法将是树立非思想的象征，而不是肆意破坏一个已被接受的思想的象征。

那后，我回想起，《思想者》这个人物起初是高踞于《地狱之门》的过梁上的，罗丹原想把它称作《诗人》，因为它代表正在构思在他下面扭动着的人间地狱的但丁。我假定同样对关联、对历史和往昔预感的敌意也在这里起着作用，正是这种敌意导致了1956年共和党总统会议程序的取消，那时，被选来代表和平、进步与繁荣的罗丹的《三幽灵》，结果成了《思想者》高踞其上进行创造性沉思的同一沸腾地狱的守护者。大部分人没有认识到，人们没有按照罗丹的本意来看待他最流行的作品——即把它看成是一个百科全书式的、未完成的启示录的一部分；他们更多的是认识到罗丹从来没有碰过凿子，从来没有"雕刻"那些褐色的作品，它们是从他工作室中的意大利工匠之手中产生出来的，他们忙碌地将大师用手在黏土、石膏和蜡中塑造的东西复制成伤感的大理石摹本。

《思想者》被摧毁不是因为它在思考，不是因为它在思考着地狱或历史，也不是因为摧毁它是可笑的；我有责任做出推断，《思想者》被摧毁是因为它是一种特殊类型的艺术，因为它是罗丹的创造。那么，"罗丹的创造"又是什么意思？

答案也许就藏在一幅题目窃自吉卜林、借名人以抬高身价的静物画——《奏鸣曲只是奏鸣曲，而雪茄却是好烟》中。在我们的房子里，在封面上印有勃拉姆斯弹钢琴、抽方头雪茄的带框平版印刷品下面——一个蓄胡子的勃拉姆斯，像惠特曼、易卜生、上帝和罗丹本人（他的手，我知道已经带有神圣的色彩了）——有一架子书，其中最大的书，带有同样奢侈的页边，用绵纸保护着的同样的照相凹版印刷插图，收集着同样的大师的谈话。这样的书能在我父母所有的朋友家里发现，如果不是在勃拉姆斯画像的下面，那就是在钢琴上面，在有可能是从伊莎多拉·邓肯那丰满的肩头扯下来的围巾皱褶中。这本书现在由地平线出版社重新出版了，在它的书脊上只有两个字，用了非常大的字母："艺术"，下面是字更大的"罗丹"。

对于我的家人和他们的朋友们，对于本世纪（编者按：指20世纪）最初四十年有抱负的美国中产阶级来说，有权威性的假定不是罗丹创造了艺术，而是艺术乃罗丹所创造的一切（就像诗歌对于上代人来说就是丁尼生所写的东西）。出自或据说出自罗丹之手的东西就是艺术，因为它们是一个艺术家所创造的（中产阶级的座右铭是"找出那个男人"），它们的伟大是因为它们是一个伟大艺术家所创造的——不是因为它们内在的品质、形式特征，而是因为大师所提供的有资格的评论光环。中产阶级经常这样来辨别艺术——凭借艺术家和作为其模仿者的批评家的指导。当然，只有贵族才能不加考虑地购买得起这样的东西；即使得意的中产阶级也从来不问"那是我喜欢的吗"，而仅仅是焦虑地问"假定它意味着什么呢"。已经有人这样告诉过我们，而我们也相信和承认了他们，罗丹便是其中之一。他在这本书中就是以这种方式告诉我们的。但是为了在雕塑史上确定一种类似的承认，为了全体一致地盖上戳记，我们应该回溯到卡诺瓦（Canova），也许远至贝利尼——在那么久远的时候，中产阶级还不能做出这样的鉴别，他们刚刚崛起；而到了我钻研罗丹的艺术的时候，他们已经崛起了。

如我所提到过的，其他的书与罗丹一同分享着书架，把中产阶级趣味的定论凸显出来，尽管现在看来那似乎是阶段性的趣味，当我们考虑我们自己的定论之时，谁能屈就这样的选择？有梅特林克和罗斯丹的作品，邓南遮和阿纳托尔·法朗士的作品（一个长长的红色队列，正如从施尼茨勒那里一样，我将从后者那里学会"浪荡子"是"自由"的蔑称）；钢琴上，有普契尼和马斯内的乐谱（我母亲的婚礼上演奏了他《黛依丝》中的《沉思》！）；还有一些令人肃然起敬的人物，这些生者的到场和演奏（常常和圣萨拉的情况一样）必须得到同样不可侵犯的敬重与欢迎，有些书也要以同样的敬重之情来阅读：尼金斯基、卡鲁索、杜丝……确实，大战之后流行着一种对大西洋彼岸的巨大谄媚，人们非常渴望收藏彼岸的艺术品。但是罗丹超过了任何其他的创造性人物——甚至超过了理查·施特劳斯（音乐，即使是施特劳斯的管弦乐，也毕竟不能以大理石、青铜和黏土的形式作为战利品来拥有）——他满足了那种渴望，满足了我在其中成长的那个阶层和环境的需要——唐突地说，这个阶层是由其"到过"什么环境来定义的——这里的意思就是去过欧洲。今天，这个阶级已经过时，因为它被自己所占有的东西、被它的战利品所败坏，这些战利品中很少有像罗丹雕塑那样被骄傲地运回家的。

当然，存在着很多个罗丹。有制作了数量甚巨的波特·帕尔默小姐及其朋友们的大理石胸像的罗丹，如果事实果真如此的话；有坚持认为公民美德和爱国牺牲并不总是高贵和崇高的，认为英雄主义是孤独的一种形式，受苦的一种形式，因此使加莱市民反感的罗丹；有质疑身体的骄傲的罗丹，但也正是他使之荣耀，在《老娼妇》中明确地表现不可忍受的人生的失败、努力的徒劳、思想的无能为力、肉体的虚弱的罗丹；有含一大口水喷在黏土上使之保持持久的柔韧，却常常有失准头而喷湿了萧伯纳的罗丹：

> 在最初十五分钟之后，他用拇指的活动创造了一个如此生动鲜活的胸像，以至我愿意把它带走，让这位雕塑家摆脱任何进一步的工作……但是这个阶段消失了；一个月后，我的胸像在我的眼皮底下经历了连续不断的艺术进化的各个阶段。以生命的精确向度小心再现我的特征……神秘地返回到了基督教艺术的摇篮，在这个时候，我想再一次地说，停下，把那个给我。它真的是一件拜占庭杰作。随后，一点一点，似乎贝利尼与作品混合在一起了。然后，让我极其恐惧的是，那胸像变软了，为了变成一个值得称赞的18世纪的小品，雅致得足以让你相信那是乌东（Houdon）润饰的由卡诺瓦创造的头颅……再一次，一个世纪在一夜之间滚过，胸像变成了罗丹所做的胸像，休憩在我肩膀上的头颅是活生生的再现。这个过程似乎属于胚

胎学家而非艺术家的研究范围。

以典型的敏锐，萧伯纳言中了是什么引起了人们对罗丹的共同兴趣——不仅是想要巴结他、安慰他、让他永恒的庇护者，而且是广大的观众，他们知道艺术应该是什么：艺术是科学（"一个胚胎学家的研究范围"），不是幻想的创世纪，不是启示而是现实，是我们用自己的眼睛所看见的一切的复制。凭借这个特许状，艺术不需要——始终不需要——安慰，而是必须讲述真理，那就是罗丹这个进化论生物学家声称要去做的。"我不是一个梦想者，"他说，"而是一个科学家……没有必要去创造。天才仅仅来自于那些懂得如何使用他们眼睛和智力的人。"

这就是在克利夫兰博物馆台阶上被引爆的罗丹——永恒人性的中介（资本主义的借口），使艺术成了细节艺术的中产阶级美学代言人。以宇宙的定量表达为基础，这种美学要求整体的真理只是构成整体的个别真理的总和——正如罗丹习惯说的，一座雕像是其所有剖面的总和。因此，一个突出意义就归因于细节的最大可能的数量，而因此产生的模拟表面就具有严格的感官强度。正如最有学问的罗丹批评家阿尔伯特·埃尔森所言：

在雕塑上局限于几英寸的地方，每根指尖都将遭遇到一个不同特征的各种曲折变化；抚摸一下你自己的手臂，你会获得罗丹所构思的表面要丰富、复杂得多的印象。

这是一种拒绝把世界变形的艺术（如同埃尔森敏锐地指出，这种艺术利用我们的损失使世界丰富），相反，它强调的是使人着迷的记录。确实，这种艺术所提供的复杂的模拟表面不仅仅是作为对世界的一种丰富，而且是一种顺势疗法：它给我们接种一种小病，以便预防一种大病。这就是罗兰·巴特所说的"本质主义手术"：在一种秩序内部逐渐培养起它的奴性自满，作为使该秩序美化的一种具有决定性的悖论手段。《青铜时代》《永恒的春天》和《大教堂》——我们中产阶级战栗地发现，这些附着在痉挛的自然主义作品上的"高贵"题目渐渐融入了一种赞同之中，一种对其将来的而非内在的作用的赞同。把诗人的妹妹和雕塑家的情人，卡米尔·克洛岱尔半透明的蜡制面具标以《黎明》，会让我们摆脱有关个人表情的偏见，这种偏见让我们付出很大的代价，过大的代价让我们付出了太多良心上的不安、太多的反抗和太多的孤独。把一个人体的形象叫作《思想者》是一种寓言式的把握，一种托词，表明那个肉体所遭受的专制和不公正，它所忍受的折磨，它所招致的指责，仅仅是为了在最后的时刻拯救它，尽管它在控诉着沉重的命运。利用君主的名号拯救表象，那就是罗丹，他恭维皮维·德·沙瓦纳和他苍白的贵族寓言，那就是艺术家，和那艺术——与它的观众一起——从普遍的宣言和自满的信念中，在火药的一闪中传递下来。因为它上面写着：我将给你展示一把尘土中的恐惧。

二

在大英博物馆的印刷室中，如果你设法在合适的时刻低声说出合适的词语，一位助理就会在你面前的桌子上摆出任意多的绿色硬麻布盒子，每一只盒子都大得足以装得下一件外套。然而，在盒子里面，不是外套，而是约瑟夫·马洛德·威廉·透纳的大部分水彩画，它们都裱过了，但没有装画框，许多画的背面有罗斯金特色鲜明的评注（"无意义的画"）——成千上万的作品组成了艺术中最伟大的成就之一，尽管只有很少的画被复制，而展出过的更少。

在这里，或是在另一个这样的房间，在画家于1851年七十六岁上去世之后，可悲的一幕发生了——只有这些盒中物的丰富和完美才能阻止我们为一个绝非意外的损失而悲伤：根据罗塞蒂的说法，罗斯金（当时他还不到三十五岁）在这些作品中发现了几幅有伤风化的画，"从其主题的性质来看，似乎不值得保留"，并且在国家画廊"管理人的授权下"将其焚毁。罗塞蒂一直在帮助罗斯金整理透纳的遗产，他、罗斯金和画廊管理人都显然没有被透纳认为这些素描值得保留的事实所动摇。不过，我们在这些绿盒子里发现了许多迅速完成的画和水彩画，是在艺术家十五岁之后绘制的，画的是在交媾的裸体情人，和拥抱的裸体少女。根据透纳的传记作者所言，许多素描中的生殖器画得很清晰，甚至被放大了。这些色情作品证明了透纳本人在早年写的一首诗中所说的话，"没有任何处女能抵抗那关键的时刻／当灌木中的一只鸟抵得上手里的两只鸟"。显然，这样的心血来潮之作要大大多过从罗塞蒂或罗斯金的筛选中幸存的那些，但是和大量透纳的水彩画一样，它们不是用来出售或展览的——它们是艺术家用来自娱的。透纳是显示出这种公开艺术和私人艺术之间区别的第一位重要艺术家。

在罗丹博物馆的档案中，有大师所做的大约七千张素描和水彩画；没有一个人能看到它们，就像每个在那个国家进行研究的人都能发现的，法兰西是一个官僚主义肆虐的国家，尽管罗丹已经去世有五十年，这些作品还没有对学生开放。大约两百幅素描和水彩画在博物馆展出过，也许在其他馆藏中收集有同样多的画。表面上什么都没有遭到破坏，但是我们所处的情况和透纳的情况差不多：世界就在我们面前，何从选择呢？

像透纳的大多数水彩画一样，像他后期的所有作品一样，罗丹的作品是为他自己画的；它们是一种私人艺术。这两个人如此频繁地因为情节剧、演讲术、肉欲主义而遭受指责，我们必须记住，他们都各自创造了一个完整的艺术世界，其中什么都没有发生，也没有什么遭到阻止——透纳晚期的艺术、罗丹晚期的艺术（他首先允许他的一大组淡彩画于1907年展出，那年他六十七岁），是我所熟悉的一种没有历史的艺术中最为伟大的范例，它清楚地表明，一种没有压抑、没有升华、只有永恒快乐、无尽游戏的生活是可能的，在肉体、大地、水、光的无差别的至福中，永恒的是它们的王国，而不是历史。罗丹和透纳绘画的这种色情主义，甚至与性的戏剧没有任何关联——它是一种狂喜的状态，而不是行为，当我们把它称为反常多变时，我们仅仅意味着它是游戏的、生气勃勃的、快乐的。

现在我们来考虑这两个艺术家有趣的对称性：他们都终结和开启了一个世纪的趣味；都生活了一个世纪的四分之三，没有结婚，尽管享受着难以追踪的与一个"不相称的"女人的关系；都从事着两种相反的生涯，前者承受着丑闻大师之名——哈兹利特早在1814年就在透纳身上看出了"一种病态力量的浪费，幻想的荒诞，趋向疯狂的情感和教养"，而美国国家雕塑协会（1925年）的一名组织者在罗丹身上发现了"一个道德迟钝者"，在他的《行走者》中找到了"一个被施虐狂毁坏的头脑的证据"——还发现罗丹完全陷入了一种内在的痴迷，不再确信自我，而更多的是从他者的外貌中收集起一种特性（静止的或运动的、入迷的或丧失的、挑逗的或僵硬的）。透纳和罗丹的这种秘密创造是西方艺术的最高表现，这种艺术能够显示出与非我之物的一种认同，从外在之物创造出内向性——如我上面说过的，一种狂喜的艺术……在考虑罗丹和透纳明显的类似时，我们不要忘记，每个天才都吸引了一个年轻而健谈的文学人物，他们对艺术家的关注更受我们的欢迎，而不是艺术家本人的欢迎：罗斯金在20年代末期决定把他的财富和文学天赋（两者都是巨大的）贡献于阐释他的"尘世主人"；里尔克在同样的年龄担任了罗丹的秘书，尽管后来被耻辱地解雇了，他仍然设法弥补双方之间的误解，用忍耐、赞赏，甚至奴性——当然也用整个艺术批评史中最美丽的一篇论文，而罗丹可能从来没有读过它。从每位作家那里引用一段话一定足以证明这两个热情的年轻人的投入有多么深：

> 罗丹仅仅会跟随和呈现那确定的线条的秘密，那独特、尖锐、可见但难以理解的、让人无法脱身的丰富性，一部分一部分地加以考察，在眼睛看来那只不过是混乱和失败，但是作为整体来看，它却完全是统一、对称和真理。

> 透纳是一个工人，他唯一的愿望是用他全部的力量渗透他的手段那卑微而艰难的意义；在那里存在着一种对生活的弃绝，但是恰恰在这种弃绝中存在着他的胜利，因为生活进入了他的作品：他的艺术不是建立在一个伟大的思想之上，而是建立在一种手艺之上，其中本质的要素是表面，是能被看见的一切。

哦，不，我把名字颠倒了：第一段是里尔克说的，第二段是罗斯金说的。当文人干预艺术时，不是经常会发生这样的混乱吗？

<h2 style="text-align:center">三</h2>

在克利夫兰博物馆台阶上的"假"罗丹，和我所暗示的作为一种解毒剂的秘密的罗丹之间，在一种蹩脚的意识形态的象征和一种放弃了身份的狂喜之间，在罗丹的雕塑杰作之前站上片刻是有益的和有纠正作用的，他的作品是19世纪最极致的雕塑表现，《地狱之门》开始于1880年，没有完成（石膏形式），在他去世十年后才铸造出来。第一个铸件是在费城，第二个在巴黎，两件都是同一个美国百万富翁的礼物，他在费城创建了罗丹博物馆，在巴黎城外恢复了罗丹别墅，收藏了上百件不适合保护的原始的石膏试作和素描——法国当局从来没有承认过这个举动。凝视着青铜的壮丽色泽，那些十足但丁式的恐怖阴影，你很容易偏离大师的意图：

> 我唯一的想法就是色彩和效果……我复活了文艺复兴艺术家所用的手段，例如，这种人物形象的大杂烩，有的是浅浮雕，有的雕刻成立体，以便获得那种能带来全部柔和的漂亮的金色阴影……

罗丹希望用蜡制作单个人像，把它们粘到石膏框架上，那会创造出更为微妙的"金色阴影"，但是这种技术是无法实践的，年复一年，地狱之门还留在他的工作室中，没完没了地修改，增加人物，移走，改变尺寸，丰富内容，唯一固定的地方就是门下面的坟墓，它们是罗丹去世前增加的最主要的东西。几乎所有我们最容易与雕塑家联系在一起的形象（并不总是喜爱）都在这里，它们往往挑战着我们所习惯认为的含义：《思想者》《亚当》《夏娃》《浪子》《蹲着的妇女》《三个幽灵》《老娼妓》《亲吻》《嫉妒》《犹葛利奴》……作为思想者的特殊男人代替了审判席上的基督，总体上的混乱和变动取代了教条的等级制。对罗丹本人来说，这件作品和他最简略的素描，他最概括的黏土草稿一样私人化，它的变形是灾难性的——尽管我称之为狂喜，尽管我肯定它是兴奋的，甚至是欢腾的。米开朗琪罗称吉贝尔蒂（Ghiberti）的门为《乐园之门》，罗丹肯定是接受了挑战，把他自己的门叫作《地狱之门》。它们是19世纪百科全书式冲动的完美表达，那种凭借过程接近预言的努力，我们把它和库尔贝的《作坊》联系起来，与巴尔扎克的《人间喜剧》联系起来——是罗丹把巴尔扎克最为坚定、最富有反抗精神的形象提供给了我们——因为它们的主题不那么像但丁的翻版，而更像是相反：人间悲剧。

那么，这个启示录式的和私人的罗丹，就是具有纠正作用的——启示录式的意义在于，他创造了一个完全是隐喻的世界，其中一切都潜在地与其他一切相同一，仿佛一切都全然处于同一个无穷和永恒的躯体之中。罗丹是最后一位伟大的艺术家，对于这样的艺术家来说，艺术、自然和宗教是完全同一的，他忠诚于佩特（Pater）所谓的文化，忠诚于对可见世界的支配，他理应获得"启示"作为报偿，这也许会安慰他的心，他的快乐，如同《圣经》中所说的，是与人类的儿子们在一起，我们在《地狱之门》中读到了他们的命运；它属于我们。

（马永波　译）

"罗丹"的碎片　307

灾难中的宁静黄昏

——论凡·高

[英] W.H. 奥登

作为一种艺术，书信写作的大师们也许更专注于愉悦他们的朋友，胜过了披露他们最内在的思想和感情；他们的书信风格以速度、高度、精神、机智和幻想为特征。在这种意义上，凡·高的书信不是艺术，而是人的档案；使之成为伟大的是写作者绝对的自我忠实和高贵。

19世纪创造了艺术家英雄的神话，他为了艺术牺牲自己的健康和幸福，而对他的补偿是免除其所有的社会责任和行为规范。

初看上去，凡·高似乎恰好符合这种神话。他的衣着与生活和流浪汉一样，他期望别人的支持，他像恶魔一样画画，他发疯了。你越是读这些书信，他越变得不像神话。

他知道他是精神病患者，难以相处，可他不把这个当作优越的标志，而是当作一种和心脏病一样的疾病，他希望未来的大画家们会像"古老的大师"一样健康。

可是这个未来的画家——我不能想象他生活在小咖啡

馆里，戴着许多假牙不停地颤抖，像我一样去妓院。

他把自己所处的时代看作一种过渡，而非完满，而且他对自己的成就极其谦逊。

乔托和契马布埃，还有荷尔拜因与凡戴克，生活在一个方尖塔一般结构坚固的社会里，其中每个个体都是一块石头，所有的石头都粘在一起，形成一个纪念碑式的社会……可是，你知道，我们置身于彻头彻尾的放纵和无政府之中。我们热爱秩序和对称的艺术家把自己孤立起来，努力去定义一件唯一之事……我们能描绘混沌的一个原子、一匹马、一幅画像、你的祖母、苹果、一片风景……

我们不觉得我们在死亡，可我们确实感觉到我们是少数，为了成为艺术家链环中的一环，我们正在付出艰苦的代价，我们享受不到健康、青春、自由，我们就像驾辕的马拖着一车人去享受春天。

而且，尽管绘画是他的天职这一信念从未动摇过，他也从未宣称画家优越于其他常人。

法国诗人黎施潘在什么地方说过，"对艺术的爱使人丧失对真实的爱"。我认为那是可怕的事实，但在另一方面，对真实的爱使你厌恶艺术……

　　他们对绘画所持的更为迷信的观念有时让我沮丧得难以言表，因为事实基本上是这样的，作为人，一个画家过于沉浸在他所看见的一切，他就不足以把握他生活的其余部分。

　　凡·高没有自己谋生，而是一生仰仗他绝非富有的兄弟的支持，这是事实。可是当你把他对钱的态度与别人加以比较，比如说瓦格纳或波德莱尔，凡·高则显得多么不可测度的体面与自尊。

　　任何艺术家都需要向赞助人要求高于一个劳动者的生活标准，因为除了维持基本的生活，他还需要买颜料和画布。凡·高甚至为他买颜料的权利而烦恼，想知道他是否应该局限于较为便宜的绘画材料。偶尔，当他对他的兄弟不满时，他抱怨的不是提奥的吝啬，而是他的冷漠；他渴望的是更多的亲密，不是更多的现金。

　　……反对我的人，我的态度，衣服，世界，你和许多其他人一样，似乎以为提出这么多的反对是必要的——分量足够重的反对，同时显然又是无济于事的——它们导致我们个人的兄弟般的交往枯萎了，随着时间逐渐死亡了。

　　这是你性格中的黑暗面——我认为你在这方面是吝啬

的——而明亮的一面是你在金钱事务上的可信性。

因此，我最为高兴地承认，我对你有一种义务。只是——因为缺少与你的联系，与提斯泰格的联系，与任何我过去认识的人的联系——我需要的是别的什么……

如你所知，有些人在画家还没有赢得任何胜利时赞助、支持他们。可是这种关系的结束经常又是多么悲惨，对双方都是灾难，部分是因为保护者为钱烦恼，它至少似乎是种浪费，同时，在另一方面，画家感觉有资格更自信，比原来更忍耐更要有兴趣。但是在大多数情况下，误解是双方的疏忽造成的。

读书的画家很少，能用语言充分表达自己的也很少。凡·高是个杰出的例外：他贪婪地阅读，富有理解力，他拥有可观的文学天赋，他喜欢谈论他所做的事情及其原因。在把"文学"这一词语用于绘画时，如果我把它理解成一个贬义形容词，那些使用它的人就是在断言图画世界和现象自然界完全是不同的，以至永远没有必要凭借双方的关联来判断任何一方。问一幅画是否"像"任何自然物——无论发问者指的是"照相式的"，还是柏拉图式的"真实"相似性，都没有任何差别——或者是否一幅画的一个主题比另一个主题更为重要，这都是不恰当的。画家创造他自己的图像世界，而一幅画的价值只能凭借与其他画作的比较来估价。如果批评家的意思真的是这样，那么凡·高一定会被归为一个文学画家。和凡·高毕生都视为导师的米勒，以及他同时代的法国小说家福楼拜、龚古尔兄弟、左拉一样，他相信在他的时代，艺术真正的人类主题是穷苦人的生活。这是他与艺术学校的分歧所在。

就我所知，没有任何一所学校，你能在里面学会画挖掘者、播种者，把壶放在火上的妇女，或者女裁缝。可是在每个稍微重要点的城市都有一所学校，选择模特来代表历史人物、阿拉伯人、路易十五，简而言之，所有实际上不存在的人物……所有学院人物都以同样的方式放在一起，让我们说，不能再好了。不可接近，完美无瑕。你会猜测我要说什么，他们揭示不了任何新东西。我认为，当学院人物缺乏基本的现代调子、个人性格、真实的动作时，无论它可能多么正确，它都是多余的，即使是安格尔本人做模特。也许你会问：什么时候一个人物才不是多余的？……在挖掘者挖掘时，在农民是农民而农妇是农妇时……我问你，你在旧式的荷兰学校里了解了一个挖掘者、一个播种者没有？他们曾经尝试过画"一个劳动者"没有？委拉斯凯兹在他的运水者或各色人等中尝试过吗？没有。这位古老大师的画中人物不"工作"。

正是同样的对自然真实而不是理想美的道德偏爱，在他于安特卫普艺术学校的短暂逗留期间，在复制《米洛的维纳斯》的模型时，促使他对她的形象做了改动，并对震惊的教授叫喊："你简直不知道一个年轻妇女是什么样的，该死的！一个女人必须有屁股和能够托住孩子的骨盆。"

他与大多数同时代法国人的不同之处在于，他从来没有和他们一致的信念——艺术家应该压抑他自己的情感，用医生的客观来看待他的材料。相反，他写道：

……任何想画人体的人必须对人类抱有温暖的同情，并且保持它，否则他的画将是冰冷和乏味的。我认为观察我们自己非常必要，当心，在这方面我们不是很清醒的。

在他死前两个月所写的日记中，凡·高显示出他是多么反对任何"纯粹"的教条——

华丽浮夸的展览，比不过直接面向人民而工作，这样每个人都能在家里拥有一些图画或复制品，它们将像米勒的作品一样成为教材。

他在此处听起来像托尔斯泰，正如他这么说的时候，他听起来也像陀思妥耶夫斯基一样：

每当我们看见不可描绘的形象和无以言表的凄凉——孤独、贫困和悲惨，万物的终结和极致，上帝的思想就会进入一个人的心灵，这总是能打动我，总是非常奇特。

　　当他谈到穷人时，凡·高真的显得比托尔斯泰和陀思妥耶夫斯基都更诚实和自然。作为肉身之人和知识分子，托尔斯泰都是一个王者，一个优越者；此外他还是伯爵，一个社会地位高高在上的人。无论他多么努力，他从来都不能把一个农民视为平等的人；他只能出于对他自身道德缺陷的内疚，部分地赞赏他。陀思妥耶夫斯基不是贵族，他很丑，可是他抱以同情的是犯罪的穷人，而不是一般的穷人。而凡·高宁愿和穷人一起生活，陪伴他们，不是在理论上，而是在实践上。作为作家，托尔斯泰和陀思妥耶夫斯基一生中与有教养者的相处是成功的；农民认为他们是怎样的人，我们却不了解。在有生之年，凡·高没有被承认为是一个艺术家；在另一方面，我们有他给博里纳日矿工留下的个人印象的记载。

　　人们依然在谈论马卡斯煤矿事故后他去看望过的那个矿工。那人是个成瘾的酒鬼，据告诉我这个故事的人说，"一个不信主和亵渎主的人"。当文森特走进他的房子，帮助他安慰他时，受到的却是一顿羞辱。尤其是他被叫成一个啃玫瑰经的家伙，好像他是个罗马天主教牧师似的。

可是凡·高福音般的温柔转变了这个人……人们还告诉我，在抽签征兵的时候，妇女们如何恳求这位圣人给她们指定圣经中的一段，当作自己儿子的护符，确保他们抽到好签，免于在兵营中服役……有一次爆发了罢工，反抗的矿工们不再听从任何人的话，除了他们所信赖的"文森特牧师"。

作为人和作为画家，凡·高都是富有激情的基督徒，尽管，感觉上无疑有一点异端的味道。他宣称，"屈从是为了那些能够被屈服的人准备的，而宗教信仰是为了那些能够信仰的人的。我的朋友们，让我们爱我们之所爱。顽固拒绝爱其所爱的人注定自我毁灭。"作为画家，也许最适合他的标签应该是宗教现实主义者。说他是一个现实主义者，是因为他把极端的重要性赋予了对自然不断的研究，决不"用他的头脑"作画；说他是宗教的，是因为他把自然尊为精神荣耀的神圣可见的符号，他作为画家的目的是向他人揭示出这点。他曾经说道："我想描画过去用光环来象征的带有某种永恒意味的男人和女人，我们寻求以真实的光线和色彩的震动来传达这种永恒性。"就我所知，他是第一位有意识地尝试一种宗教绘画，但却不包含任何传统宗教圣像的画家，某种可以称作"为眼睛准备的寓言"。

这是此刻在我面前的一幅画面的描述。我所逗留的精神病院的庭院风景；右边是一个灰色花坛和一座房子的侧墙。一些没开花的玫瑰丛，庭院向左侧延伸，被太阳烘烤的红赭色土壤上覆盖着坠落的松针。庭院这边种满了大松树，树干和枝条是红赭色的，绿叶在上面形成浓荫，混合着黑色。这些高大的树木挺立在黄色大地上，对着黄昏带紫罗兰条纹的天空，而天空的更高处则变成了粉色，绿色。一堵也是红赭色的墙遮住了视野，有一个紫罗兰和黄赭色的山冈高过了它。现在，最近的树只剩下一个巨大的树干，是被闪电击中，而后锯掉的。可是一根侧面的树枝高高挺起，落下雪崩般深绿色松针。这忧郁的巨人——像一个打败了的骄傲的男人——在从一个活的生灵的本质上去考虑时，和他面前消失的灌木丛上最后一朵玫瑰苍白的微笑构成了对比。树下，空空的石凳，忧郁的黄杨树；天空——黄色的——投影在雨后留下的池塘里。一束阳光，白昼的最后一缕光线，几乎把阴郁的赭色提升为橘色。到处有黑色的小人影徜徉于树干之间。

　　你将认识到这红赭色，笼罩着灰色的绿，围绕着轮廓的黑色条纹，组合起来产生了某种极为痛苦的感觉，某种"红黑"，我不幸的同伴经常受到这种痛苦的折磨。而且，被雷电击打的大树的主题，秋天最后的花朵那病恹恹的粉绿色微笑，都进一步确证了这种印象。

我给你描述这幅画面是要提醒你，一个人可以尝试予人痛苦的印象，而无须径直瞄准历史的客西马尼园。

　　显然，凡·高试图取代一种历史的图解，它在能够被辨认以前必须先被熟悉，一种即刻对感官揭示自身的色彩与形式之间关系的图解，因此是不可能被误解的。这样一种图解的可能性依赖于色彩与形式的关联，它们给人的印象是由普遍规律所支配的。凡·高肯定相信，经过研究，任何画家都能发现这些规律。

　　色彩的规律具有难以言传的美，恰恰是因为它们不是偶然的。同样，今天的人们不再相信反复无常、从一物飞往另一物的上帝，却开始越来越多地尊敬和赞赏对自然的信仰——同样，出于同样的原因，我认为在艺术中，过时的关于天赋、灵感等的思想，我不是说必须抛弃，而是必须重新予以彻底的思考、验证——并大大地修正。

　　在另一封信中他为上帝取了另一个名字——"宿命"，并用形象来定义他——"他是光的白色光线，在他的眼中甚至黑色光线也不会有任何貌似可信的意义。"
　　凡·高的乐趣很少，他从来没有尝到过美食、荣誉或者女人之爱的满足，他在精神病院结束了生命（编者按：凡·高死于奥维尔小城，当时已经病愈出院），可是，在读过他的书信之后，你不可能把他想成一个浪漫的遭难的艺术大师，甚或是悲剧英雄；尽管如此，最后的印象却是一次凯旋。在死后发现的他给提奥的最后的信中，充满绝无一丝浮夸的感恩的满足，他说：

> 我再次告诉你，我始终认为你超乎一个纯柯罗画商之上，经过我为中介，你在一些画作的实际创造中起到了作用，它们甚至在灾难中也将保有它们的宁静。

当我们说一件艺术作品"伟大"时，我们的含意，肯定没有这总结性的关系从句表达得更好了。

（马永波　译）

艺术与思想

[爱尔兰] 威廉·巴特勒·叶芝

1

两天前，我在塔特画廊观赏密莱斯的早期绘画，我站在他的《奥菲丽娅》前面，就像站在悬挂于附近的罗塞蒂的《玛丽·麦格德伦》和《加利利的玛丽》前面一样，我发现了一种古老的情感。这些绘画和我童年时看到的一样。我忘记了朋友们的艺术评论，我看见美妙、悲哀、幸福的人们，正在我的梦境中穿行。头发的颜色，头发从中间向两边滑下的样子，人们脸上的某种宁静，都让我想起父亲在我最早读的雪莱诗集空白处所做的素描，浓烈的色彩让我隐约回忆起画室里的交谈，也许是威尔森或者是波特，在赞美画的原色，那时，我正坐在我的玩具或儿童故事书旁边。有幅画看起来很熟悉，我突然想起来，它曾在我们家里挂了很多年。那是波特的《田鼠》。我是在前拉斐尔时代的晚期学会思考的，现在我又回到了前拉斐尔时代，重新发现我最初的思想。我自言自语地说："现代英国唯一能给予一个孩子快乐的画，唯一和《天路历程》或安徒生一样感人的画。""我变老了吗？"我想，"和巴尔扎克笔下的女人一样，那些富裕中产阶级野心勃勃的妻子们，当老年降临，她们忍不住重复着从她们诞生和长大的房屋里学会的笑话；或者是因为天气的变化，我才到处发现了美，甚至在伯恩-琼斯的《考费杜阿王与乞丐女》中，那是他晚期的绘画之一，毫不羞愧地发现美？"最近二十年中，我有过许多次类似的赞美之情，因为我始终热爱的绘画，是那些我在其中遇见的人和最感动我的诗歌或宗教思想有关的绘画；但绝非是从童年起我就能毫不羞愧地断定我今天会听不到公鸡的叫声。我记得年轻时在叔本华的书里读到过没有人——最没有价值的事情是用不会着迷的眼睛去看生活——会过别人的生活，并且认为我会满足于像伯恩-琼斯和莫里斯那样，在统治牛津大学生联盟的罗塞蒂的规范下绘画，在不受约束的生活冒险仍能把一切变成罗曼司的同时，为年轻人设立最为动人的传统形象，即便知道我所画的一切将会从墙上消退。

2

因此，我问自己，是否我自己的艺术观念在发生变化？是否我也开始赞美我曾经嘲笑过的东西？当我开始写作时，我承认我的原则与亚瑟·哈拉姆论丁尼生的论文中的原则一样。在哈拉姆写那篇论文时，丁尼生只写出了他早期的诗歌，他是济慈和雪莱流派的样本，而济慈和雪莱与华兹华斯不同，他们从不在诗歌中混入任何的一般思想的因素，只是写世界在他们微妙感官上形成的印象。他们是审美学派——这个名称是他发明的吗？——他们的作品不能流行是因为读者如果没有类似微妙的感觉，就无法理解他们，读者就会离开他们，转向华兹华斯或另一个诗人，后者屈尊俯就于道德说教或某些已被接受的哲学观念，甚至芸芸众生都能理解的东西。华兹华斯的天分一点不弱于他人，甚至哈拉姆也这样承认；我们也并不认为《加利利的玛丽》就比更为流行的《玛丽》要美；但是我们肯定会认为华兹华斯不那么受人尊重。

我把这些原则发挥到了拒绝所有细节刻画的程度，我不会插手画家的事情，我确实总能发现我应该摆脱的某种艺术或科学：我注意到我周围的所有画家都在从心里摆脱绘画，而钟情于文学，我从他们那里得到了鼓舞。但我从他们那里努力得到的快乐感觉却只给我留下不满。需要复杂精细的记录的印象，似乎并不像那些粗心老作家的手工制品，他们想象生气勃勃的男人们为情妇争吵、骑马旅行，或是在篝火边饮酒。克拉肖能够以最无私的迷恋赞美圣特雷萨，似乎世上没有超越其同情心的人，没有更超凡脱俗的心灵，但即使当他的生活还充满色彩和激动的时候，他就几乎已被维伦和但丁遗忘了。

这个困境经常困扰着我的大脑，但是我把它放在一边，因为当道路上挤满了笨鹅，新方法就是一个良好的转机；它把我从政治、神学、科学，从所有史文朋和丁尼生在青春激情沉没后所迷醉的热情与雄辩中，从用学院形式折磨画家的古罗马战船上诞生的传统的高贵中解脱出来。在柴郡奇斯教堂聚会的诗人小圈子中，我独独喜欢亚瑟·哈拉姆的评论，我毫不掩饰这种热爱——建立在大众意见上的批评本身就是不纯粹的——也许我只了解哈拉姆的论文，它们都默默地遵从自惠斯勒以来支配所有艺术的一种准则，惠斯勒以他美国式的"天真"自信地宣称，日本绘画不包含任何的文学思想。虽然我一直羡慕文艺复兴之前的时代和兴趣各异的知识阶层出现之前的时代，但我还是用爱尔兰流行的信念充满我的想象，我是从英国博物馆或斯拉哥村舍中已被遗忘的小说家那里把它们收集起来的。我找到了某种古老的象征语言，它与熟悉的名字和著名的山水相关联，我不应只是独自享受这些模糊的感官印象，我写文章建议朋友们在教堂墙壁上画下与圣约瑟夫一起沿康劳特大道飞往埃及的圣母，她的头上围着康尼摩拉围巾，或者是哀悼雪莱《解放的普罗米修斯》中丧失的丰富和现实感，因为他没有在英格兰发现他的高加索。

我在我的朋友当中注意到类似的矛盾，他们一边相信艺术不应该被"思想搞复杂"，一边为康尼摩拉教堂的彩绘玻璃窗画圣布兰坦，甚至在那些热情洋溢的年轻人中我也发现了类似的矛盾，他们为生殖崇拜神庙做设计，却认为奥古斯都·约翰已在文学中消失。

3

但是，如果我们最终能把事情弄清楚，我们就能从毫无结果的争论中节省一些时间。艺术非常保守，并且对那些蒙古平原上仍在毯子里缝上古老得已经没有意义的宗教符号的漫游者保存着巨大的敬意。他们不能减弱与彼此的关联，以及与在古代给人们赋予权威的宗教的关联。他们不是激进分子，如果他们否定什么，那只能是否定暴发户，如果他们反抗什么，那只能是反抗某种现代的、业已不再单纯的东西。

我认为，在紧随文艺复兴之后的宗教变革之前，人们大部分是笼罩在自己的原罪之中，而今天人们则是为他人的罪所困扰，这种困扰创造了一种充满幻觉的道德热情，以神圣者不可救药的兄弟自居的艺术，不可能成为其中的一部分。我们只有坚守我们古老的教堂，那里只有祭坛而没有布道坛，导游手册告诉我们，这祭坛建立在朱庇特·阿芒的神庙废墟上，而且我们要避开那些过于自信的人，他们活着是为了共同发展，他们只有布道坛而没有祭坛。我们担心一种新奇的热情会使我们忘记诗歌的责任和模仿——它过去是谦卑而隐晦的——它不会干扰思想自然的搏动，并似乎始终是接近本能的和半明半暗的。

绘画必须从否定感觉的古典主义中，从拒绝激情的小天地中，从来自道德煽动系统的摧毁谦恭的诗歌中，从面对美却日益衰退的想象力中解脱出来。一个被自己罪恶的奇观震撼，或者在悲剧的愉悦中被"神圣幻觉"发现的灵魂，必须把自己贡献给不能爱的爱，贡献给无穷，那个唯一的和不能分享的目标；而一个忙于他人之罪的灵魂很快就会消融成某种粗俗的骄傲。我能提供给上帝的只是灵魂，它必须完好无损地回到不会两次创造同一事物的手中，但是我拿那些深怀期望、对我的计划怀有敬意、某种程度上庄重而可靠的人怎么办呢？罗塞蒂向宗教主题的转变，他对华兹华斯的厌恶，只不过是一种冲动，他比任何人都反对慈善和改革的时期，是这个时期造就了华兹华斯迂腐的镇静、史文朋的华而不实、丁尼生毫无激情的伤感。圣者不会宣称自己是好的榜样，甚至很少教导人们要做什么，因为，难道他不就是罪人的首领吗？他们很少能确定，此刻是处在灵魂的黑夜中，还是迷失在即将到来的甜蜜之中？道德家们的镇静对于聆听过圣训的人也是不起作用的，对于圣者和圣者的兄弟——诗人来说，也是一样的，"要无限制地超越"，即便一个人有可能在每天的斗争中感受到战栗和震撼。

4

我们知道，通行的教导体系与我们的希望不相配，但是我们不知道如何反驳它，于是我们避开了所有的思想。我们对思想变得非常不信任，我们甚至不允许思想在我们的感官上留下印象。但是艺术作品总是源自以前的艺术作品，每件杰作都会变成选民中的亚伯拉罕。当我们为明媚的春日而愉悦时，也许我们个人的情感中混淆着乔叟在纪尧姆·德·洛里斯那里发现的情感，而后者又出自普罗旺斯的诗歌；我们庆祝风调雨顺的五月，而催熟我们热情的不仅仅是处于顶点的太阳；我们所有的艺术都可以在弥撒中找到痕迹，而这弥撒如果不是发源于赤身裸体的原始人在危险和精神中学会的原始仪式，它就会缺乏权威性。古老的形象，古老的情感，就像海涅所说的众神一样，利用新灵魂的信念和激情，再次苏醒并主宰生活，这才能成为杰作。旷世独立的企图，不承认过去的做法，如果不仅仅是出于财产的所有感和会计室的贪婪与骄傲，那就是文艺复兴在给予我们个人自由的同时所带来的个人主义的结果。那种不遮掩或是不改变形式的灵魂仍能接受那些古老的激情和象征，当然，它们过于古老，已不能横行霸道，行为过于端正，无法不尊重他人的权利。

我们最好不要许可将一种艺术与另一种艺术断然划分，因为在我们之前，没有任何一个时代把艺术当作唯一的权威，当作罗曼司的神圣教堂，当作在背后支配一切的力量，悬崖之巅，每声呼唤都有回声的荒野。为什么一个人在开始画画、写诗、作曲之前，就一定不应该做一个学者、信徒、仪式主义者，或者为什么如果拥有强大的头脑，就应该放弃任何形式的力量呢？

5

显然，放逐思想是更为自然的，尽管这是个误解，因为它已经逐渐变得不那么要紧了。绘画的方式已经改变，我们只对衣饰的下垂和光的游戏感兴趣，而不关心其中的意义，不关心人物自身的情感。有多少成功的肖像画家会给予他们的模特以和啤酒瓶与苹果同样的关注和兴趣呢？在我们的诗歌中，对碎片的感官美或零散思想的吸收，已经剥夺了我们把巨大材料塑造成单一形象的力量。现代的长诗又怎么和古诗在建筑的整一、象征的重要性方面相提并论呢？……《游历》《格比尔》《国王的牧歌》，甚至《指环与书》，它们曾让我如此赞赏和震惊，让我失去自己的判断力，如今只记得几个偶然的段落，一些与上下文鲜有关联的瞬间。直到最近，甚至像伊丽莎白时代抒情诗那样包含有一个清晰思想的短诗也很少见了，到处流行的是"法斯蒂娜"和"多勒利斯"式的规则，诗歌可以像袋子里倒出的子弹一样任意安排。阿诺德收回他的《恩培多克勒论埃特纳》时，虽然人们对永远失去了如此优美的抒情诗而遗憾，他还是凭借自己的意愿表明了他是个伟大的批评家，但是他的《索拉伯和路斯图姆》证明了他想象中的统一体是一种古典的模仿，不是有机之物，也不是激情心灵搏动下人性的流动。

那些我所同情的诗人试图赋予短诗以一种姿态或某种偶然情感的自发性。与此同时，他们又期盼着某个更为重大的时刻，再次生活在激情的幻想中，创作出《李尔王》和《神圣喜剧》那样的伟大作品，用他们水滴般的重量创造出一个伟大世界。

在视觉艺术中，"人堕落到自己的小圈子"的情况确实已

经结束了，当我注视着挂在我早餐桌上方的高更一幅画的照片
时，不知为什么，头戴百合花冠的宁静的波利尼西亚少女带给
我一种宗教思想。我们旧式学校培养出来的鉴赏力也在改变，
变得更为简单，当我们在有一位老者在山径上沉思的中国绘画
中获得快乐时，我们也分享了他的沉思，没有忘记线条组成的
美丽而复杂的图案，就和我们入睡时所见的一样；在拉其普
特绘画中，新娘和新郎睡在屋顶上，或者在天鹅从静水中起飞
的黎明时分苏醒，看上去画得一点不差，因为它们让我想起了
许多诗歌。当所有的艺术像烟囱边的孩子一样游戏，洋溢的天
真仍可以愉悦近些年很少关注我们生气勃勃的年轻人，我们对
表达生命力的第一面开始感兴趣。难道我们不该摆脱当书本合
上、画面在我们眼前消失时就离开我们的知识、静止的沉思和
情感的骄傲吗？难道我们不该生活在过去凭借马背或骆驼、现
在凭借汽船和铁路与我们同行的思想中间，用我们重新整合的
头脑，重新发现我们更为深刻的前拉斐尔主义那古老、丰富、
漫不经心的幻想吗？

（马永波　译）

宏大目标与费尔南·莱热

[美] 肯尼斯·雷克斯罗斯

    假设可靠的马蒙或维利摩托车，在你家里已用了几十年了，却在菲雅克（法国一地）的山顶上抛锚了，你靠惯性把车开到镇里，一个长途卡车司机帮你把车推进了车库。技师有没有告诉你把那破烂扔掉？他有没有徒劳地翻寻最新的摩托车手册？他有没有告诉你他无法可想？他没有。他从齿缝里吹出口哨，滚动着一根香烟，然后渴望地向你讨一支美国烟，连声道谢着把烟点着，然后打开车盖，把十二面体聚合器与往复式凸轮分开，然后灿烂地微笑着说："哦，先生，你真幸运，这没什么关系。"然后继续解决另一个毛病，比第一次更利落，根本没有使用什么手册，只凭一把钳子和一把锉刀。

    像他这样的技师不会有五千万名，但肯定数量可观，如果没有他们，今天的法兰西将不复存在，也肯定不会从1870年存在至今。莱热就是这样的人之一。他是出故障时知道做什么的人，总能让车子发动起来的人。

    在他最初的绘画学徒期之后，他始终能完全胜任手边的工作。他知道他要做什么，他以技师的效率来完成工作。也许他给自己安排的任务不是绘画史上最为复杂的，但是每个任务的构思都是完全清晰和经济的，整洁而敏捷地予以实现。事实上，可以说莱热的直接性绕过了现代绘画所有的那些问题，这些绘画并非直接采取一种简单、理性、可操作的措施，而宁可诉诸精神、语言、有表现力的措施。不应忘记，在这些日子，支配特雷斯咖啡馆的是胡塞尔、海德格尔和席勒，这通常是用来称呼那些法国天才的。因此，甚至圣热尔曼的"争吵"也仅仅是形式主义的，对这些态度的"德国式"解释始终支配着皮托或圣但尼。

面对生活问题的实际能力不需要从国际环境出发来命名，这些问题普通法国人始终都在面对。在法国，每个没有五双鞋的人都是存在主义者。而且，如果他们需要，莱热也是个存在主义画家。他是最简单意义上的存在主义者，一个开头字母不用大写的存在主义者。17世纪的人就是这样，他们从追踪复杂弧度的数学模型和设备中创造出法国精神，沙龙里的伯爵夫人和高等妓女为之神魂颠倒。拉辛就是这样的人，研究心弦之钟的专家，卓越有效的赚人眼泪者。兰波也是如此，这个孩子把这种效率应用到了一个未来军火走私者的堕落上面。

我们经常忘记，主要的立体主义者只有布拉克和莱热是法国人。是他们区分开了立体主义的高卢人口音，软的和硬的，雌性的和雄性的，创造性的和操作性的，少女和机械师，厨师和农民。其他立体主义者是国际性的大都市者，除了毕加索的"血和沙子的黑色西班牙"。

这不是懒散的印象主义者告诫性的批评。我所提到过的品质在莱热全面的展览中将会给你压倒性的印象，比如更好更关键的1953年纽约现代艺术博物馆的展览。在一个一个房间中，那巨大的画面占据了你。你觉得自己就像科幻小说中的一个人物，一个超大规模的精密智能仪器展览会的参观者。这些画没有任何抽象之处。它们是事物的画像，人的画像，人们的画像。

关于莱热，有过许多口头和书面的废话，它们弹性很大，这起码不仅仅是因为他本人的缘故。没有任何东西比他所致力的方式更能演示出最为挑剔的"现代人"所看见的偶然特征，这种方式能够使他用当代形式革命的全副甲胄把自己武装起来。莱热是所剩无几的还在谈论"厚古薄今"的艺术家，谈论文艺复兴对自然的屈从，"照相现实主义"只能复制解剖模型的希腊人。实际上，在形式感方面，他根本不是个现代画家，而是文艺复兴时代的人，一个再现空间中的物体的作者，希腊人中的希腊人，或者至少是罗马人中的罗马人，一个孤独的人类原型的画家。

它显示在他最初的绘画中：一幅他叔叔的画像，从浅而模糊的背景中突出出来，色彩是断续的，是毕沙罗用来画卡里埃的色彩；另一幅画的是科西嘉的山坡，仿佛水果堆积在一个大浅盘上，视角是俯瞰的，这个问题及解决将让瓦罗基耶（Waroquier）一生都满足。在两幅画中，技巧都是学徒水平的，但尽管如此，莱热对自己完全有信心，即使在他出错误的时候，物体的表面也完全是规范的。当叔叔这幅画还是新的，色彩还明亮的时候，画中人在画布上一定是更显突出的。

接下来的画通常被称为立体主义的非洲时期，在这个时期，实际上只有莱热把毕加索和布拉克结合了起来。《丛林中的裸者》是一幅画得很细的大画，画面完全被立方形、管子、圆柱和钢蓝色圆锥形所充满。它表面上接受了塞尚的劝告，自然的形式被缩减到几何元素。但是这些元素是按照原样再现的，没有任何歧义，没有任何形式的相互影响。把它与毕卡比亚的《春天的猎隼》比较一下，你马上就能明白我的意思。那可能是这个时期最好的画了，当时毕加索和布拉克的创作都不太尽如人意。在毕卡比亚那里，猩红色平面的闪光确实定义出了舞蹈者，但是没有一个平面停留在原地，所有的平面都前后摇晃，观众的注意力刚刚形成一个形状的晶面，马上就变成了另一个。莱热是从曼特尼亚（Mantegna）开始的，到温德姆·刘易斯结束，他从未接触过立体主义的世界。

类似地，在立体主义的英雄时代，亦即分析时代，只有其他立体主义者的绘画的出现才引起了反响。画的表面完全是片段化的明暗配合构成的闪烁。但是这种闪烁不是源于透明、交互渗透与可塑的图像的双关用法，比如《弹吉他的人》和《日记》；没有任何创造饱和空间的尝试；空间仅仅是填充以大量尖锐的小物体。顺便说一下，目录上说他叔叔的画像仅仅再现了莱热作品中为人所知的一个真人。如果《三个人物》中的人不是画像，他们是什么呢？一个肯定是卡尔科，那个女人可能是当时的科莱特的漫画，另一张面孔是肖像画中的杰作。那露齿而笑、带有嘲弄意味的、快乐甚至微醺的模样，是你在自画像中可以发现的那种东西，但是我认为莱热当时是有胡子的。

分析时代的所有绘画都具有同样的特征。空间是填充起来的，而不是饱和的。平面都停留在一个位置，形状是尖锐的，"立体主义"本身仅仅是一种几何学的公式化。这是一种流行的立体主义，一种对问题的技师式思考。因此，这种立体主义在公众方面远比毕加索、布拉克、梅茨辛格（Metzinger）或格莱兹（Gleizes）更为成功，起码在全世界艺术家的圈子里是这样。它传播到意大利，成为立体未来主义，传到俄国，传到芝加哥的鲁道夫·韦森堡那里，传到英格兰的温德姆·刘易斯和沃兹沃斯及其朋友们那里。

有关他这个阶段的创作意图，莱热极其清晰的说明是非常误导人的。有关《蓝色中的女人》他说："我在画《蓝色中的女人》时应用了纯蓝和纯红的矩形。"是这样的吗？拉斐尔在《草地上的圣母》中也应用了同样颜色的矩形。两名画家都以同样方式塑造自己的形式，而莱热作为"厚古派"和现代主义者，从审美上讲，从另一极端达到了同一目的。

我们有趣地注意到，在更具野心的分析绘画中，莱热似乎受到了浮雕——他的空间的堆积性的困扰，他尝试把它打开并切入它。但要这么做他必须画出凹处——刻出切片和走廊，还有他此后一再使用的楼梯似的人物。他把它们引入了一个无人使用的领域，平面立体主义的战后时期，其间涌现了毕加索的《红桌布》、布拉克的《有头的静物》，以及格里斯和马尔库西的最佳作品，一个由格莱兹的理论所支配的时期。

莱热这时候的杰作是《城市》。无疑，在20世纪的绘画中，它是一幅纪念碑一般的作品，即使不是里程碑，也是路标，它在展出中体现为八到十种不同的处理方案，包括定稿和半定稿的油画，大量紧密相关的水彩静物画。在这里，我们终于能够看见莱热不再是立体主义的"关税员"了，不是天真分子，也不是原始人了。他确切地知道自己在做什么。最早的水彩画和油画《组成》《1917—1918》等完全是以浮雕形式直接安排的一些平面，使它们向观者堆积起来——也就是说，中心平面是离观者最近的。造型上有一点幻觉主义风格，尤其是在油画中，在水彩画中只有一根圆柱是这样的。画中的平面存在大量横切式的螺旋运动，甚至有些平面在前进和后退，这些运动基本上是凭借离心图案和色彩骤变实现的，亦即所谓的非幻觉主义手段。格莱兹活跃的时候可能就是这么画的。

但是当绘画完成时，在最后的形式中，一切都微妙地改变了。色彩与形式紧密联系在一起了，一个有锐度的淡紫色柱子将画面平均分割，定义出最近的平面；在它后面是两个黄色的平面以普通视角退去，它们是建筑的平面，都是色彩明亮的，像舞台背景一样后退。背景上是一艘船；有栏杆的楼梯在一个狭窄走廊里向后延伸，穿过画面中央，它们的下面，为了完成幻觉，出现了两个黑色、有锐度的人物，和基里柯画中躺着的人物相近。这可能是立体主义，但不是莱热同行们的立体主义。它是皮埃罗·德拉·弗朗西斯卡的立体主义，可能有一点缩减。仿佛莱热刻意背离了格莱兹和格里斯琐碎的复杂。

我们再次抛弃了智性画家那种有弹性的微妙，为了获得能够使之广泛流行的一种途径。从这个时期的作品中，尤其是静物画中，将涌现出奥尚方的至上主义，若干包豪斯画家，尤其是鲍迈斯特（Baumeister），还有流行艺术中对防腐的现代性的全部崇拜。

《城市》在这个方向上前进了一大步。什么城市？也许是弗米尔的现代化的代尔夫特，肯定不会是圣安东尼城郊、玛莱老区，或者拉维列特。这是电影和城市规划专家想象中的城市。

单是为了这个原因，有关这个时期，我愿意选择莱热的《大拖船》作为代表，那是一个模糊的格莱兹式的航行物，大批彩色平面在一个简化的河流风景中嘎吱作响。当然它完全是一个矛盾。莱热同行们的"新立体主义"开始透彻地分解画面，利用大的彩色平面，充满的彩色立体的表面，在空间中的光学上的后退和前进。现在，这就是莱热所说的他也在做的事情。但是他做的完全是不同的事情。拖船，彩色平面的核心物，是一个物体，一个抽象物体，像一个活动雕塑，尽管画得很简单，却具有再现性，而且，它不直接依赖于框架的比例。相反，它飘浮在一个与皮埃罗的《示巴女王》区别不大的空间中。

现在时间到了20世纪中期，莱热实践着自己的革命，"物体的复原"。换个说法，他决定承认他一直在做什么，不再试图让他的绘画显得表面上与他人相似。就我的口味来说，这些作品是莱热迄今以来最好的。它们完全是个人化的。它们看起来与任何人都不相似，尽管许多画家试图与它们相似。它们达到了莱热所能达到的最佳点，实现了一种美妙的客观的直接性，也许是一种真正的"新现实主义"，但是法国人已经把它命名为"明晰"了。布歇拥有一个类似的清晰形象，《拉珀蒂特·莫菲》，就像夏尔丹的锅，路易十五的狄德罗，路易十六的圣朱斯特。这种美德使法兰西保持了她的伟大，就像它曾经使她强大一样。

这是英雄人物的时代，它从《机械》和《三个女子》开始，包括了《带书的女人》和《读者》。它们被称为非个人化的抽象。但是它们仅仅在汉斯、弗里茨、妈妈和船长是抽象的这个意义上才是抽象的。它们是普遍的法国人类型的完美化身。人们一直把它们与普桑相比较，但它们肯定是非常浅的普桑。在我看来，它们更像罗马葬礼的浅浮雕，它们和最好的罗马画像有着同样的原型。在它们之后，出现了20世纪20年代后期勋章般的绘画，它们大部分非常机智，当然也是从一开始就分成两支。我最喜欢《镜子》，它当然是典型的，就它的机智、它的雕琢、它巨大的自信而言。现在这个手艺人真正用心了解了他的技艺。这是他的心。他最高的精神体验是征服物质问题时的绝对胜任感。立体主义，以及现代空间建筑的问题，被彻底忽略了。这些甚至不是浅浮雕，它们是多彩的浮雕宝石。

因而，下一个时期——"自由色彩"时期，莱热不打算像分离彩色体那样分离色彩的运动，而仅仅是在色彩打动他的幻想时应用"自由色彩"；还有"自由形式"，亦即绘画不是建立在一个基础上，而是飘浮在空中的。在某种程度上，后一发展是对毕加索的一种抗议，毕加索的构图完全依赖于它们巨大的特殊重力。但是莱热的形式并不真的飘浮在巴洛克式天花板的"自由空间"中。它们围绕一个核心旋转，没有顶也没有底，就像奖章一样——始终是同样的途径。尽管周围的浅浮雕受到了攻击，形状的大部分减少成为纯粹的线性关系，它们也从来不是雪舟和提埃坡罗（Tiepolo）的飞扑和投掷的线。它们始终精确处于画家所放置的位置。真够奇怪的，我认为最成功的不是著名的《潜水者》，而是非常简单的《中国魔术师》。

在这个时期，莱热也在完善他的人物类型的字母表。就在那时，他开始了为期十九年的工作，开始画他的《三个乐师》，7月14日拉夏贝尔大道上一场风笛舞会上的三个怪人。它是一幅独立构思并绘制的图画，但是没有人分辨不出其暗含的对毕加索国际化的《背井离乡者》（芭蕾舞团的吃人妖魔）的批判。

这把我们引向了顶点，纯粹人类原型的绘画，非常人性化，非常纯粹，对于一个阶层和一片土地来说也非常本地化，就和莱热本人一样。在某个方面，莱热后半生的成就与W.B.叶芝不无相似之处，叶芝能在自己的晚年实现英雄般的神话。《闲暇》《伟大的朱莉》《中国魔术师》以及其他作品接近法国普通民众的柏拉图式理念。如果你有所怀疑，请思考一下亚当与夏娃，他们被表现成"市场上的剧院"中的男女主角、耍蛇人和街头表演者，如同你在任何闷热的8月，在法兰西任何一个地方都能看见的小雷米的永恒的父母、维塔利斯、他们的狗和猴子"若利·克尔"。

实际上，存在着伟大的绘画，那就是《建设者》，从它的名字和主题可以做出许多哲学和社会学的推测与幻想。这些法兰西的建设者，在另一个时代之后，超越了这么多年的战争、混乱和背叛。莱热巧妙地前进了一点。空间是有深度的和开放的，带有换位的对角线。你会想起西纽雷利（Signorelli），却是一个所有人物都立正站着的西纽雷利。那也许适用于文艺复兴盛期的埃及。但是埃及和文艺复兴盛期都没有产生出太多更为深刻动人的有关人的绘画。

（马永波　译）

阿梅代奥·莫迪利亚尼

［俄］阿赫玛托娃

　　我很相信一些人的话，他们不把他描绘成我所知道的模样，这是有原因的。首先，我知道他的本质的（闪光的）某一方面——我只是个外国人，自身也不很为人了解的二十岁的外国女性；其次，当我们在1911年邂逅时，我发现他发生了很大的变化。他晒黑并消瘦了。

　　1910年我很少见到他，总共就几次。然而整个冬天他老写信给我。他没向我说他在写诗。

　　据我现在理解，我最令他惊讶的禀性，是爱猜测思想、观察他人的梦境和其他琐事，而认识我的人早已见怪不怪了。他老重复说："噢，传达思想。"时时说："噢，只有您才做到这个。"

　　大概，咱俩都不理解一件非常重要的事情：发生的一切，对于咱俩来说只是生命的史前史：他的——极其短暂，我的——非常漫长。艺术的呼吸尚未碳化，尚未改变这两个个体，这应该是一个光明、轻快的破晓前的时刻。然而，一如大家所知道，当未来走进来敲着窗门，藏在灯后，切断酣梦，并用可怕的波德莱尔的巴黎——就在身边一个地方——吓唬人之际，它早已投下了自己的阴影。阿梅代奥绝妙的一切，仅仅透过一层昏黑在闪光。

他有安提诺伊的脑袋和闪烁着金色火花的眼睛，与世人全无相似之处。不知什么缘故，他的嗓子永存于我的记忆中。我知道他一贫如洗，却不知道他何以维生。作为画家，他连受赏识的迹象都没有。

那时候（1911年），他住在法吉埃尔胡同。他是那样的穷，以致我们在卢森堡公园总是挑长凳坐，而不是按惯例坐到需付钱的椅子。一般来说，他既不埋怨十分显而易见的贫乏，也不埋怨这种显而易见的无人赏识。只有一次，在1911年，他说，去年的冬天是这样恶劣，他甚至不能缅怀最珍贵的事物。

我觉得他被孤独的圈子紧紧地箍住。我不记得他在卢森堡公园或拉丁区向什么人行过礼，而那里的人程度不等都相互认识。我不曾听见他提及一个熟人、朋友或画家的名字，我也不曾听见他讲过一个笑话。我从未看见他喝醉，他身上也从没有酒味。显然，他喝酒是以后的事，虽然闲聊之际他有时会提到大麻，其时他没有确定的生活女伴。他从不谈及昔日恋爱的故事（唉，大家都这样做）。他从来不跟我谈俗务。他很有礼貌，但这不是家庭教育的结果，而是他高尚的气质所致。

其时他正从事雕塑。在工作室旁的小院子内一副工人模样地工作（僻静的死胡同内传来小锤子的敲击声），工作室的墙壁上挂满了长得令人难以置信的肖像画（现在想来，仿佛从天花板到地板）。我不曾见过它们的复制品——它们还在人世吗？——他把自己的一座雕塑冠以物品之名——这座雕塑似乎在1911年的"独立"展出过。他邀请我去看这件作品，但在展览会上他却不曾走近我，因为我不是一个人，而是和朋友们在一起。在我的藏品遭到惨重损失期间，他送我的这件作品的照片也不翼而飞。

就在这时候，莫迪利亚尼念念不忘埃及。他领我到卢浮宫参观埃及藏品，说服我其他的展品概无足观。显然，埃及是他最后的眷恋。很快，他变得如此独特，人们在观赏他的油画时，再也不想其他了。现在，莫迪利亚尼这个时期被称为黑人时期。

他曾说："珠宝应该是野性的。"（指我的非洲项链）并画过我身佩项链的肖像。月色下他领我参观了先贤祠后边的老巴黎。他很熟悉城市，尽管这样，有一次我们还是迷了路。他说："我忘记中间有一座岛。"是他引导我看到了真正的巴黎。

关于米洛斯岛的维纳斯，他说，值得雕塑和入画的美好匀称的女性，一旦穿上衣服，便显得笨拙粗蠢。

下小雨时（巴黎常下雨），莫迪利亚尼手拿一把很大很旧的黑伞上街。有时，我们撑着这把伞坐在卢森堡公园的长凳上，夏季的雨水暖洋洋的，一座意大利风格的古老宫殿在附近打盹，我们一起朗诵背得烂熟的魏尔伦的诗，我们很高兴，大家背熟的是同一些作品。

我读过一本美国人的专著，书里说，贝阿特丽丝·X似乎对莫迪利亚尼产生过很大的影响，而正是X，曾称之为"珠宝与猪崽"。我可以而且认为有必要证明。阿梅代奥早在1910年，也就是认识贝阿特丽丝之前，已经很有学问了。一个把伟大画家称为猪崽的太太，不见得就能提高什么人的文化水平。1945年在丰坦卡大楼我家里看到莫迪利亚尼为我画的肖像的第一个外国人，就这帧肖像对我谈过一件事情，我"既不能记住，又不能忘记"，正如一个不知名的诗人说的全然不同的话。

比我们年长的人把魏尔伦和一大群崇拜者曾经走过的卢森堡林荫道指给我看，他就是从这儿，打每天高谈阔论的"自己的咖啡馆"走到"自己的饭店"吃午饭。然而，1911年走在这条林荫道的已经不是魏尔伦，而是一个大个子的先生，身穿完美无瑕的常礼服，头戴大礼帽，佩着"荣誉军团"的绶带，旁人窃窃私语："亨利·德·雷利埃！"

这个名字对于咱俩毫不响亮。关于阿纳托尔·法朗士，莫迪利亚尼（一如巴黎的其他博学之士）听都不想听，对我同样不喜欢法朗士，他大为高兴。魏尔伦对卢森堡公园仅仅作为一座纪念碑而存在，纪念碑是在那一年创立的。对，关于雨果，莫迪利亚尼简单地说了一句："雨果，可以朗诵吗？"

有一回，我们大概没约好时间，我去找莫迪利亚尼却未能碰上，便决定等他几分钟。我手拿一束玫瑰。工作室的门锁着，门上的窗子却洞开。我无事可做，便把花抛进工作室。没等莫迪利亚尼回家，我就走了。

当咱俩见面时，他显得莫名其妙，房间上了锁，钥匙在他手里，我却能登堂入室。我把事情向他解释了一遍。"不可能，花束摆得那么美……"

莫迪利亚尼喜欢夜游巴黎，在梦一般宁静的街道上时时听到他的脚步声，我离开书桌，走到窗台，透过百叶窗，谛视他朝窗台慢慢走来的影子……

那时候的巴黎，在二十年代已被称为"老巴黎"或"战前的巴黎"。出租马车仍很兴旺。马车夫有自己的小酒馆，人称"马车夫的聚会之地"，我的年轻的同时代人也还活着，很快，他们便命丧马恩河畔和凡尔登城下了。所有的左派画家，除莫迪利亚尼之外，都获得公认。毕加索一如今天那样闻名，然而那时人们都说"毕加索和布拉克"。伊达·鲁宾斯坦扮演莎乐美，佳吉列夫的俄国芭蕾舞（斯特拉文斯基、尼任斯基、帕甫洛娃、卡尔萨温娜、巴克斯特）的优雅传统正在形成。

我们现在知道，斯特拉文斯基的命运不曾滞留于一十年代，他的创作精神成为二十世纪最高的音乐表现。那时候我们还不曾认识到这一点。1910年6月20日《火鸟》上演。1911年6月13日福金在佳吉列夫剧院上演了《彼得鲁什卡》。

巴黎闹市铺设新林荫道（拉斯帕伊林荫道）的工程尚未完工（左拉曾予描写）。爱迪生的朋友维尔涅在先贤祠饭店，指着两张桌子对我说："你们社会民主党人常到这儿，这儿——布尔什维克；那儿——孟什维克。"女士们的衣着无时不在变化，时而试穿裤子，时而用长条裹住大腿。诗歌已全然被抛弃，只有名气或大或小的画家画上小花饰的诗集才有人惠顾。我那时已明白，巴黎的美术吞噬掉法国的诗歌。

勒内·吉尔在鼓吹"科学诗"，而他的所谓学生极不愿意听从导师的话。

天主教教堂把贞德尊为圣人。

> 善良的贞德出生于洛林，
> 被英国人烧死于鲁昂……

当我看到新圣人的小像时，便想起不朽的叙事诗的这些句子。这些趣味很可怀疑的小玩意儿，已开始在专卖教堂用具的小铺子里出售了。

对于读不懂我的诗，莫迪利亚尼感到十分惋惜，他猜里面蕴藏着某种神秘的奇迹，而这不过是胆怯的尝试而已（如1911年《阿波罗》杂志）。对于《阿波罗》刊登的写生画（"艺术世界"），莫迪利亚尼毫不掩饰地加以嘲笑。

莫迪利亚尼在一个分明不美的人身上发现了美，并且力持这一观点，令我吃了一惊。我当时想：他看见的一切，大概与我们不一样。

无论如何，在巴黎人称时髦，并且用炫词丽句加以修饰的东西，莫迪利亚尼一概不予重视。

他画我不是凭写生，而是在自己家里——这些画都送我了。有十六幅。他让我把它们镶上画框，挂在房间里。在革命初年，这些画在皇村的家里毁于一旦。很可惜，比之其他，幸存的一幅较少能预见到他未来的"人体画"。

我们一块聊得最多的是诗。咱俩读过很多法国诗人的诗：魏尔伦、拉弗格、马拉美、波德莱尔。

他不曾给我读但丁，可能因为我当时还不懂意大利文。

有一次，他说："我忘了告诉你我是犹太人。"他生于里窝那附近——随即说他二十四岁，其实他已经二十六岁了。

他说，他一度很想当航空员（即眼下的飞行员），然而当他结识一个航空员之后，便为之大失所望：他们无非是一般运动员而已。（他期待着什么呢？）

那时候，一如大家知道的，早年的轻型飞机像一个小格架，绕着生锈和有些弯曲的我的同龄产物（1889年）——埃菲尔铁塔的上空回旋。

我觉得它像一个巨大的烛台，被巨人遗忘在侏儒的首都。而这已经是格列佛的故事了。

……不久前大获全胜的立体派狂啸于周围，莫迪利亚尼始终视如路人。

马克·夏加尔已经把自己神奇的维捷布斯克搬到巴黎来了，还没腾空熠射的无名小卒查理·卓别林在巴黎的林荫道踱步。"伟大的哑巴"（其时人称电影）仍雄辩地缄默。

"在遥远的北方……"在俄罗斯，列夫·托尔斯泰、弗鲁别利、维拉·科米萨尔热夫斯卡娅已去世，象征派宣布自己处于危急状态，而亚历山大·勃洛克在诗里宣布神的启迪：

> 啊，孩子们，倘你们知道
> 未来时日的寒冷和黑暗……

和

> 给大地载来甘油炸药。

以及在散文里：

> 当伟大的中国走近了我们……（1911年）

眼下二十世纪赖以奠基的三条鲸鱼——普鲁斯特、乔伊斯和卡夫卡——还不曾作为神话而存在，虽然作为人他们仍活着。

后来，我坚信这样一个人一定会熠熠发光，便向巴黎来客打听莫迪利亚尼，回答千篇一律：不知道，没听说。

只有一次，当我和尼古拉·古米廖夫最后结伴到别热茨克探望儿子（1918年5月），我提到莫迪利亚尼的名字，古米廖夫斥之为"酒鬼"或诸如此类，他说，在巴黎，他们曾发生过一次冲突，事缘古米廖夫在一伙人中讲俄语，而莫迪利亚尼提出了抗议。他们大约只有三年可活，而一大堆身后的名誉在等着他们。

莫迪利亚尼对旅行持轻视态度。他认为，旅行是真实行动的代替品。《马尔多罗之歌》时时被放在口袋之中，其时，该书是一册目录学的珍本。他曾叙述怎样到俄罗斯教堂参加复活节晨祷，只为一睹举着十字架、圣像和神幡的宗教游行，因为他喜欢富丽堂皇的典礼。他和一位"大概很有地位的先生"（据揣测应来自大使馆）互吻三次以示祝贺。莫迪利亚尼似乎弄不清这是什么意思……

在很长一段时间，我不曾听到他的任何消息……但我一下子听到了许多……

新经济政策初期，我是当时的作家协会理事会理事。我们通常到亚历山大·尼古拉耶维奇·吉洪诺夫的办公室（列宁格勒，莫霍瓦亚大街36号，世界文学出版社）开会。那时，又恢复了与外国的邮政关系，吉洪诺夫收到大量的外国书籍和刊物，有人（开会时）交给我一册法国美术杂志。我翻开一看——莫迪利亚尼的照片……小十字架……悼文式的长篇论文；我从论文中获悉，他，二十世纪的伟大画家（记得文中把他与波提切利相比较），并说关于他已出版了英文和意大利文的专著。以后，在三十年代，献给他的诗载于《前夜诗集》之中的爱伦堡，给我讲了很多关于他的逸闻，爱伦堡在巴黎认识他要晚于我。我从卡尔科写的《从蒙马尔特到拉丁区》一书也读到了莫迪利亚尼，在这部低级趣味的长篇小说中，作者把他和乌特里罗联系在一起。我可以肯定地说，在1910—1911年间的这个人物，与阿梅代奥风马牛不相及，作者所采用的写作方法，属于被禁止的一类。

眼下我们这儿所有对现代美术感兴趣的人，都知道他。而他在外国之所以有名，是因为电影《蒙巴尔纳斯19号》是献给他的。

（马海甸　译）

关于巴尔蒂斯的七十条短语

[美] 盖伊·达文波特

1

清晰的感觉，穿只在最近才永远折叠进历史的老式法国罩衣的儿童，天花板很高的房间，巴黎的街道、城堡：仔细检查一下，巴尔蒂斯的写实主义结果成了抒情诗的幻象和一个复杂的谜。

2

和他童年的良师，《杜依诺哀歌之五》中的里尔克一样，他也在追问，在蓓蕾、花朵、种子的循环中，我们到底是谁。我们"从未满足的意志"像江湖艺人一样把我们投掷到厌倦的沉思和休憩之中。

3

里尔克在沉思毕加索的《江湖艺人》，而毕加索在购买巴尔蒂斯的《儿童》（1937）并留给卢浮宫的姿态中，似乎蕴藏着对里尔克的《致敬》的某种刻意的回报，说明了三个"站立"符号的亲缘关系，存在的"存在"。

4

巴尔蒂斯的青春期是里尔克的"无形的蜜蜂",从书本、白日梦、模棱两可的憧憬、对窗外树木的凝视中汲取养分,时辰到来,这些营养将像普鲁斯特一样成熟,那是心灵的必需品。

5

最后,是巴尔蒂斯的敏感使他的画获得了独特性,他所关注的品质,感官上的微妙和大胆,他所创造的张力、难以言喻性、歧义性、体积、光、难以捉摸的运动的和谐。

6

在希腊文中你总能发现一种与世界保持亲密接触的全部感觉的流动的叙述,相反,在拉丁文中你发现的是习惯于用修辞惯例取代诚实和直接感知的迂腐。巴尔蒂斯拥有希腊人的完整性。

7

他拥有天真画家的直接。毕加索的人物全都是演员,戴着面具,他们是中介人,就像毕加索本人一样,介于真实和幻觉之间。皮埃罗、给艺术家做模特的女人、俄国芭蕾、即兴喜剧主宰了他的全部作品。

8

在巴尔蒂斯那里，这种演员和戏剧的主题从未出现过。他对它的抵抗中存在着巨大的诚实。他的传统屹立在鲁奥、布拉克、毕加索、克利、恩索尔以及许多把行动当作隐喻、把艺术当作舞台的画家之外。

9

我们在巴尔蒂斯身上也没有发现任何神话特征的引用。没有维纳斯，没有达那厄，所有诸如此类的女孩。甚至他的猫和侏儒也不是从民间传说或神话中来的。他不属于文艺复兴。他的作品是一种发明。

10

每幅画都是一项发明，不是一种技巧的应用。每幅画都是与其他画家的想象性的对话，《窗》与博纳尔，《农场》与塞尚，《起居室》与库尔贝，《梦》与夏尔丹。

11

《大山》是与库尔贝的《暴风雨后的埃特勒塔悬崖》的一次对话。在这幅画中，前景中的少女以卡夫卡《变形记》结尾时格里高利·萨姆沙健康的妹妹那样的柔软舒展着肢体。

12

"现代艺术家"这个术语就连一个严格的临时意义都从来没有过；从一开始它就指定了一个图腾崇拜的氏族，一个人是否属于它取决于一组带有尚需描述的部落寓意的规则。巴尔蒂斯是一个临时的乡下表亲。

13

例如，赫伯特·里德爵士，宣称斯坦利·斯宾塞不是一个现代艺术家。我们记得，布朗库西为了取悦一个协会，不得不重画了乔伊斯的画像，因为对于他们的口味来说，它不够现代。这就像要求莎士比亚更文艺复兴一点一样。

14

我推测，巴尔蒂斯因为极其原始而一直被排除在该氏族之外，因此他一直留在无法归类的杰出者行列，就和温德姆·刘易斯、斯坦利·斯宾塞和天才知道的其他什么人一样。现代性因为轻视它的反叛者而告终结。

15

巴尔蒂斯和斯宾塞彼此启发。斯宾塞无畏的宗教背景（古怪的、布莱克式的、英国的、班扬式的、与复杂元素相和谐的无法摆脱的天真）类似于巴尔蒂斯那专有的、保密的、清晰的心理学。

16

两个画家都表达了物质世界中的一种感官快乐，那是公开的享乐主义，是想象力超越了批评的敏感性：斯宾塞的画中光在一面砖墙上擦过的方式，巴尔蒂斯对木工和建筑的尊重。

17

巴尔蒂斯和斯宾塞都把画布表面提供给我们，把它作为自然纹理的一种模拟，而不是对颜料的模拟。在毕加索、凡·高，乃至波洛克的《归谬法》，都是对颜料的模拟。区别是在哲学上的，甚或是宗教上的。

18

斯宾塞的锯子、铁制品、人体的图像材料的再现是不带有新古典主义惯例的权威的，水壶、晾着的衣服、明火中阴影的位置，这些都类似于巴尔蒂斯对写实主义的回归，它属于一只需要细节精确性的成熟的眼睛。

19

在庇护人和艺术家于19世纪初期分裂之后，我们还必须研究现代绘画中对"主题"的选择。甚至为装饰房间而准备的作为档案的画像或作为情感的风景也无法在视觉艺术的这个新环境中幸存下来。

20

这种变化也是趣味上的一个变形记。马尔罗有自己的理论：艺术成了一种绝对，从戈雅开始，绘画只拥有作为见证的权威性，它在一种意义上疏远了（教堂和宫殿），但在另一种意义上却解放了它的命运。

21

巴尔蒂斯的青春期有一段历史。启蒙，从人性中去除惯例的硬壳，发现童年是一生中最有激情最美丽的时光。卢梭、布莱克、乔舒亚·雷诺兹、庚斯博罗、沃兹沃斯。

22

凭借《美丽年代》，孩子们（在一种弥漫的、无形的革命中）在近古以来的西方文明中第一次进入了自己的世界，而我们开始（在普鲁斯特、乔伊斯那里）拥有了对他们的世界前所未有的戏剧性叙述。

23

亨利·詹姆斯的《螺丝在拧紧》是儿童与成人的内在世界的小规模边境战。詹姆斯用象征追踪了两个王国之间的严重误解。

24

这时，探测其他文化的人类学家认为自己是在研究"人类的童年"，这是有意义的。巴尔蒂斯是当代的纪德和亨利·德·蒙泰朗，他们与傅立叶和沃兹沃斯一样，正试图安置儿童随机无序的精力。

25

巴尔蒂斯的青春期是一个永不结束的下午，阅读，玩纸牌，做白日梦，我们获知，就像来自《呼啸山庄》（他曾为之插图）中的一个可以不可穷尽地沉思的主题，他以自己的方式阅读的一本阴郁、疯狂的小说。

26

吸引了巴尔蒂斯的想象的是孩子们创造一个次级世界的方式，一个他们有能力在上面做鲁滨孙、填充它所有周界的情感岛屿。这个次级世界有自己的时间、气候、习惯和道德。

27

我在巴尔蒂斯那里唯一能发现的时钟是在赫希杭博物馆《黄金时代》的壁炉架上，它的钟面超出了画面。巴尔蒂斯画中的儿童没有过去（童年吸收了一个还无法请教的记忆）也没有未来。他们在时间之外。

28

现代法国文学以英美文学所没有的方式对童年和青春期发生了兴趣。法国人在儿童身上看见的不是纯真而是有经验的头脑。蒙泰朗把儿童看作一个需要父母保护的受到威胁的族类。

29

纪德的理解有相似之处，不同之处在于他认可从天真向成熟的转变。在阿兰·富尼耶、普鲁斯特、科莱特、科克托那里，儿童居住在一个以酷似艺术家的天才所激活的想象性王国里。儿童生活在自己的心灵里。

30

波德莱尔把天才看作童年的持续和完美。法国人中有这样一种感觉，他们认为成年是从儿童的灵性的衰退。我们美国人把儿童和成人相对比，就像无知相对于有知，单纯相对于经验一样。

31

我们不夸奖实现了目标的儿童。他们没有驾照，没有钱，没有性的情感（他们在性方面是被禁止的），没有真正能做的运动，没有权力。巴尔蒂斯的儿童和猫一样自满，和静止一样完美。

32

我们把心和脑的完善推迟得太久了，以至美国儿童的精神旋律，或者是糟糕的习惯，也被永远耽搁下来。美国的写作和艺术使儿童成为成人世界中的演员（马克·吐温、塞林格），而不是自己世界中的真实存在。

33

巴尔蒂斯的绘画中那些内心孤僻、梦想着、阅读着、有色欲、自足的儿童，我们实际上根本想象不出来。巴尔蒂斯的儿童没有被迫要在他们父母失败之处取得成功，也没有被迫变得时髦、适应，或成为某某人。

34

儿童是他们文化的造物。人性的赤裸这么快就被各种文化穿上了衣服，以至在文化之内和之间，存在很大的分歧，对人性可能的本质也是如此。我们这个世纪的希望之一就是发现一种人性，可这个希望完全落空了。

35

在法国，在启蒙和革命期间，对这个问题曾有过彻底和新颖的辩论。《圣安德烈贸易通道》中面向我们的建筑是马拉的报馆，就在它的附近曾经发生过大卫和狄德罗的运动。

36

夏尔·傅立叶调制了一种复杂的哲学来发现人性，并发明了一个乌托邦社会来容纳它，一个组织成蜂窝和漫游团队的儿童社会。可以说，成人是从这个精英行列招募来的。

37

普鲁斯特所写的巴尔贝克的青春少女"小队"取自傅立叶，叙述者在她们之中的男性身份也同样遵照傅立叶的组织计划。圣卢普和他的圈子形成了一个小游牧部落，为雅典城邦补充了"斯巴达人"。

38

巴尔蒂斯的色欲感是无害的，因为它是不夸张的、明确的，避免了种种的粗俗或廉价。他把弗拉戈纳尔和华托的趣味带进了我们的世纪，除巴尔蒂斯小心的、防卫性的敏感之外，这种趣味很难生存下来。

39

华托的女士和挤奶女工知道我们正在看着她们，她们永远处于我们之外的想象世界中。巴尔蒂斯胯部赤裸的少女通常是在注视着她们自己，在发呆出神或者幻想，有挑逗性、脆弱，但既不无知也不天真。

40

《黄金岁月》中的少女坐着，在手镜中注视着迷人的自己，这样，正在生火的年轻男子如果转过身来，就能看见她的内衣。相反，我们看见的却是纤细迷人的青春少女正在尝试装样子的表情。

41

巴尔蒂斯对人物的处理方法从笨拙的原始（满脸皱纹的丑老太婆、带鸽子的男孩、猫）到性感与精确，各自不同，这使他置身于制图大师之列。他从人物的内部向外画，仿佛人物是自己画出来的。

42

德兰和米罗的肖像画中的心理学敏锐是莎士比亚式的：它

们表明了常识意义上一幅肖像画应该如何。它们过于逼真了，令人不安。他们在这里基本上不是作为画家，而是作为女儿的父亲而存在的。

43

（大约与德兰和米罗的肖像画同期，夏加尔自己为他迷人性感的十二岁女儿拍全裸照片，那是对巴尔蒂斯的一种"致敬"和微妙戏仿，但是可以辨认出他在创新和肖像学方面的娴熟技巧。）

44

很奇怪，维孔特斯·德·诺瓦耶的肖像（1936）与温德姆·刘易斯的伊迪丝·西特韦尔的肖像画很像，它的有趣之处在于它的诚实、不谄媚的逼真和姿势上的不合常规：一个课间休息的中学三年级教师。

45

这幅画像和巴尔蒂斯的其他绘画一样表明，他接受一个极端贫瘠的主题并使之最为清晰地呈现的能力。这种丰富的节俭与20世纪的审美形成了对比，后者将人物和大地混合在一片眩惑之中。

46

《圣安德烈贸易通道》，巴尔蒂斯的杰作，具有文艺复兴壁画的开阔（它有十一英尺①长，十英尺高），它诱使人去领会它和皮埃罗·德拉·弗朗西斯卡的《鞭笞》同样有力的含义，同时使这种理解落空。

47

它的复制品诱使你相信它是一幅家庭内景画，非常小的那种。在一个充满意外的下午，当我在蓬皮杜中心第一次看见它的时候，我没有为它的尺寸做好心理准备。我那时刚刚见识到尚不熟悉的塔特林和马列维奇的晚期作品。

48

我见过伊万·普尼的一幅抽象派作品，它当时让我觉得西方设计仍需要学习俄国人的一切。突然转身、凝视巴尔蒂斯伟大绘画所带来的那种惊奇，是一种壮丽而复杂的感情。

49

第一次我记起这街道对我是多么熟悉，战后我刚刚熟悉巴黎的时候，我常常经过那里。这幅画那时还不存在，尽管巴尔

---

① 1英尺合约0.3米。

蒂斯一定在为之做准备，那是一幅将代表他所有作品的画。

50

在这幅画迷人的神秘里面，有着我始终没有与之隔绝的一种熟悉感，直到我站在画面之前为止。我难以想象一种更奇妙的方式在胜利中见证普鲁斯特的时间救赎理论。

51

另一个惊奇是注意到这最具巴尔蒂斯风格的作品中存在的全部共鸣，使它无可争议地属于西默农的巴黎。（就像《江湖艺人》那样，它所提出的里尔克式的问题，"这些人是谁？"使之与贝克特和萨特发生了亲缘关系。）

52

同样，也存在着平凡和日常性，仿佛在说：看，世界根本不神秘。它显得神秘，但是你再看。八个人、一条狗和一个玩偶，就是左岸后街的本质。它美丽的陌生感完全是在我们的头脑里。

53

带着手杖的老妇人，那个一溜烟跑出去买东西的门房，能够告诉你有关这些人的一切。她是那种恶毒的老鬼，是她把最好的信息提供给了迈格雷（西默农小说中的巴黎警局督察长）和让维耶。看这幅画就如同迈格雷在熟悉一个街区。

54

我们从后面看见的人物（一幅自画像，让·莱马里在他给巴尔蒂斯写的前言中说），正在从面包师傅的房间中出来，他是这个地方的标准类型。迈格雷会怀疑他所有不负责任的行为、波希米亚态度和四海为家的恶习。

55

左边的人，正在整理他的裤子，右边上了年纪的侏儒，是标准的西默农式角色。这条街道的居民也属于贝克特，在施本格勒理论和字面意义上，贝克特的"莫莉"和"侍从戈多"是与这幅画同时代的。

56

这些侏儒似的造物，是巴尔蒂斯之谜中最可解的部分，他们不是讽刺，不是象征，也不是原型。他们纯粹是畸形的身体，巴尔蒂斯给他们一个位置是为了磨炼他对世界的肉欲趣味。没有怪物，阿波罗是乏味的。

57

巴尔蒂斯更早的1933年的城市风景画《街道》（有几个版本）以更为戏剧化的方式呈现了《圣安德烈贸易通道》的主题：街道上的行人心事重重，封闭在自己内心之中，没有注意到彼此的存在。

58

《街道》和《通道》都坚持强调，在注意力的沉睡之中，只有艺术家的眼睛是醒着的，以形象的最为古老的含义，这眼睛为绘画做出了一个基本的定义，十分明显但格外重要的定义，那就是"看见的东西"。

59

除了最初和最近的时代，我们能够对所有时代视觉领域的形象模拟做出即便不够精确但也是合适的解释。我们相信贺加斯或戈雅存在于一个历史中，一个图像传统中，一种我们能够成功地进行研究的人类学中。

60

我们对史前壁画或者巴尔蒂斯就没有这种信心。我们对阿尔基洛科斯的确切意义也同样不确定，就和贝克特与乔伊斯一样。一种意义的模式已经丧失，另一种模式则选择了超越我们所接受的参考框架，以扩大自身。

61

在两幅有关街道的绘画中，在人物的互相无关联方面，首先存在着一种荒诞的悲剧性。《街道》中有两个青年人在游戏般地扭打，没有意识到他们看起来像是在强奸，也许完全没有意识到伪装在他们游戏中的情感力量。

62

他们像室内画中的青年一样，姿势中带有象征主义的色情的暗示、暧昧与试验性。在科克托和普鲁斯特那里也存在着同样无目的性的模糊性：马塞尔和阿尔贝蒂娜之间的爱情场面是最为纯粹的巴尔蒂斯式的。

63

这些年轻人就像彼此掏对方内脏来游戏的小猫。它们的爪子是缩回去的；我们相当肯定它们不知道自己在做什么，尽管大自然肯定知道。对于巴尔蒂斯画中的街上行人，自然又知道些什么呢？

64

年轻人玩性游戏，一个厨师在街道边漫步，一个小女孩在用网球拍打球，一个木匠扛着一块板子穿过街道，一个男孩在走路，姿势就像游行队伍前面的乐队指挥，他的脸因为内心的专注和惠廷顿式的抱负而痴迷。

65

一个衣着整齐的女人踩在路边石上，好像在做白日梦；一个穿围裙的母亲抱着穿水手服的孩子在读传单，姿势笨拙得就像腹语表演者的傀儡。他们身上有一种奥斯卡·施勒玛尔卧式人物和铅锤线的平衡。

66

确实，如果有人告诉我们，我们正在看木偶，我们的眼睛马上就会装上弦，注意到那些直接悬在头上、手腕上和脚踝上的垂直的线：一种形而上思想。

67

我们想起了里尔克在《杜伊诺哀歌》中的木偶和天使的象征，空虚和充盈，命定者和命运本身，我们想起了基里柯、艾略特、庞德、叶芝、芭蕾舞剧《彼得鲁什卡》、恰佩克、贾里、卡拉、恩索尔、温德姆·刘易斯的玩偶、稻草人、傀儡的图像。

68

这些有知觉的傀儡居住在两个并存的世界中：他们留恋（朦胧的留恋是巴尔蒂斯半数作品的主题），他们被命运"抛掷和扭曲"（里尔克第五哀歌中的话），就像毕加索蓝色和玫瑰色时期的人物。

69

巴尔蒂斯人物画中的人物在忧郁地沉思、注视着自己的内心、耐心忍受着即将降临的一切，如果这种模式是存在主义的受难，在这种意义上，他的人物都置身于炼狱之中，那么，他的风景画则是他对天堂的想象。那里只要有人物，就都是活跃与欢欣的。

70

什么是巴尔蒂斯？色彩上的蓝色和玫瑰色时期，并从蒙马特移植到了圣日耳曼和圣奥诺雷区？里尔克与科克托时代的库尔贝？最为确定的是，他是这样的艺术家，他对法国精神的想象将使之更为微妙与灿烂。

（马永波　译）

小启

　　《艺术家的眼睛醒着：名家谈美术》《饶了我的耳朵吧：名家谈音乐》收录了多篇有关艺术的优秀作品。在编选过程中，我们及选本编者已尽力与大多数作者或版权继承人取得了联系，没有联系上的作者或版权继承人见此小启请尽快与我们联系，我们会及时奉上样书。

　　联系人：揭莉琳　梁宝星

　　联系电话：020-37592344　37592311